Dick Francis

Hurrikan

Roman
Aus dem Englischen von
Malte Krutzsch

Diogenes

Titel der 1999 bei
Michael Joseph Ltd., London,
erschienenen Originalausgabe:
›Second Wind‹
Copyright © 1999 by Dick Francis
Umschlagzeichnung von
Tomi Ungerer

Alle deutschen Rechte vorbehalten
Copyright © 2001
Diogenes Verlag AG Zürich
www.diogenes.ch
100/01/52/1
ISBN 3 257 06270 2

Meinen aufrichtigen Dank

John Kettley
Meteorologe

Felix Francis
Physiker

Merrick Francis
Pferdemann

und

Norma Jean Bennett
Ethel Smith
Frank Roulstone
Caroline Green
Alan Griffin
Andy Hibbert
Pilar Bush Gordon
Steve Pickering
The Cayman Islands National Archive

und

Anne Francis
für den Titel

Prolog

Delirium bringt den Sterbenden Trost.

Ich hatte in einer geordneten Welt gelebt. Einkommen und Terminkalender waren wichtig gewesen. Meine Großmutter mit ihren Ängsten gehörte in diese Welt.

»Ist das denn nicht riskant?« hatte sie gefragt.

Riskant war gar kein Ausdruck.

»Nein«, antwortete ich ihr. »Das ist harmlos.«

»In einen Hurrikan hineinzufliegen muß doch gefährlich sein!«

»Ich komme heil wieder«, hatte ich gesagt.

Aber jetzt rollte ich mehr tot als lebendig in turmhohen, sturmgetriebenen Wellen herum, die unvorstellbare Wassermassen aus der Tiefe ansaugten und sie als flüssige Berge um die Wette rennen ließen. Manchmal rissen mich diese Kaventsmänner unerbittlich mit. Manchmal begruben sie mich unter sich, bis meine gepeinigte Lunge nur noch danach lechzte, etwas einatmen zu dürfen, zur Not auch Wasser, obwohl doch nur Luft den Organismus in Gang hielt.

Ich hatte karibisches Salzwasser in Mengen geschluckt.

Es war seit Stunden dunkel, nirgends ein Lichtschein. Ich wußte kaum noch, wo oben war. Wo Luft war. Meine Arme und Beine hatten mir nach und nach den Dienst versagt. Mein zunehmend auseinandergeratener Verstand ließ mich leuchtendbunte Bilder sehen, die in meinem Kopf erstrahlten.

Deutlich sah ich meine erdverhaftete Großmutter vor mir. Ihren Rollstuhl. Ihre Silberschuhe. Sah ihre angsterfüllten runden Augen, sah, wie ihr Böses schwante.

»Tu's nicht, Perry. Das ist mir unheimlich.«

Wer hört schon auf seine Großmutter?

Als sie in meinem Kopf redete, bewegte sich ihr Mund nicht synchron zu den Worten.

Ich ertrinke, dachte ich. Die Wellen werden größer. Der Sturm wird schlimmer. Bald schlafe ich ein.

Am Ende bringt das Delirium Trost.

I

Am Anfang war es nur Spaß.

Kris Ironside und ich, beide ledig, beide einund-
dreißig und gelernte Meteorologen mit dem Auftrag, dem
Fernseh- und Hörfunkpublikum daheim darzulegen, wie
sich die unsichtbaren Schwingungen und Unregelmäßigkei-
ten in der Atmosphäre praktisch auswirken, hatten zufällig
festgestellt, daß sich unsere Urlaubswochen zeitlich über-
schnitten.

Wir arbeiteten beide für das BBC-Wetterstudio und sagten im Wechsel mit mehreren anderen Kollegen der Nation
das gute und das schlechte Wetter voraus. Von morgens früh
bis Mitternacht hörte man unsere vertrauten Stimmen, und
da unsere Gesichter mal lächelnd, mal ernst in Millionen
Haushalte hineinschauten, konnten wir nirgends hingehen,
ohne erkannt zu werden.

Kris gefiel das so, und mir hatte es auch einmal gefallen,
aber jetzt konnte ich dem schon lange nichts mehr abgewinnen und fand im Gegenteil das unweigerliche Erkannt-
werden manchmal richtig ärgerlich.

»Sind Sie nicht...?«

»Der bin ich, ja.«

Ich machte in Ländern Urlaub, wo man mich nicht
kannte. Eine Woche Griechenland. Elefanten in der Seren-

9

geti. Mit dem Einbaum den Orinoco hinauf. Kleine Abenteuer. Nichts Halsbrecherisches oder was einem den Atem verschlug. Ich führte ein geregeltes Leben.

Kris tippte mit dem Daumen an den Urlaubsplan am Schwarzen Brett. Seine Hand zitterte vor Unwillen.

»Oktober–November!« schimpfte er. »Dabei wollte ich den August haben.«

Das war im Januar gewesen. Den August bekamen vorzugsweise die Mitarbeiter mit schulpflichtigen Kindern. Kris hatte nie eine reelle Chance für den August gehabt, aber bei Kris ging das Hoffen häufig über die Vernunft. Mit seiner chaotischen, unberechenbaren Ader – der manischen Seite seines Wesens – war er immer gut für einen Abend in der Kneipe, aber nach acht gemeinsamen Tagen mit ihm am Fuß des Himalaja war ich froh gewesen, wieder nach Hause zu kommen.

Mein eigener Name, Perry Stuart, stand auf der alphabetischen Urlaubsliste fast ganz unten, vor Williams und Yates. Ende Oktober also durfte ich mir die zehn Tage, die mir noch zustanden, frei nehmen und mußte am Tag vor dem großen Feuerwerk am 5. November wieder auf dem Bildschirm erscheinen. Ich zuckte die Achseln und seufzte. Alle Jahre wieder wurde ich eigens dazu ausersehen – und wohl auch damit geehrt –, die Millionen-Dollar-Frage zu beantworten, ob es am Abend des Guy-Fawkes-Tages, wenn der Himmel zum Gedenken an dessen antiparlamentarische Pulververschwörung von farbenfrohen Leuchtfeuern und Sternenschauern entzündet werden sollte, regnen würde oder nicht. Alle Jahre wieder bekam ich nach zutreffend vorausgesagten Regengüssen sackweise vorwurfsvolle Briefe von Kindern, die mir die Schuld an ihrer Enttäuschung gaben.

Kris folgte meinem Blick die Liste hinunter und tippte mit dem Finger auf meinen Namen.

»Oktober–November«, verkündete er ohne Überraschung. »Sag mir nichts. Den halben Urlaub vergeudest du wieder bei deiner Großmutter.«

»Wahrscheinlich.«

»Aber du siehst sie doch jede Woche.«

»Mhm.«

Was für Kris Eltern, Brüder und ein Heer von Verwandten waren, war mir meine Großmutter. Sie hatte mich als Kind buchstäblich aus den Trümmern eines durch eine Gasexplosion zerstörten Hauses gezerrt und die Trauer um meine toten Eltern ruhen lassen, um mich großzuziehen.

Was für viele meiner wetterkundigen Kollegen die Frau, die Lebenspartnerin oder die Geliebte war, waren für mich – manchmal – die Pflegerinnen meiner Großmutter. Ich war nicht aus Prinzip unverheiratet; eher, weil es mir damit nicht eilte oder weil noch kein Aschenbrödel aufgetaucht war.

Als der Herbst nahte, ging es mit der Ironsideschen manischdepressiven Stimmungslage abwärts. Kris lief die Freundin weg, und der norwegische Pessimismus, den er zusammen mit der hellen Haut, dem langen Kinn und der hageren Gestalt von seiner Mutter geerbt hatte, verleitete ihn öfter als sonst dazu, in dem geringsten Luftdruckabfall ein heraufziehendes Sturmtief zu sehen.

Kleine Gruppen der großen, breiten Öffentlichkeit entwickelten je nach ihren besonderen Bedürfnissen eine Vorliebe für bestimmte Wetterfrösche. Kollegin Beryl Yates beispielsweise war auf Hochzeiten spezialisiert, Sonny Rae beriet in seiner Freizeit Bauunternehmer oder Malerbetriebe, und der aufgeblasene alte George verriet Gemeinderäten, wann sie ihre Wasserrohre im Trocknen verlegen konnten. Landwirte, groß und klein, hielten sich an Kris und mähten ihr Heu auf die Stunde genau nach seinen Vorgaben.

Da Kris leidenschaftlicher Hobbyflieger war, stieg er an freien Tagen oft in seine Maschine und flog weite Strecken, um mit ihm wohlgesinnten Farmern zu Mittag zu essen. Sie holten ihre Schafe von den Wiesen, damit er landen konnte, und einer hatte sogar einmal eine ganze Zeile Trauerweiden gekappt, um ihm einen sicheren Start zu ermöglichen.

Dreimal hatte ich ihn auf solchen Ausflügen in die Landwirtschaft begleitet, doch meine eigene Fangemeinde bestand, wenn man von Kindern absah, die im Freien Geburtstag feiern wollten, hauptsächlich aus Pferdefreunden. Wie es schien, wandten sich besonders gern Trainer an mich, die ideale Bodenbedingungen für ihre schnellen Hoffnungsträger suchten, obwohl wir für bestimmte Rennen sowieso schon Vorhersagen lieferten.

Es kam vor, daß mich ein Trainer auf dem Anrufbeantworter fragte: »Montag nachmittag habe ich einen vielgetippten Starter in Windsor; kann ich mit festem Boden rechnen?« oder mir sagte: »Ich gebe meinen Steepler morgen nur für die 7200 Meter an, wenn Sie mir garantieren, daß es bis dahin regnet.« Es konnten Leute von Ponyclubs und Turnierveranstalter sein oder auch Polovereine, die

Schönwetter versprochen haben wollten. Manchmal waren es Züchter, die Stuten nach Irland verschifften und auf eine ruhige Überfahrt hofften, vor allem aber waren es Rennvereine, die wissen wollten, ob sie ihre Bahn wässern sollten oder nicht, damit sie in den nächsten Tagen guten Boden hatten. War guter Boden zu erwarten, schickten die Trainer ihre Pferde. Traten viele Pferde an, kamen die Zuschauer in Scharen. Guter Boden war Gold für die Rennsportindustrie; und wehe dem Wetterfrosch, der die Wolken falsch auslegte.

Aber kein Wetterkundler, so beschlagen, so instinktsicher er auch war, konnte den Himmel immer richtig einschätzen, und bei den Britischen Inseln mit ihren unsteten Winden, die jederzeit die Richtung ändern konnten, grenzte eine Trefferquote von fünfundachtzig Prozent schon an ein Wunder.

Kris' frühherbstliche Depressionen verstärkten sich von Tag zu Tag, und so nahm ich seine Einladung, mit ihm zu einem Sonntagsessen nach Newmarket zu fliegen, eigentlich nur an, damit er wieder ein fröhlicheres Gesicht machte. Unser Gastgeber, versicherte mir Kris, sei auf mindestens zwanzig Gäste eingestellt, einer mehr werde also die Planung nicht über den Haufen werfen. »Und außerdem«, setzte er mit dem üblichen leichten Sarkasmus hinzu, »ist dein Gesicht dein Kapital, ob du willst oder nicht. Caspar wird von den Socken sein.«

»Caspar?«

»Caspar Harvey, er gibt das Essen.«

»Oh.«

Caspar Harvey war nicht nur einer der reichsten Farmer, die Kris kannte, sondern ihm gehörten auch drei oder vier

Rennpferde, deren übernervöser Trainer mir von montags bis sonntags in den Ohren lag. Trainer Oliver Quigley, vom Temperament her ungeeignet für ein stressiges Leben, erst recht aber für den nervenzerrenden Alltag des Rennzirkus, erstarrte in Ehrfurcht vor Caspar Harvey, eine alles andere als günstige Grundlage für die Beziehung zwischen Besitzer und Trainer.

Ich kannte sie beide noch nicht persönlich und hatte auch wenig Lust, sie kennenzulernen, aber bis der Sonntag kam, stieß ich immer wieder auf Verweise wie »Caspar Harvey, die Säule des Rennsports« oder »Caspar Harveys Schlußspurt auf der Liste der siegreichen Besitzer« oder »Caspar Harvey zahlt bei den Jährlingsverkäufen mehrere Millionen Pfund für Derby-Hoffnungen«, und in dem Maße, wie meine Neugier und mein Wissen zunahmen, wuchs mein Verständnis für Quigleys schwache Nerven.

In der Woche vor dem Lunch bei Caspar Harvey machte ich die beiden wichtigsten Wetteransagen, jeden Abend um halb sieben und halb zehn, das hieß, ich berechnete täglich den wahrscheinlichen Weg der Luftmassen und gab meine Einschätzung zur Hauptsendezeit vor den Kameras bekannt. Viele Leute nahmen an, daß Wetterfrösche wie Kris und ich lediglich von Dritten geschriebene Berichte vortrugen, und waren überrascht, wenn wir erklärten, daß die Vorhersagen von uns selbst stammten. Erst wenn wir die Meldungen ferner Wetterstationen ausgewertet und mit Kollegen erörtert hatten, gingen wir ›live‹, ohne Skript und normalerweise allein in das winzige Studio, um die computergefertigten Wetterkartensymbole an der Karte von Großbritannien zu kommentieren.

Insgesamt gab es über zweihundert Wetterstationen auf den Britischen Inseln, deren Angaben über den örtlichen Luftdruck, die Windrichtung und die Windstärke einem großen Zentralrechner zugeführt wurden, der im Wetteramt in Bracknell bei Ascot westlich von London stand. Dieser Rechner empfing Daten aus der ganzen Welt, und man konnte ihm alles entnehmen, was in den nächsten achtundvierzig Stunden voraussichtlich an der Weltwetterfront passierte. Ganz sicher war jedoch nichts davon, und bei plötzlich nachlassendem Hochdruck konnten Polarwinde durchkommen, die unsere freudigen Erwartungen zu wenig überzeugenden Erklärungen gefrieren ließen.

Der Sonntag der Lunchparty bei Caspar Harvey Ende September begann jedoch hell und klar mit einem kalten Wind von Ost, Bedingungen, die den ganzen Tag vorhalten würden, so daß die Farmer in East Anglia ihre spätreife Gerste einfahren konnten. »Ideales Flugwetter«, meinte Kris.

Kris' Flieger, eine einmotorige Piper Cherokee mit tiefliegenden Tragflächen, war ungefähr dreißig Jahre alt. Er machte keinen Hehl daraus, daß er bereits der vierte Besitzer war; der dritte war ein Flugverein gewesen, der die Maschine mitunter sechs Stunden am Tag beansprucht hatte, was auch Kris nicht so gut fand, die Altersflecken der rissigen Sitze störten ihn hingegen wenig.

Meine erste Reaktion auf das Uraltgeschoß vor ein paar Jahren war: »Nein danke, ich bleib lieber mal unten«, aber im echowerfenden Hangar seines Flugplatzes hatte mich Kris mit einem Mechaniker bekannt gemacht, der über den Zusammenhang zwischen losen Schrauben und plötzlichem Tod Bescheid wußte. Auf die Versicherung des Mechanikers hin, daß die Piper trotz ihres Alters bis zur letzten Niete flugtauglich sei, hatte ich mein Leben in Kris' Hände gelegt.

Kris entpuppte sich dann als erstaunlich sicherer Pilot. Ich hatte befürchtet, er sei in der Luft so leichtfertig wie in seinem Verhalten allgemein, aber am Steuer war er konzentriert und zuverlässig, und hinterher schwebte er nicht höher als eine Radiosonde.

Viele Kollegen fanden den Umgang mit Kris schwierig und fragten mich verwundert, wie ich damit zurechtkam, daß er offensichtlich meine Gesellschaft suchte. Meistens antwortete ich wahrheitsgemäß, daß mir seine etwas schrägen Ansichten gefielen, und ließ unerwähnt, daß er während seiner Stimmungstiefs so selbstverständlich über Selbstmord redete, als ginge es um die Auswahl der Krawatte für das 8-Uhr-Wetter.

Nur Rücksicht auf seine Eltern, besonders auf seinen Vater, hielt ihn davon ab, sich wirklich vor einen Zug zu werfen (sein bevorzugter Abgang), und ich nahm an, sein Selbsthaß war schwächer und sein Wille zum Durchhalten stärker als bei Leuten, die dem Todeswunsch nachgaben.

Zur Zeit von Caspar Harveys Lunchparty hatte Kris Ironside die makabren Neigungen einer Reihe junger Frauen überlebt, die von der Idee des Selbstmordes vorübergehend fasziniert waren, und hielt es nicht mehr für ausgeschlossen, vielleicht doch ein mittleres Alter zu erreichen.

Kris war schlank, hochgewachsen und sah auffallend gut aus, mit klugen, hellblauen Augen, dichten blonden Stachelhaaren, denen kein Friseur beikam, einem kräftigen blonden Schnurrbart und – besonders auf dem Bildschirm –

einem nur angedeuteten Lächeln, das niemandem erlaubte, an seinen Worten zu zweifeln.

Er hatte sein aeronautisches Prachtstück auf dem Flugplatz von White Waltham stehen, gab einen Großteil seines Einkommens dafür hin und erklärte jedem, der ihm zuhörte, daß es als fit haltendes Herztonikum jeglichem Aerobic haushoch überlegen sei; und er begrüßte mich in White Waltham mit der aufgekratzten Freude, die ich aus Erfahrung kannte. Seine an den Zapfsäulen stehende Cherokee nahm Treibstoff auf, der so explosiv war wie er selbst, und beide Tragflächentanks wurden bis zum Rand gefüllt, um jedes bißchen Kondenswasser zu verdrängen, das sich beim Abkühlen der Maschine nach dem vorigen Flug gebildet haben konnte.

Statt der Schutzbrille und des weißen Schals der Piloten alter Schule trug Kris einen Norwegerpullover über einem dicken karierten Wollhemd. Er musterte meine dunkle Hose, das weiße Hemd, die blaue Jacke und nickte beifällig; meine biedere Erscheinung erlaubte es ihm gewissermaßen, zum Ausgleich den Exzentriker herauszukehren.

Er tankte fertig, überzeugte sich, daß die Verschlußkappen fest aufgeschraubt waren, und nachdem wir den weißen Flieger dann ein Stück von den Zapfsäulen weggeschoben hatten (kleines Zugeständnis an andere, die tanken mußten), ging er systematisch um die ganze Maschine herum, sagte sich seine Checkliste vor und berührte dabei die einzelnen wichtigen Teile. Wie üblich klappte er abschließend die beiden Hälften der Motorhaube auf, um sicherzugehen, daß der Mechaniker keinen Lappen im Getriebe zurückgelassen hatte (wie käme er dazu!), und wischte den Meßstab ab, bevor er ihn wieder in die Wanne tauchte und sich vergewisserte, daß der Ölstand ausreichte, um den Motor gleitfähig zu halten. Wenn es ans Fliegen ging, kannte Kris keinen Leichtsinn.

War er dann an Bord und hatte links vorn (auf dem Pilotensitz) Platz genommen, führte er dort ebenso gewissenhaft die letzten Checks durch – »Schalter okay?« und so weiter –, warf schließlich den Motor an und konzentrierte sich auf die Instrumente.

An seine Akribie gewöhnt, wartete ich geduldig darauf, daß sein Kreuz und seine Hände sich entspannten, und endlich grunzte er zufrieden, schaltete das Sprechfunkgerät an und teilte dem Sonntagsflugleiter oben im Glasturm mit, daß Ironside mit seiner Cherokee die Starterlaubnis für einen einfachen Flug nach Newmarket brauche, voraussichtliche Rückkehr gegen siebzehn Uhr Ortszeit. Kris und der Flugleiter kannten sich gut; der Informationsaustausch war eher eine Geste als eine Pflicht. Frei zum Rollen, bestätigte der Tower. »Danke, Junge«, sagte der Pilot.

Kris hatte recht, es war ein herrlicher Tag zum Fliegen. Die leicht beladene Cherokee hob locker ab und schwenkte im Aufsteigen nach Norden. Der Motorenlärm, halb Knurren, halb Klappern, machte eine normale Unterhaltung schwierig, aber Reden war dort oben, wo man auf Adler hätte hinabsehen können, ohnehin überflüssig. Ein Glücksgefühl stieg in mir auf wie ein bunter Luftballon, und ich verfolgte unseren Weg anhand der Karte auf meinen Knien mit höchster Zufriedenheit. Eines Tages, wieso nicht, würde ich vielleicht selbst fliegen lernen…

Kris hatte auf der Landkarte zwei gerade Linien eingezeichnet, die Route zum Lunch und zurück. Nun steuerte er nach dem Kursweiser, wobei er Seitenwind und magnetische Mißweisung mit einrechnete, und ich beobachtete innerlich jubelnd den Lauf der Straßen und Flüsse zweitausend Meter unter uns und sah ihn grinsen und mit dem Kopf nicken, wenn ich sie ihm zeigte.

Wir flogen von White Waltham nach Norden und schwenkten dort, wo die vielspurige, nach Norden gehende M1 die Außenbezirke der weitgedehnten Stadt Luton mit ihrem vielbesuchten Flughafen erreichte, nach Nordost.

Kris hätte sich gern ein paar der neuesten flugelektronischen Errungenschaften zugelegt, die das Navigieren in der Luft erleichterten. Es kostete ihn aber schon den letzten Heller, überhaupt zu fliegen, und so navigierte er mit dem Finger auf der Karte und mit Hilfe scharf aufpassender Mitflieger; einmal erst, sagte er, hatte er sich auf diese Weise gefährlich verflogen.

Wir franzten uns wohlbehalten in die Gegend von Newmarket durch, wo er dann ein großes Haus ein wenig südlich der Stadt anpeilte, auf knapp dreihundert Meter hinunterging und es zweimal umkreiste, worauf winkende Gestalten unten im Garten erschienen.

»Caspar Harveys Haus«, rief Kris unnötigerweise.

Ich nickte bestätigend, und während er es im Uhrzeigersinn umflog und die Tragfläche auf meiner Seite senkte, um mir freie Sicht zu geben, holte ich die nützliche kleine Kamera hervor, die ich immer dabeihatte, und schoß genügend Aufnahmen, um unserem Gastgeber ein Dankeschön mitzubringen und ihm eine Freude zu machen.

Kris hörte auf zu kreisen, ging noch einige fünfzig Meter

tiefer und führte mir von der Cherokee aus die zweckmäßig gebaute Stadt vor, die als die Schaltzentrale der Rennwelt galt. Wieviel hundert Mal hatte ich schon per Telefon mit Trainern gesprochen, die dort arbeiteten. Wir hatten uns tonnenweise E-Mails geschickt. Ich kannte Stimmen, und ich kannte Typen, denn es war nicht nur Oliver Quigley mit seinen nervösen Ängsten, der Garantien von mir verlangte, die ich nicht geben konnte.

Weder ich noch Kris, den ich vor dem Flug gefragt hatte, wußten, ob die vielen Ställe in Newmarket aus der Luft zu erkennen waren, und als wir nun mit hundertzwanzig Knoten über die Stadt donnerten, stellte ich fest, daß ich nur die zwei oder drei größten wiedererkannte.

Oliver Quigley hatte mir öfter erzählt, daß seine Pferde vom Stall direkt nach Warren Hill hinaustraben konnten, doch bei dem Tempo, dem Sonnenschein und meiner mangelnden Vertrautheit mit der Luftansicht der Stadt hätte ich überhaupt nicht sagen können, in welchem der viereckigen Stallhöfe Caspar Harveys vierbeinige Geldanlagen standen, ganz zu schweigen von der Stute, die am Freitag starten sollte. Um dem Trainer auch wirklich eine Freude zu machen, knipste ich daher möglichst viele Höfe.

Nirgends war ein Pferd zu sehen, weder auf den gut erkennbaren Trainingsanlagen noch auf den Horsewalks, den speziell für Pferde angelegten Wegen, die die Stadt durchzogen. Irgendwo da unten gab es mehr als zwölfhundert edle Vollblüter, aber sonntags um die Mittagszeit träumten sie wahrscheinlich nur.

Kris sah auf seine Armbanduhr, schwenkte von der Stadt nach Süden und setzte gekonnt auf dem dafür vorgesehenen

Grasstreifen auf, der neben dem im Hochsommer genutz-
ten Teil der Rennbahn – dem July Course – verlief. Der
Jockey Club erlaubte das nicht nur, sondern erhob zu Kris'
Leidwesen eine Gebühr dafür.

Wir rollten schnell zu einem wartenden Landrover hinüber, an dem eine junge Frau in einem ultrakurzen Rock
lehnte.

»Mist«, sagte Kris heftig.

»Wieso Mist?«

»Er hat seine Tochter geschickt. Dabei hat er mir ver-
sichert, sie wäre nicht da.«

»Sie sieht doch ganz okay aus.«

Kris hatte für meine Naivität nur ein mitleidiges »Ha!«
übrig, zog die Cherokee herum, brachte sie in eine gute
Parkposition und stellte den Motor ab.

»Sie heißt Belladonna«, sagte er. »Ein Gift.«

Ich löste meinen Sicherheitsgurt, öffnete die Tür, stieg aus
und sprang von der Tragfläche herunter. Kris kam nach dem
Schaltercheck hinterher. Ich wußte nicht genau, ob das mit
ihrem Namen ernst gemeint war, aber er machte uns zwang-
los miteinander bekannt. »Bell, das ist Perry. Perry... Belladonna. Sag Bell zu ihr.«

Ich gab ihr die Hand. Sie sagte mit hochgezogenen Augenbrauen: »Sind Sie nicht...?«

»Doch, doch«, sagte ich.

Sie sah nicht tödlich, sondern allerliebst aus. Blonde
Haare, eher zausig als ordentlich. Blaue Augen mit unschul-
dig blinzelnden Lidern. Rosarot nachgezeichnete Lippen,
die nie ganz zu lächeln aufhörten. Auch ohne die Bemerkung von Kris wäre ich auf Hexerei gefaßt gewesen.

»Rein mit euch«, sagte sie und winkte zu dem Landrover. »Dad hat euch kreisen hören und mich hergeschickt. Er macht gerade Glühwein. Davon kriegt ihn keiner weg.«

Als wäre die Aufforderung nicht an sein Ohr gedrungen, lief Kris um den Flieger herum, tätschelte ihn beifällig und lauschte dem leisen Knistern des abkühlenden Metalls. Der weiß lackierte Rumpf glänzte in der Sonne, ebenso wie Kris' persönliches Kennzeichen, der dunkelblaue Blitz, und die Registriernummer, die ihn international auswies; und tatsächlich war er schon so viel herumgekommen, daß man ihn in etlichen Weltgegenden (nicht ohne Respekt) den ›pingeligen Engländer‹ nannte. Wenn er an nassen Tagen landete, wischte er die Flügel nicht nur oben, sondern auch an der Unterseite ab, wo die Räder sie mit Matsch bespritzt hatten.

»Steig schon ein«, sagte Bell und hielt ihm die Beifahrertür auf. »Die Lunchparty ist heute, nicht morgen.«

Die Feindseligkeit zwischen ihnen war versteckt, aber eindeutig vorhanden. Ich saß während der acht Kilometer Fahrt zu Caspar Harvey hinten, lauschte dem nicht unhöflichen Zwiegespräch und fragte mich, wie weit ihre gegenseitige Abneigung ging – ob zum Beispiel einer für die Rettung des anderen sein Leben aufs Spiel setzen würde.

Caspar Harveys Haus, so zeigte sich, war mehr als imponierend anzusehen, aber man konnte es nicht direkt protzig nennen. Die Vorderseite mit ihrem kleinen palladianischen Säulenportal machte zwar viel her, doch dahinter war alles recht einfach gehalten. Diele und Wohnzimmer, durch Türbogen miteinander verbunden, boten reichlich Platz für die gut dreißig Leute, die dort herumstanden und Glühwein

tranken, Erdnüsse knabberten und über Newmarkets ein-
träglichsten Produktionszweig plauderten – Rennpferde.

Caspar Harvey schlängelte sich, als er Kris' Ankunft bemerkte, mit hoch erhobenem Glas durch den Raum, bis er
seinen neuen Gast durch Zurufen begrüßen konnte.

»Ich hab Sie kreisen gehört.« Er nickte Kris zu. »Und
schön, daß Sie mitgekommen sind«, ergänzte er zu mir ge-
wandt. »Mein Trainer schwört auf Ihr Gespür für Regen. Er
steckt hier irgendwo. Soll ich meine Stute am Freitag starten? Meine Frau glaubt an die Sterne. Mögen Sie Glühwein?«

Ich nahm den Wein entgegen, der angenehm nach Zimt
und Zucker schmeckte, während Harvey auf seinen Trainer
Oliver Quigley zeigte, der zapplig und sichtlich gehemmt
auf der anderen Seite des Raums stand.

»Sagen Sie ihm, daß es bis Freitag trocken bleibt«, meinte
Harvey. »Sagen Sie ihm, er soll mein Pferd laufen lassen.«

Er gefiel sich, wie mir schien, in der Rolle des großzügigen Gastgebers. Verwerflicherweise schien mir auch, daß
die Rolle ihm wichtiger war als seine Gäste. Seine über-
schwengliche Gestik war wie sein Ambiente: ein bewußtes
Herausstellen von Wohlstand und Erfolg, aber immerhin
ohne Fanfaren.

Ich sagte ihm, daß ich Luftaufnahmen von seinem Haus
gemacht hätte und ihm welche schicken würde, und erfreut
meinte er, ich dürfe auch seine Gäste fotografieren, wenn es
ihnen recht sei.

Er schien ebenso gutgenährt wie wohlhabend, ein breit-
schultriger Mann mit dickem Hals und einem gepflegten
graumelierten Bart. Genau wie ich war er nur eine Hand-

breit kleiner als der schlanke Kris, in jedem Fall eine herausragende Erscheinung, denn die undefinierbare Aura, die mit dem Erfolg einhergeht, war bei ihm sehr ausgeprägt. Ich fotografierte ihn. Er stellte sich noch einmal anders in Pose und nickte hold, als es wieder blitzte.

Kris trank Coca-Cola, wie sich das für einen braven kleinen Piloten gehört, und hielt seine manische Extravaganz im Zaum. Seelisch hatte er ein klares Hoch heute; gut für Witze und Gelächter und weit weg von verzweifelten Wanderungen über irgendwelche Eisenbahngleise.

Die ungiftige Belladonna tauchte an meiner Seite auf, schenkte mir aus einer dampfenden Karaffe nach und fragte unverblümt, warum sich ein vernünftig wirkender Mensch wie ich mit dem Psycho-Zickzackflieger Ironside abgab.

»Er ist gescheit«, sagte ich gelassen.

»Reicht Ihnen das?«

»Was haben Sie gegen ihn?« fragte ich.

»Gegen ihn? Ich habe den Mistkerl mal geliebt.« Sie schenkte mir die Andeutung eines breiteren Lächelns, zuckte die Achseln und zog mit ihrer Karaffe weiter, während ich, wie das bei solchen Anlässen geht, bei einer Plauderrunde landete, zu der auch der ständig besorgte Trainer Oliver Quigley gehörte. Was mit dem Wind sei, wollte er wissen. »Es ist so kalt«, sagte er.

Meine harmlose leibliche Anwesenheit, noch dazu mit Kamera, schien ihn durcheinanderzubringen. Nun war ich zwar Ablehnung und Empörung von seiten rennsportorientierter Leute gewohnt, die wie Kinder offenbar annahmen, ich sei am schlechten Wetter schuld. Auch war ich es gewohnt, der Unglücksbote zu sein, der von verlorenen

Schlachten kündet, und man hatte es mir oft genug verübelt, daß ich lächelte, wenn ich Schneestürme voraussagte; aber daß ich Gefühle weckte, die nach Angst aussahen, war mir neu.

Du mußt dich irren, dachte ich. Allerdings kannte ich ihn nur als nervösen, vom Wetter besessenen Trainer, und wer weiß, daneben konnte er alle möglichen Probleme haben.

»Das kommt vom Ural«, sagte ich beschwichtigend.

Er war verwirrt. »Was denn?«

»Der Ostwind. Es ist früh für so einen starken Polarwind, aber wenn er bis Freitag bleibt, könnte Caspar Harveys Stute einen klaren, trockenen Tag bekommen.«

»Und bleibt er denn?« Die Frage kam ein wenig streitlustig von einer imposanten grauhaarigen Frau um die Fünfzig, Amerikanerin vermutlich, die mit drei Reihen Perlen und einem verlegen dreinschauenden Gatten zu der Gruppe gestoßen war.

»Evelyn, Liebes...«, meinte er nachsichtig.

Sie fragte weiter. »Und was meinen Sie mit Ural?«

Ihr Gatte, ein rundlicher kleiner Mann mit einem schweren dunklen Brillengestell, nahm mir elegant die Antwort ab. »Evelyn, Liebes, der Ural ist ein Gebirge in Rußland. Vom Ural geht es glatt durch nach London, da liegt kein Höhenzug dazwischen. Nichts, was einen sibirischen Ostwind ablenkt oder zerstreut.« Er taxierte mich mit klugen, freundlichen braunen Augen hinter den dicken Brillengläsern. »Sind Sie nicht der junge Mann, der mit dem Meteorologen im Flugzeug gekommen ist?«

Bevor ich das bestätigen konnte, wies Oliver Quigley auch schon eilig und mit fahrigen Handbewegungen darauf

hin, daß ich ebenfalls Wetterexperte sei und beim Fernsehpublikum wahrscheinlich sogar noch bekannter als Kris.
»Robin und Evelyn«, erklärte er mir, um nicht unhöflich zu
erscheinen, »sind Amerikaner, und da sie vorwiegend in
Florida leben, kennen sie das britische Fernsehen nicht so.«

»Darcy«, sagte der kleine Mann und ergänzte die Vor-
stellung, indem er sein Weinglas vorsichtig in die linke
Hand nahm und mir die rechte anbot, »Robin Darcy.« Er
machte Lunchparty-Smalltalk mit gedämpftem Bostoner
Akzent. »Und fahren Sie zusammen mit Kris Ironside in
Urlaub?«

Was für eine Frage! »Ich glaube nicht«, antwortete ich.
Robin, dachte ich, hatte sich gerade ganz diskret nach meinen sexuellen Neigungen erkundigt. Wie sah es denn dann
mit seinen aus? Evelyn, matronenhaft in Schwarz und
scheinbar älter als ihr Mann, entsprach niemandes Vorstellung von einer heißen Braut.

»Besuchen Sie uns mal«, sagte sie automatisch, ohne es
ernst zu meinen.

»Gern.« Auch meine Begeisterung klang falsch, wie das
so geht.

Ihr Mann, der sein Glas wieder abgestellt hatte, wippte
ein wenig auf Fersen und Zehen, die Hände auf dem Bauch
gefaltet. Sein ohnehin geringes Interesse an mir schwand
zusehends, und bald wanderte er mit Evelyn im Schlepptau
davon, um sich lohnendere Gesprächspartner zu suchen.

Belladonna kehrte mit ihrer Karaffe zurück und schaute
hinter den Darcys her. »Wenn Sie kluge Köpfe mögen, ist er
Ihr Mann.«

»Worin ist er denn klug?«

Bells helle Wimpern flatterten. »Das ist wie Schönheit. Angeboren. Er ist es einfach.«

Darcy wirkte aber, wie er so umherlief, unscheinbar und wenig eindrucksvoll. Evelyns Plauderstimme war es, die dominierte.

»Lassen Sie sich nicht täuschen«, meinte Bell.

»Nein.«

»Kris sagt, Sie hätten ihm schon ein paarmal das Leben gerettet.«

Nach einem Moment antwortete ich: »Er hat gern mit Zügen gespielt.«

»Jetzt nicht mehr?«

»Immer seltener.«

»Ich wollte nicht mit ihm fliegen«, sagte sie. »Dauernd gab es Streit deshalb.« Nach einer Pause setzte sie hinzu: »Das war das Aus für uns. Macht er Ihnen keine Angst?«

Vor einem Jahr noch hatten die Züge fast einmal den Sieg davongetragen; den ganzen Abend hatte ich bei ihm gesessen, während er wie ein Fötus zusammengerollt dalag und vor sich hin stöhnte, um dann schließlich gequält nur ein einziges Wort herauszubringen: »Tödlich.«

Ein paar Schritte entfernt war Kris gerade am Abheben: Er erzählte einen Fliegerwitz und rief heiteres Gelächter hervor.

»Herrgott!« stöhnte Bell. »Den hab ich ihm vor Jahren erzählt.«

»Gute Witze welken nicht.«

»Wissen Sie, daß er manchmal Gedichte schreibt?«

»Mhm.« Ich schwieg. »Meistens mit wissenschaftlichem Inhalt.«

»Ich habe gesehen, wie er sie zerrissen hat.«

Ich auch. Eine Form von Selbstmord, hatte ich gedacht; aber es war doch besser, wenn es die Gedichte traf.

Bell kehrte Kris den Rücken und sagte, im Eßzimmer gebe es zu essen. Dort standen weiß gedeckte Tische mit goldenen Partyservice-Stühlen drumherum und ein herbstliches Büfett, wie Millionäre und hungrige Wetterpropheten es sich nur wünschen konnten. Ich stellte mir einen unverschämt vollen Teller zusammen und wurde von Evelyn Darcy nachdrücklich aufgefordert, an dem runden Tisch Platz zu nehmen, wo ihr Mann und vier andere Gäste sich gebratenes Moorhuhn zu Gemüte führten.

Die vier Unbekannten hatten das übliche Aha-Erlebnis mit mir und ließen sich versprechen, daß es für den Rest des Tages nicht regnen würde; ich lächelte und ging gern auf sie ein, da ich meinen Beruf wirklich mag und ein wenig Werbung niemals schadet.

Einer der Unbekannten entpuppte sich als der Spitzentrainer George Loricroft, ein distinguierter Mittvierziger, und neben ihm saß seine blonde, auffallend gutgebaute junge Frau Glenda. Wann immer Glenda etwas sagte, widersprach ihr dominanter Mann oder unterbrach sie. Hinter Glendas nervösem Kichern, schien mir, verbarg sich bitterer Groll.

Evelyn Darcy mit ihrer dreireihigen Perlenkette und dem schwarzen Kleid hatte nicht nur zu viel Spray im silbergrauen Haar, sondern war auch entschieden zu neugierig, um sich mit Fragen zurückzuhalten. Sie wollte wissen – und tat es lautstark kund –, ob Kris und ich uns mit unseren vielen Fernsehauftritten eine goldene Nase verdienten. Sonst könne sich Kris doch wohl kein Flugzeug leisten.

Alle hörten sie. Kris, auf der anderen Raumseite, schüttelte sich vor Lachen, zwinkerte mir zu und antwortete ihr noch lauter: »Wir sind im öffentlichen Dienst. Wir kriegen Beamtengehälter. *Ihr* bezahlt uns – und das langt kaum, um den Kondombedarf zu decken.«

Die Reaktionen auf diese intime und unzutreffende Enthüllung reichten von Gelächter unter den Gästen bis zu Abneigung und Verlegenheit. Ich aß friedlich mein Moorhuhn. Wenn man mit Kris befreundet war, mußte man sich mit dem ganzen Kris abfinden. Er hätte viel Schlimmeres sagen können. Hatte er mitunter auch schon.

Evelyn Darcy gefiel es zu plaudern. Robin saß mit Duldermiene neben ihr. George Loricroft, der Dauerunterdrücker seiner Frau, fragte mich, ob wir wirklich Beamtengehälter bekämen, und ich bestätigte es ihm und meinte, warum auch nicht, schließlich dienten wir ja der Öffentlichkeit.

Hier schob dann Oliver Quigley einen Stuhl in die viel zu schmale Lücke zwischen Evelyn und mir und legte ein Benehmen an den Tag, als sei ihm die Militärpolizei wegen unsäglicher Verbrechen auf den Fersen. Entspannte sich der Mann denn niemals?

»Ich wollte Ihnen noch sagen«, stammelte er mir mehr oder weniger ins Essen, »daß ich gestern ein Angebot von so einem neuen Verein im Briefkasten hatte, da kann man... ehm, also ich meine, es lohnt sich, das mal zu versuchen, denke ich...«

»Was für ein Angebot?« fragte ich ohne sonderliches Interesse, als ihm die Worte ausgingen.

»Na ja... also... für einen persönlichen Wetterbericht.«

»Von einer Privatfirma?« fragte ich. »Meinen Sie das?«

»Hm ... ja. Man schreibt ... ehm, per E-Mail natürlich, für welchen Ort und welche Zeit man wissen möchte, wie das Wetter wird, und bekommt sofort die Antwort.«

»Faszinierend«, meinte ich trocken.

»Haben Sie noch nichts davon gehört? Das ist doch Konkurrenz für Sie, oder?«

Wäre er mutiger gewesen, hätte man ihm Sarkasmus unterstellen können. So aber aß ich das ausgezeichnete Moorhuhn mit den Croutons auf und lächelte, statt mich zu ärgern.

»Nehmen Sie die ruhig in Anspruch, Mr. Quigley«, sagte ich. »Kein Problem.«

»Jetzt bin ich aber platt!« rief er aus. »Ich meine ... stört Sie das denn nicht?«

»Nicht im geringsten.«

Robin Darcy beugte sich vor und fragte mich an seiner Frau und dem zittrigen Trainer vorbei: »Wieviel berechnen Sie Mr. Quigley für die Empfehlung, Caspars Stute am Freitag laufen zu lassen?«

Oliver Quigley war vielleicht nervös, aber nicht dumm. Er hörte zu und begriff. Er machte den Mund auf und zu, und ich wußte, er würde sich auch weiterhin zuverlässige Auskunft bei mir holen, für die er nichts zu zahlen brauchte.

Robin Darcy fragte mich mit scheinbar ungespieltem Interesse, wann ich angefangen hätte, mich für das Wetter zu interessieren, und ich erklärte ihm wie hundert anderen vorher, daß ich schon mit sechs Jahren die Wolken beobachtet und mir nie ein anderes Leben gewünscht hatte.

Seine Freundlichkeit, dachte ich, beruhte auf der Überzeugung von seiner geistigen Überlegenheit. Ich hatte längst
gelernt, solche Überzeugungen unangetastet zu lassen, und
war als Folge davon einige Male befördert worden. Nur mir
selbst gestand ich ein, welch ein beklagenswerter Zynismus
dahinterstand. Aber ich war auch bescheiden genug, mir
einzugestehen, wenn mir jemand wirklich überlegen war.
Ich lächelte Robin Darcy ein wenig an und konnte mir nicht
darüber klarwerden, wie klug oder wie stark er war.

Evelyn fragte: »Wo haben Sie denn Meteorologie gelernt?
Ist das ein besonderer Studiengang?«

Ich sagte: »Im Regen stehen nennt sich das.«

Kris, wieder auf dem Weg zum Büfett, hörte sowohl die
Frage als auch die Antwort und rief Evelyn über die Schul-
ter zu: »Lassen Sie sich nichts aufbinden. Er ist Physiker.
Dr. Perry Stuart, jawohl.«

Robin gähnte und kniff die kurzsichtigen Augen zu, aber
irgendwo in dem scharfen Verstand hatte es klick gemacht.
Ich hatte es gesehen und gespürt, und ich verstand nicht
recht, warum er es verbergen wollte.

Oliver Quigley beeilte sich, mir zu versichern, daß er
mich mit der Überlegung, ein anderer Wetterdienst sei vielleicht besser, nicht hatte beleidigen wollen, obwohl es vielleicht so geklungen habe. Im Gegensatz zu mir schien ihn
das heftig zu beunruhigen. Hätte Oliver Quigley sein zer-
schlissenes Nervenkostüm genommen und es jemand anderem vor die Füße gelegt, wäre ich entzückt gewesen.

Caspar Harvey spielte tadellos den netten Hausherrn,
um bei seinen Gästen in guter Erinnerung zu bleiben, kam
zu mir an den Tisch, nahm mich ins Schlepptau, machte

mich reihum bekannt und bat alle, sich von mir fotografieren zu lassen. Die Abgeneigten wurden überstimmt: Caspar schenkte Glühwein nach und bekam seinen Willen.

Ich lichtete Quigley und Loricroft zusammen ab, als die beiden Trainer sich noch eine Portion knusprige Röstkartoffeln nahmen und kurz übers Geschäft plauderten. Erst schnappte ich einen Satzfetzen von Quigley auf – »er zahlt nie pünktlich« – und dann von Loricroft – »ist mein Pferd in Baden-Baden am Start behindert worden«.

Loricrofts großbusige Frau vertraute ihren Tischnachbarn stolz an: »George fährt oft nach Deutschland und holt Siege heim, stimmt's, George?« Aber Loricroft ließ ihre Begeisterung ins Leere laufen, verbesserte das »oft« durch »ein einziges Mal« in der letzten Saison. »In Frankreich gewinne ich viel mehr Rennen, aber es wäre zuviel verlangt, daß meine liebe Frau das klarkriegt.«

Er blickte Beifall heischend in die Runde und lächelte selbstgefällig. Ich fand Glenda schon schwer auszuhalten, ihren lieben George aber unerträglich.

Dem ausgezeichneten Lunch folgten Kaffee und bekömmlicher Portwein, und allmählich brachen die Gäste auf. Kris und ich mußten aber erst zu der Cherokee gebracht werden, und Bell war nirgends zu sehen.

Caspar Harvey selbst machte meiner unentschlossenen Warterei ein Ende, indem er sich vor mich hinstellte und auffordernd sagte: »Wenn Sie schon in Newmarket sind, können Sie genausogut mal einen Blick auf meine Stute werfen. Und sie fotografieren. Dann wissen Sie auch, was am Freitag auf dem Spiel steht.«

Er zupfte mich am Ärmel, so daß es direkt unhöflich

gewesen wäre, mich zu weigern. Es sprach auch nichts dagegen, daß ich mir die Stute ansah, schon gar nicht nach
einer solchen Bewirtung, außer daß es für Kris, der noch im
Hellen zurückfliegen wollte, eng werden konnte.

Nicht die Zeit machte Kris zu schaffen, sondern die Erkenntnis, daß von ihm erwartet wurde, wieder mit Bell
in dem Landrover zu fahren. Es gab keinen zwingenden
Grund, warum fünf Personen mit drei Autos zu der Stute
fahren mußten, aber Caspar Harvey wollte es offensichtlich
so, und nachdem er Oliver Quigley mit einem herzlichen
»bis gleich« verabschiedet hatte, bekam er seinen Willen.

Er fuhr hinter Quigleys hellblauem Volvo zum Tor hinaus und überließ es seiner Tochter, mit Kris in dem Landrover nachzukommen.

Da es nur eine Fahrt von knapp zehn Kilometern war,
kam Caspar Harvey ohne Umschweife auf das zu sprechen,
was er auf dem Herzen hatte.

»Wie labil ist Ihr Freund Kris?«

»Hm...«, wich ich aus.

»Ich möchte ihn nicht zum Schwiegersohn«, erklärte er.

»Im Moment«, sagte ich, »können Sie da ziemlich beruhigt sein.«

»Unsinn! Das Mädchen ist in ihn vernarrt. Vor einem
Jahr haben sie sich furchtbar gestritten, und ich muß sagen,
da war mir gleich wohler. Nicht, daß er kein erstklassiger
Meteorologe wäre; das ist er. Ich halte mich an seine Wetter-
tips und habe schon Tausende, buchstäblich Tausende da-
durch gespart.«

Er schwieg, fand sein Anliegen sicher heikel, brachte es
aber trotzdem vor.

»Könnten Sie ihm sagen, er soll meine Tochter in Ruhe lassen?«

Die simple Antwort darauf war natürlich nein. Es schien mir aber nicht die richtige Frage zu sein.

Als ich nicht gleich antwortete, sagte Harvey: »Vor einem Jahr war sie stinksauer auf ihn. Sie nahm einen Job in Spanien an. Vor sechs Wochen kam sie dann wieder und wollte, daß ich heute die Lunchparty gebe, aber Kris nicht sage, daß sie da sei, und Gott weiß, warum, ich habe ihr den Gefallen getan, ich dachte, sie wäre längst über ihn hinweg, aber das war ein Irrtum. Sie ist es nicht.«

Er schwieg düster, während sein großer Wagen schnurrend die Kilometer fraß. »Kris fragte mich, ob er heute einen Freund als Navigator mitbringen könnte, und als ich Sie sah – Sie sind offensichtlich ein vernünftiger Mensch, im Gegensatz zu ihm –, dachte ich, es wäre vielleicht möglich, daß Sie ihm sagen, er solle Bell nicht noch mal durcheinanderbringen... aber wahrscheinlich finden Sie die Idee nicht so gut...«

»Die beiden werden das unter sich ausmachen«, sagte ich ein wenig hilflos.

Das wollte er nicht hören, und wir legten die restliche Strecke in beiderseits unzufriedenem Schweigen zurück.

Oliver Quigleys Rennstall befand sich auf der anderen Seite der Stadt, wo Läden und Hotels dem Hauptgeschäft des Ortes Platz machten, den gestriegelten Pferden in ihren Boxen und dem Trainingsgelände auf der Heide, wo sie sich im Siegen üben und ihren Glanz an den Nachwuchs weitergeben konnten.

Trainer Quigley lenkte den Volvo in sein eigenes Reich,

und sogar dort wirkte er noch unsicher. Auf dem großen viereckigen Stallhof liefen Pfleger umher, die den Pferden Heu und Wasser brachten, frisches Stroh aufschütteten und alles für die Nacht herrichteten. Der Aufsichtführende – offensichtlich der erste Mann, der Futtermeister – maß jedem Pferd seine Futterration zu. An einigen Boxen stand die Tür auf, in manchen brannte Licht, andere waren verschlossen, verriegelt und dunkel. Es herrschte Sonntagnachmittagsstimmung; man wollte die Arbeit hinter sich bringen, um möglichst bald vergnüglicheren Dingen nachzugehen.

Caspar Harvey hatte neben Quigleys Wagen angehalten, ohne über die Gefühle seiner Tochter für Kris noch ein Wort zu verlieren.

Die Bewegungen der Pfleger belebten sich merklich bei der Ankunft von Trainer und Besitzer, von Oliver Quigley, der, mochte er noch so nervös herumzappeln, doch ihre Löhne zahlte, und Caspar Harvey, dem Besitzer von vier Superstars, die nicht nur Quigleys Stall, sondern dem ganzen Rennsport Ehre einbrachten.

Die Stute, die am Freitag laufen sollte, befand sich offenbar hinter einer der geschlossenen Türen und war noch nicht für die Nacht versorgt.

Caspar Harvey ging in freudiger Erwartung zu einer Reihe von sechs Boxen hinüber, die von den übrigen durch einen Weg getrennt war, der vom Stall hinunter zum Trainingsgelände Warren Hill führte. Dahinter verlief ein Fußweg, auf dem man das große Haus erreichte, in dem anscheinend Quigley wohnte.

»Das ist die Box der Stute«, sagte er und winkte mich zu

sich, als er die obere Hälfte der Stalltür aufriegelte. »Da ist sie drin.«

Das war sie auch. Nur würde sie am Freitag nicht laufen.

Ich sah, wie Harveys Gesichtsausdruck von Stolz zu Entsetzen wechselte. Ich sah, wie es ihm die Kehle zuschnürte und er nach Atem rang. Sein Juwel, die Freitagsstute, die zweijährige Aspirantin auf die Stutenkrone, die mögliche Favoritin für das 1000 Guineas und das Oaks im nächsten Jahr, die künftige Mutter von Champions, die Hellfuchsstute mit dem kleinen Stern, so schnell und so berühmt, lag stöhnend auf den Knien, die Flanken dunkel von Schweiß.

Während Harvey, Quigley und ich sekundenlang wie betäubt hinschauten, fiel sie mit schweren, pfeifenden Atemstößen auf die Seite, offensichtlich unter Schmerzen.

Es sah aus, als wäre sie dem Tod nah, aber sie starb nicht.

2

Zutiefst aufgewühlt und aufgebracht übernahm Caspar Harvey das Kommando, als sei Quigley gar nicht da, und so war er es, der den Tierarzt rief, einen alten Bekannten, dem er das doppelte Honorar anbot, wenn er seinen freien Sonntagnachmittag vergaß und sofort in Quigleys Stall erschien.

Direkt konnte er für seine Stute nichts tun, da er nicht wußte, was ihr fehlte, aber er kannte die Macht des Geldes und geizte nicht damit, wenn es seinen Zwecken diente.

»Eine Kolik?« dachte er laut. »Oliver, wäre es nicht besser, Sie führten sie herum? Laufen ist doch gut bei Koliken.«

Oliver Quigley hockte sich neben den Kopf des Pferdes und streichelte ihm die Nase. Laufen könne hier eher noch schaden, sagte er, selbst wenn er die Stute wieder auf die Beine bekomme; er werde auf den Tierarzt warten. Und mir fiel auf, daß in dieser kritischen, für eins seiner Pferde vielleicht lebensbedrohlichen Situation sein ständiges Angstzittern nachließ und beinah völlig verschwand.

Caspar Harvey drängte seine Gefühle zurück und dachte an die Zukunft. »Sie...«, sagte er zu mir. »Sie meine ich, Stuart... Haben Sie die Kamera bei sich?«

Ich zog sie aus meiner Hosentasche.

Er nickte. »Fotografieren Sie die Stute, für die Versicherung. Bilder überzeugen mehr als Worte.«

Ich kam seiner Bitte nach, und es blitzte hell in der dunklen Box.

»Schicken Sie sie mir«, sagte er, und ich versprach es ihm.

Belladonna, die mit Kris im Landrover auf den Hof gefahren kam, reagierte auf das Leid der Stute mit verzweifelter, liebender Sorge und vergaß alles andere, bis Kris zu ihrer Empörung sagte, unsere Abflugzeit sei für ihn und mich wichtiger als die Stute, da wir bei Dunkelheit nicht sicher in White Waltham landen könnten. Stute hin, Stute her, meinte er, um halb fünf müßten wir in der Luft sein. Halb sechs sei früh genug, widersprach Bell scharf. Wenn sie uns nicht um die gewünschte Zeit zum Flugzeug bringe, werde er ein Taxi rufen, sagte Kris. Als Ohrenzeuge dieses essigsauren Wortwechsels schien mir, daß sich Caspar Harvey in Sachen Schwiegersohn vorerst nicht zu sorgen brauchte.

Der Tierarzt kam mit quietschenden Reifen, um sein doppeltes Honorar zu verdienen, und sah sich, als er die Stute mit dem Stethoskop abhorchte, vor ein Rätsel gestellt.

»Ich glaube, das ist keine Kolik«, sagte er. »Was hat sie gefressen?«

Der Futtermeister und sämtliche Pfleger nahmen ihm das als Ehrbefleckung krumm.

Die Stute habe nichts als Hafer, Kleie und Heu bekommen, schworen sie.

Kris zankte sich hartnäckig mit Bell, die ihrem Vater schließlich erbost mitteilte, sie werde den unmöglichen Kris erst einmal zu seinem Flugzeug bringen. Ihr Vater, ganz auf das leidende Pferd konzentriert, nickte zerstreut und sah mich geistesabwesend an, als ich ihm zum Abschied für das Mittagessen dankte und noch einmal versicherte, er werde die Fotos bekommen.

Bell hielt nach einer übellaunigen Fahrt durch die Stadt mit einem Ruck neben der Cherokee an und hörte Kris finster zu, der sich einmal mehr zu erklären bemühte, daß wir beide am Abend Dienst hätten und deshalb pünktlich zurück sein müßten. Dienst hatten wir tatsächlich, aber es war nicht unbedingt nötig, deshalb schon um halb fünf abzufliegen. Eingewurzelte Loyalität verpflichtete mich jedoch zum Schweigen.

Sie sah zu, wie Kris seinen unverzichtbaren Kontrollgang um die Cherokee absolvierte.

»Er bringt mich zur Weißglut«, sagte sie.

Ich nickte. »Ich kümmere mich um ihn. Fahren Sie ruhig wieder zu Ihrem Vater.«

Sie sah mich aufmerksam mit ihren blauen Augen an.

»Ich will nicht zickig sein«, sagte sie.

Da sie es mit zwei willensstarken Männern zu tun hatte und trotz des lieben Augenaufschlags selbst nicht gerade die Nachgiebigste war, konnte ich mir schwer vorstellen, wie sie ein dreiseitiges Gleichgewicht erzielen wollte, ohne vorher eine vielleicht vulkanartige Demonstration der Stärke zu liefern.

Kris war mit seinen Kontrollen durch, und Bell und ich stiegen aus dem Landrover. Bell und Kris sahen sich unter einem geradezu elektrischen Knistern schweigend an.

»Ich bin jetzt Trainerassistentin bei George Loricroft«, sagte Bell schließlich. »Ich wohne wieder in Newmarket.«

Kris überlegte finsteren Blicks.

»Ich habe einen Monat Urlaub«, sagte er. »Einen Teil davon verbringe ich in Florida.«

»Glückwunsch.«

»Du könntest mitkommen.«

»Nein.«

Kris drehte sich abrupt um und stieg in seine fliegende Kiste, aber, dachte ich ironisch, keineswegs als der tollkühne Held aus dem Film.

Ich verabschiedete mich verlegen von Bell und sagte ihr, die Stute werde hoffentlich wieder gesund.

»Geben Sie mir Ihre Telefonnummer, dann sag ich Ihnen Bescheid.«

Ich hatte einen Stift, aber kein Papier. Sie nahm den Stift und schrieb die Nummer auf ihren linken Handteller.

»Steig ein, Perry, steig ein«, rief Kris, »sonst flieg ich ohne dich.«

»Ist das ein Scheißkerl«, sagte Bell.

»Er liebt Sie«, sagte ich.

»Wie ein Tornado, der einen in Stücke reißt.«

Kris ließ den Motor an, und da ich nicht riskieren wollte, wirklich stehengelassen zu werden, stieg ich ein, schloß die Tür, verriegelte sie und schnallte mich an. Bell hob andeutungsweise die Hand, als ich ihr lebhaft durchs Fenster zuwinkte, aber Kris starrte unversöhnlich vor sich hin, bis es für jede Höflichkeit zu spät war.

Als wir dann aber in der Luft waren und Bell uns noch am Landrover stehend nachsah, flog Kris eine artige Schleife für sie und wackelte im Davonziehen mit den Flügeln.

Von Newmarket nach White Waltham ist es nicht besonders weit, und wir hatten reichlich Zeit und reichlich Licht für die Landung, und auch die morgendliche gute Laune holte den Piloten wieder ein.

Der kalte Wind blieb bis Freitag, der Sonnenschein vom Sonntag verblaßte zu deprimierendem Eisengrau. Caspar Harveys Stute klammerte sich ans Leben; mit welchen Symptomen und welchem Erfolg, erfuhr ich buchstäblich aus erster Hand, von Bell, die mir sagte, ihr sei im letzten Moment, als sie schon Flüssigseife auf ihre Hände gespritzt hatte, noch eingefallen, meine Telefonnummer auf etwas Zweckmäßigeres als Haut zu übertragen.

»Anscheinend hat das arme Tier den Kopf gegen die Wand gedrückt, die ganze Zeit schon... Also das habe ich bei einem Pferd noch nie gesehen, und ihr Pfleger auch nicht, aber der Arzt sagt, Kopfdrücken ist symptomatisch für eine Vergiftung, und jetzt herrscht hier helle Panik.«

»Was für ein Gift?« zog ich sie ein wenig auf. »Doch nicht Belladonna?«

»Nein. Vielen Dank. Sehr lustig. Seit ich lebe, darf ich mir anhören, daß mein Name von der Tollkirsche kommt. Der Tierarzt hat mir aber freundlicherweise gesagt, daß sie an Tollkirsche wahrscheinlich eingegangen wäre.«

Zwei Tage danach teilte Bell mir telefonisch den neuesten Stand mit. Inzwischen war es Mittwoch.

»Dad und Oliver Quigley versuchen das aus den Zeitungen herauszuhalten, Gott weiß, warum, es nützt ja doch nichts. In Newmarket verbreiten sich Neuigkeiten wie der Schwarze Tod. Die Stute ist jetzt in der Pferdeklinik, da wird ihr Blut abgenommen, die Temperatur gemessen, in ihrem Mist gestochert, die lassen nichts aus. Heute mittag habe ich den Wetterbericht mit Kris gesehen. Dabei wirkt er so vernünftig, man glaubt es kaum. Sagen Sie ihm nicht, daß ich ihn gucke.«

Bell hatte ganz recht damit, daß in Newmarket nichts heilig ist oder geheim bleibt: Im Sportteil der Skandal- und Lokalblätter verdrängte die Stute den Fußball zwei Tage lang auf den zweiten Platz.

Ich hatte meinen Film vom Sonntag am Tag darauf entwickeln lassen und Caspar Harvey die Abzüge gleich zugeschickt. Bell zufolge war ihr Vater über die Fotos zwar entsetzt gewesen, alles in allem aber dankbar, und Oliver Quigley beteuerte immer wieder seine Unschuld am Zustand der Stute. »Aber Dad ist so sauer, da sollte es mich nicht wundern, wenn es zum Prozeß kommt«, sagte Bell. »Stundenlang liegen sie sich in den Haaren.«

Unter der Woche verbrachte ich meine Zeit wie üblich in der Wetterabteilung des BBC Wood Lane Television Centre. Jeden Nachmittag um zwei wurde ich mit den anderen Londoner Wetterleuten meiner Schicht in einer Telefonkonferenz zusammengeschaltet, damit wir uns über die aktuelle Wetterlage informieren konnten, wobei auch besprochen wurde, wie die mitunter weit auseinandergehenden Daten auszulegen waren.

Ein keimendes Präsentationstalent war die Fähigkeit, die, als ich etwa zweiundzwanzig war, unverhofft mein Leben verändert hatte. Eines Abends um halb zehn war ich ›kalt‹ vor die Kameras gestellt worden, um in allerletzter Minute für einen Kollegen, der buchstäblich die Lauferei hatte, einzuspringen und den längsten Soloauftritt des Tages hinzu-

legen. Weil das überraschend kam, hatte ich für Lampen-
fieber keine Zeit gehabt, und dann war es mir auch noch ge-
lungen, die Wettersignale richtig zu deuten: Am nächsten
Tag fiel der Regen da, wo ich ihn angekündigt hatte.

Daraufhin gingen immerhin so viele Briefe zufriedener
Zuschauer ein, daß ich eine zweite Chance bekam. Ich
nutzte sie gern. Weitere Briefe folgten. Ein halbes Jahr darauf war ich regelmäßig auf dem Bildschirm, und nach sieben Jahren rangierte ich jetzt auf Platz zwei in der Hierarchie. Der Chef, der Älteste von uns, hatte Gurustatus und
wurde von allen mit der Ehrerbietung behandelt, die seine
Sammlung edwardianischer Pornopostkarten verdiente.

Wir hätten uns beide von der aktiven Wettervorhersage
abseilen und in der Programmleitung Karriere machen können. Wir wollten es nicht. Der Schauspieler in uns beiden
genoß die Live-Auftritte.

Meiner Großmutter war das nur recht.

Meine Großmutter war gewissermaßen meine Cherokee,
oder anders gesagt das Faß ohne Boden, in das ich die Taler
schüttete, die ich in Wertpapieren hätte anlegen sollen.

Meine Großmutter und ich hatten sonst keine Verwandten mehr, und wir wußten beide, daß ich wahrscheinlich
bald allein sein würde. Die energische Frau, eine fähige
Reisejournalistin, hatte mich als Baby aus den Trümmern
gezogen, in denen gerade ihre Tochter umgekommen war,
sich vom Gericht das Sorgerecht für mich übertragen lassen
und mich einfühlsam durch Kindheit, Pubertät und Stu-
dium begleitet. Nun war sie achtzig, saß im Rollstuhl und
brauchte Betreuung rund um die Uhr, um über den Tag zu
kommen.

Ich besuchte sie am Donnerstag nachmittag, gab ihr ein Küßchen auf die Stirn und erkundigte mich nach ihrem Befinden.

»Wie geht's dir, Oma?«

»Ganz ausgezeichnet.«

Eine Lüge, wie wir beide wußten.

Sie lebte noch in der Wohnung, in der ich meine Jugend verbracht hatte, im ersten Stock eines Hauses mit Blick auf die Themse, dort, wo der Wasserstand am stärksten schwankte. Bei Ebbe sah man kilometerweit Schlick, über den schreiend die Möwen strichen, und bei Flut dampften – mit oder ohne dröhnende Musik – Schiffsladungen von Touristen vorbei, die kurz einmal durch die Schleuse bei Richmond in tieferes Gewässer wollten.

Die unentwegt steigende Miete strapazierte unsere zusammengelegten Finanzen arg, aber der lebende Bilderbogen draußen war das wert.

Als ich nach dem College-Abschluß das Nest verlassen hatte, wie man das so tut, war sie noch die rührige Angestellte eines Touristikunternehmens gewesen, für das sie arbeitete, seit ich auf der Welt war. Die ungewöhnlich aufgeschlossenen Reiseveranstalter ließen sie im Rahmen ihres Broschüreprogramms Tips für Leute ihrer jeweiligen Altersgruppe herausgeben. Mit fünfzig hatte sie geschrieben: »Die Prachtburschen, die Ihnen Tennis beibringen, sind aufs Geld aus, nicht auf eine dauerhafte Bindung«, und mit sechzig, für Australienfahrer: »Besteigen Sie Ayer's Rock, wenn Sie flinke fünf Jahre alt sind oder eine verhinderte Bergziege«, und mit siebzig vertrat sie die Ansicht: »Wenn Sie Pilgerfahrten unternehmen oder die Chinesische Mauer

44

sehen wollen, wird es Zeit. Fahren Sie los, oder schreiben Sie's ab.«

Das Schicksal hatte es für sie abgeschrieben. Mit vierundsiebzig war sie, obwohl ein wiederkehrendes taubes Gefühl in den Beinen sie hätte warnen sollen, an den südlichen Colorado River gereist, um abzuschätzen, wem man die Wildwasserfahrten dort zumuten konnte. Die gefährlichsten Strecken hatte sie nicht selbst getestet. Sie hatte die Führer gefragt. Sie war nicht verrückt, meine Großmutter. Sie sollte mögliche Abenteuer für Menschen ihres Alters erkunden und nötigenfalls davon abraten. Dem wilden Naß konnte sie mit vierundsiebzig wenig abgewinnen; sie wollte, so schnell es ging, nach Hause und hatte sich über die ersten Anfälle von Fieber und Schüttelfrost lediglich geärgert. Dann verzögerte sich die Heimreise; einen halben Tag mußte sie am Flughafen aushalten, bis eine Ersatzmaschine für den Rückflug nach England gefunden war. Sie hatte mir vom Flughafen eine Karte geschrieben, die ich freilich erst drei Wochen später bekam:

Lieber Perry,
mir wird ganz unheimlich, wenn ich an den Flug hier denke, aber der nächste geht erst in fünf Tagen. Mach's gut. Ich habe mich erkältet. Auf immer,
Deine Oma.

Auf dem langen, unheimlichen Nachtflug von Phoenix, Arizona, nach London verloren ihre Beine zusehends an Muskelkraft, und als die Maschine am nächsten Morgen wohlbehalten in Heathrow landete, fühlte sich ihr ganzer

Unterkörper taub an. Ganz langsam war sie zur Paßkontrolle gegangen, und danach hatte sie kaum je wieder einen Schritt getan.

Nach stundenlangen intensiven Untersuchungen erfuhren wir, daß die Ursache des Problems ein Meningeom war, ein von der Hirnhaut ausgehender, an sich gutartiger, aber harter Tumor, der sich in der Wirbelsäule festgesetzt hatte, langsam gewachsen war und jetzt auf die Spinalnerven drückte. Wohlmeinende und offenkundig besorgte Ärzte versuchten es mit Steroiden noch und noch, aber ohne Erfolg. Ein chirurgischer Eingriff, haarklein erörtert und sorgfältig ausgeführt, beeinträchtigte die Blutversorgung der Wirbelsäule und machte alles nur schlimmer.

Die bösen Vorahnungen meiner Großmutter durfte man niemals leichtnehmen.

Böses hatte ihr auch an dem Tag geschwant, als sie achtzehn Stunden durchgefahren war, um meine zaudernden Eltern persönlich zum Auszug aus ihrem geliebten Haus zu bewegen, um dann bei ihrer Ankunft zu sehen, wie das Haus samt Eltern in die Luft flog. Weniger schlimm waren ihre Vorahnungen an dem Tag gewesen, als mich ein Golfwagen anfuhr und ich mir das Fußgelenk brach, aber ein ganz böses Vorgefühl hatte uns davon abgehalten, in einem Tal Ski zu fahren, in dem dann eine Lawine niederging, die uns unter sich hätte begraben können.

Als Ärzte und Patientin sich mit der ungnädigen Hirnhaut abgefunden hatten, versuchte meine früher so aktive Großmutter, ihre eingeschränkte Erwerbsfähigkeit mit Humor zu nehmen, befürchtete aber, sie würde von ihren Arbeitgebern aufs Altenteil geschickt. Statt dessen ließen sie

sie Artikel über Tagesausflüge und Ferienreisen für Behinderte schreiben, und ich fand einen privaten Pflegedienst, der sicherstellte, daß im wöchentlichen Wechsel immer eine Pflegerin bei meiner Großmutter wohnte und für sie da war. Sie pflegten sie, kauften ein und kochten für sie, kleideten sie an und fuhren mit ihr zu reisetipwürdigen Orten. Sie schliefen in dem kleinen rückwärtigen Zimmer, in dem noch meine Physikbücher standen. Wenn sie wollten, konnten sie Schwesternuniform tragen. Aber sie mußten sich – darauf bestand meine Großmutter – die Wetterberichte ansehen.

Erst eine der Pflegerinnen hatte sich als Reinfall erwiesen: eine unansehnlich dicke, Trübsinn blasende Frau, die ihren Hund mitbrachte. Meine Großmutter zog ungebundene, hübsche Engel im Enkelinnenalter vor, und der Pflegedienst mußte zu seiner Überraschung feststellen, daß die Mädchen richtiggehend darum baten, öfter eine Woche bei der alten Frau zu verbringen.

Am Donnerstag nach Caspar Harveys Lunch erzählte ich meiner Großmutter von der kranken Stute und stellte fest, daß sie mehr darüber wußte als ich; eigentlich keine Überraschung, denn sie verschlang Zeitungen mit rasender Geschwindigkeit, und als erfahrene Journalistin verstand sie zwischen den Zeilen zu lesen.

»Caspar Harvey wird sich von Oliver Quigley trennen, meinst du nicht, Perry?« bemerkte sie. »Wenn seine Tochter zu Loricroft geht, kriegt der auch seine Pferde.«

Da ihre Arme und Hände mit der Zeitung halbwegs zurechtkamen, hielt sie sie wie gewohnt auf den Knien. Ich sah zu, wie sie sich damit abmühte, denn sie machte das lieber allein. Erst wenn sie mit einem verärgerten kleinen Seufzer die Blätter auf den Schoß sinken ließ, war sie bereit, sich helfen zu lassen.

Wie immer – auch wenn sie und die diensttuende Pflegerin eine Stunde oder länger dafür brauchten – sah sie frisch, adrett und hinreißend aus, diesmal in einem dunkelblauen, spitzengesäumten Hauskleid mit einer Straß-Geranie in Silber und Weiß am linken Revers und silbernen Lackschuhen an den unbrauchbaren Füßen.

Ich fragte verwundert: »Wie kommst du darauf, daß Harvey seine Pferde wegnimmt?«

»Er ist auf Ruhm aus. Und hast du mir nicht schon immer gesagt, Oliver Quigley sei ein unverbesserlicher Schwarzseher?«

»Mag sein.«

Der Rollstuhl stand auf ihrem Lieblingsplatz am Fenster, und ich saß in einem schweren Sessel neben ihr, so daß wir beide zusehen konnten, wie die schreienden Möwen sich über dem Schlick jagten, ein Schauspiel, bei dem der Aggressionstrieb so unverhüllt und beispielhaft zutage trat, daß meine Großmutter meinte, auch Kriege zwischen Menschen seien naturgemäß und unvermeidlich.

An diesem Donnerstag nachmittag schien mir ihre Lebenskraft ebenso tief zu stehen wie die Ebbe, sosehr sie es auch zu überspielen bemüht war, und das beunruhigte mich stark, denn an ein Leben ohne sie mochte ich nicht denken.

Sie war von jeher nicht nur eine Ersatzmutter für mich gewesen, die Pflaster fürs verschrammte Knie bereithielt, sondern auch geistige Lehrerin, Kumpanin und immer gut für einen Denkanstoß. Die gelegentlichen Revolten meiner

Teenagerzeit waren ferne Erinnerungen. Seit Jahren besuchte ich sie jetzt schon regelmäßig, hörte mir ihre vernünftigen Ansichten an, und viele davon hatte ich mir zu eigen gemacht. Sie durfte noch nicht gehen. Ich war noch nicht bereit, sie zu verlieren. Wahrscheinlich war es dafür immer zu früh.

»Wenn Quigley Harveys Pferde verliert ...«, sagte ich unbestimmt.

Meine Großmutter hatte ihre eigenen Fragen. »Wer hat die Stute vergiftet? Untersucht das jemand? Tut dein verrückter Freund was in der Richtung?«

Ich lächelte. »Der macht Urlaub in Florida. Ihn verbindet eine Haßliebe mit Caspar Harveys Tochter. Man könnte sagen, er läuft weg.«

Unvermittelt wurde ihr die Harvey-Geschichte zuviel, sie schloß die Augen und ließ die Zeitung zu Boden fallen.

In dieser Woche tat eine neue Pflegerin Dienst, die ich noch nicht kannte, und wie gerufen kam sie lautlos ins Wohnzimmer und hob die Zeitung auf. Meine Großmutter hatte sie mir mit den Worten vorgestellt: »Die nette junge Frau hier ist Jett van Els. Sie wird es dir aufschreiben. Ihr Vater war Belgier.«

Jett van Els mit dem belgischen Vater entsprach Großmutters Vorstellung von Jugend und gutem Aussehen vollkommen, und an der adretten blauweißen Uniform, die ihren hohen schlanken Wuchs betonte, war eine Uhr so festgesteckt, daß ich in den Verdacht sexueller Belästigung geraten wäre, hätte ich nach der Zeit sehen wollen.

Meine Großmutter dämmerte stets nur für ein paar Minuten so weg, doch an diesem Tag dauerte es länger, bis sie wieder aufwachte. Schließlich schlug sie dann aber die runden blauen Augen auf und war wie immer sofort voll da.

»Bleib weg von Newmarket, Perry, da wimmelt es von Schurken.« Sie sagte das ohne Vorbedacht, und es schien fast, als ob ihre Worte sie selbst überraschten.

»Newmarket ist aber ziemlich groß«, meinte ich freundlich. »Von wem genau soll ich mich denn fernhalten?«

»Bleib von der Stute weg.«

»Okay«, sagte ich obenhin, ohne das wirklich ernst zu meinen.

Soweit ich mich erinnern konnte, war sie selbst nur ein einziges Mal in Newmarket gewesen, und zwar vor Jahren, als sie für eine Illustrierte eine Artikelserie schrieb über vergnügliche Möglichkeiten, an freien Tagen Zeit und Geld zu verschwenden. Danach hatte sie Newmarket im Geiste mit »da war ich, das kenn ich« abgehakt, und wie sie oft sagte, war das Leben zu kurz, um den gleichen Weg zweimal zu nehmen.

»Was ist denn dabei, wenn ich mir die Stute ansehe?« fragte ich.

»Genau darum geht's. Egal, was mit der Stute ist, laß die Finger davon.«

Sie zog allerdings die Stirn in Falten, und ich nahm an, sie wußte selbst nicht genau, was sie sagen wollte. Viel schlimmer als nicht mehr laufen zu können wäre es für sie gewesen, ihren Durchblick zu verlieren, und ich wagte nicht zu entscheiden, ob ihre Bemerkung über die Stute nun scharfsinnig oder bloß sinnlos dahergeredet war.

Jett van Els konnte mit dem Dialog wenig anfangen, da Pferde sie nicht interessierten. Sie klopfte die Kissen im

Rücken ihrer Patientin zurecht und bewies mit jeder fließen-
den Bewegung das Geschick einer guten Krankenschwester.
Trotz ihres ausländischen Namens wirkte sie sehr englisch
und redete auch so; ganz der Typ Frau, für den ich einmal
eine Industriellentochter hatte sausen lassen, nur um selbst
den Laufpaß zu bekommen, als sich bei ihr das tolle Gefühl,
in prominenter Begleitung auszugehen, abgenutzt hatte.
Das Leben fing an, wenn der Bildschirm erlosch.

Jett van Els sagte gelassen, für Mrs. Mevagissey werde es
Fischpastete mit Petersiliensauce zu Abend geben; ob ich
bleiben wolle.

Mrs. Mevagissey war meine Großmutter.

»Nein, er bleibt nicht«, antwortete sie friedlich. »Aber
nach meiner bisherigen Erfahrung kann es sein, daß er Sie
in ein, zwei Wochen zu einem Sandwich in ein Pub ein-
lädt.«

»Oma!« protestierte ich.

»Ich freu mich doch«, meinte sie wahrheitsgemäß. »Also
ab mit dir, und morgen seh ich dich im Fernsehen.«

Wenn sie mich darum bat, ging ich immer, um sie nicht
zu erschöpfen, und diesmal verfolgte mich im Weggehen
der freundliche und belustigte Blick der braunen Van-Els-
Augen, die mir bedeuteten, daß ich mein Sandwich vielleicht bekam, wenn ich fragte.

Mrs. Mevagissey kannte mich eine Spur zu gut, dachte
ich.

Freitag saß ich im Wetterstudio und sah zu, wie die Berichte aus aller Welt eingingen. Der anhaltende Landwind
von Osten löste sich zwar auf, aber der Rasen in New-

market wäre dennoch am Nachmittag trocken und für Harveys Stute vorteilhaft gewesen, wenn sie hätte antreten können.

Bell wußte wenig Erfreuliches zu melden. Die rührigen Nachrichtenjäger des Rennbetriebs hatten die Stute fürs Wochenende zurückgestellt, um über die Rennen selbst zu berichten, und am Montag würde das kranke Pferd, so es überhaupt Erwähnung fand, nur noch Nebensache sein. Über den Transfer der anderen Pferde von Quigley zu Loricroft in der gleichen Straße gab es eine kurze Notiz; zu Bells Antritt als Trainerassistentin bei Loricroft gab es ein Foto – nicht von Loricroft, nicht von Harvey, nicht von den Pferden, sondern von Bell. Sie war hübsch anzusehen.

Der arme Oliver Quigley behelligte mich nicht mehr zweimal täglich am Telefon; einen einzigen kläglichen Anruf bekam ich noch von ihm, da konnte er kaum sprechen, er unterdrückte seine Erregung nur sehr mühsam und war nervöser denn je.

Aber trotz der anstehenden beiden Spitzenrennen für zweijährige Hengste – das Dewhurst und das Middle Park Stakes – und des Cheveley Park Stakes für die Stuten gab es für mich Wichtigeres als den Rennsport.

Die Winde rund um den Globus waren wie gewohnt um diese Jahreszeit zunehmend in Aufruhr, im Pazifik bedrohte ein ausgewachsener Hurrikan die kalifornische Südwestküste, und auf den Philippinen hatte ein über die Inseln ziehender verheerender Taifun Menschenleben gefordert. Japan wurde von ungeheuren Tsunamis – durch Seebeben ausgelöste Flutwellen – heimgesucht.

Im Atlantik waren für dieses Jahr bisher dreizehn Hurri-

kane und kleinere tropische Sturmtiefs gezählt worden, wobei die wirbelsturmträchtigsten Herbstwochen wahrscheinlich noch bevorstanden; und obwohl massive Störungen von
Orkanstärke nur selten die Britischen Inseln erreichten, es
sei denn als verfallende Starkregensysteme, waren sie für
uns wie für alle Meteorologen auf der Welt von größtem
Interesse.

Zwei Wochen nach Caspar Harveys Lunch bildete sich
der vierzehnte zyklonische Wolkenwirbel des Jahres vor der
westafrikanischen Küste und überquerte etwas nördlich des
Äquators den Atlantik. Die drei wichtigsten Voraussetzun-
gen für die Entwicklung eines echten Hurrikans waren gegeben, nämlich erstens eine Meeresoberflächentemperatur
von mehr als sechsundzwanzig Grad, zweitens der Zusam-
menfluß heißer tropischer Luft mit vom Meer kommender
feuchter Äquatorluft und drittens Winde, die hervorgerufen
wurden durch die aufsteigende feuchte Warmluft und von
unten nachdrängende Kaltluft. Die Coriolis-Kraft hielt die
nachströmenden Winde in kreiselnder Bewegung, und die
Meereswärme verdichtete die wirbelnden Luftmassen.

Der Jahre im voraus für den vierzehnten Sturm dieser
Saison festgelegte Name war Nicky.

Kris beobachtete mürrisch, wie Nicky sich entwickelte.

»Sie zieht westwärts, direkt auf Florida zu«, maulte er,
»und das auch noch mit über dreißig Kilometern die
Stunde.«

»Ich dachte, das interessiert dich«, sagte ich.

»Klar interessiert mich das, aber sie kommt doch vor mir
an. Ich fliege ja erst übermorgen.«

»Sie bekommt langsam Profil«, meinte ich und nickte.

»Die Bodenwinde kreisen schon mit über hundertzwanzig Stundenkilometern.«

Kris sagte: »Ich wollte schon immer mal durch einen Hurrikan fliegen.« Er schwieg. »Als Pilot, meine ich.«

Ich hörte die leidenschaftliche Begeisterung in seiner Stimme; er plauderte nicht nur so daher.

»Es gibt Leute, die das machen«, sagte er ernst.

»Verrückt«, meinte ich. Dabei reizte es mich selber, sogar sehr.

»Stell dir das mal vor!« Seine hellen Augen glänzten vor wachsender Erregung. »Und erzähl mir nicht, daß dich das kalt läßt. Wer von uns wollte denn unbedingt zu dem Wettbewerb im Brandungsreiten nach Nordcornwall? Wer steht aufrecht auf dem Surfbrett? Wer betreibt da Tube-riding?«

»Das kannst du nicht vergleichen. Das ist völlig ungefährlich.«

»Ach ja?«

»So gut wie.«

»Ich flieg dich auch sicher durch den Hurrikan Nicky.«

Zu seiner großen Enttäuschung kam er jedoch nicht dazu. Nicky entwickelte sich zwar zu einem Hurrikan der Kategorie 3 auf der Saffir-Simpson-Skala, mit Windgeschwindigkeiten zwischen 180 und 210 Stundenkilometern, wartete aber erstens nicht, bis Kris in die Staaten kam, und drehte zweitens nach Norden ab, bevor er die amerikanische Küste erreichte, und verwehte harmlos über dem kalten Wasser des Nordatlantiks.

Kris flog dennoch nach Florida, nun vor allem, um sich die Raketen in Cape Canaveral anzusehen, besuchte aber auch das National Hurricane Tracking Center in Miami,

doch zu seinem Leidwesen brauten sich in ihrer Hauptbrut-
stätte westlich von Afrika keinerlei Stürme zusammen.

In der ersten, sonst ereignislosen Woche dort faxte er mir,
daß er jetzt wie vereinbart ein paar Tage bei den Leuten verbringe, die wir auf Caspar Harveys Lunchparty kennengelernt hätten.

Ich wußte zuerst gar nicht, wen er meinte. Das Essen
selbst war mir kaum noch gegenwärtig, ganz verblaßt neben
der vergifteten Stute, aber als ich mein Gedächtnis durchforstete, fielen mir dann doch die Darcys ein, Robin der
Kopf und Evelyn die Perlen.

Die Bestätigung folgte bald. Kris faxte: »Hier läßt sich's
leben. Robin und Evelyn möchten unbedingt, daß du Montag rüberkommst und ein paar Tage hierbleibst. Nur zur
Erinnerung, die kleine Störung, die wir jetzt in der Karibik
haben, wird Odin heißen, wenn sie sich entwickelt. Ich be-
absichtige da durchzufliegen. Kommst du mit?«

Die kleine Störung in der Karibik, so schätzte ich nach
einem raschen Blick auf das chaotische Geschehen dort,
würde wahrscheinlich in sich zusammenfallen, so daß der
Name Odin ein andermal Verwendung fand.

Am nächsten Morgen legten die Winde südlich von Jamaika zu, und das Barometer fiel weit unter 1000 Millibar,
ein bedenklich tiefer Stand gegenüber dem Durchschnitts-
wert von etwa 1013. Eine Windscherung in der Höhe, die
eine organisierte Kreisbewegung bisher verhinderte, hatte
sich aufgelöst und aufgehört, die obere Atmosphäre ausein-
anderzureißen, und als sei sie sich über neue Möglichkeiten
klargeworden, hatte die kleine Störung langsam mit einer
Einladung zum Tanz begonnen.

Kris faxte: »Odin wird jetzt als tropischer Sturm geführt. Ein Hurrikan ist es leider noch nicht, aber komm trotzdem am Montag.« Er erklärte mir den Weg zu den Darcys und grüßte mich herzlich von ihnen.

Am Montag fing offiziell mein Urlaub an.

Ich dachte über meine kargen Ersparnisse nach, mit denen ich eigentlich auf Sizilien wandern gehen wollte, dann rief ich Belladonna Harvey an. Ich erfuhr, wie es um die Stute stand (geschwächt, aber wieder auf den Beinen, noch kein Laborbefund), wie es um Oliver Quigley stand (todtraurig), wie sich die Beziehung zu ihrem neuen Chef Loricroft anließ (er stellte ihr nach) und wie es um ihren Vater stand (er kochte vor Wut). Schließlich erkundigte sie sich, wie es Kris gehe, der schon acht Tage nicht auf dem Bildschirm gewesen sei.

»Er ist nach Florida geflogen.«

»So, so.«

»Er wollte Sie ja mitnehmen.«

»Mhm.«

»Er wohnt bei Robin und Evelyn Darcy. Sie haben mich eingeladen, auch hinzukommen. Ist das ungewöhnlich?«

Sie schwieg einen Moment, bevor sie sagte: »Was wollen Sie wissen?«

Mit einem Lächeln, das ich selber in meiner Stimme hörte, fragte ich: »Zunächst mal, was macht der Mann?«

»Evelyn erzählt überall, daß er Pilze verkauft. Er streitet das nicht ab.«

»Er kann doch unmöglich Pilze verkaufen!« widersprach ich.

»Wieso nicht? Evelyn sagt, er handelt mit sämtlichen

Pilzsorten, nach denen die Feinschmecker verrückt sind. Portobello, Steinpilz, Pfifferling, Shitake und dergleichen. Er läßt sie gefriertrocknen und luftdicht verpacken und verdient ein Vermögen damit.« Sie schwieg. »Außerdem verkauft er Gras.«

»Was?«

»Er verkauft Gras. Ich meine jetzt nicht das andere Gras. Sie werden lachen, aber in Florida wird Rasen nicht gesät. Das Klima ist dafür ungeeignet oder so. Man setzt vielmehr Grasplacken ein. Rasen wird verlegt wie Teppichboden. Robin Darcy hat eine Rasenfarm. Das ist kein Witz. So heißt das, und es ist ein Millionen-Dollar-Geschäft.«

»Sie meinten auch, er sei als kluger Kopf geboren«, sagte ich langsam.

»Ja, genau. Und wie gesagt, lassen Sie sich nicht von ihm täuschen. Er läuft da mit seiner dicken schwarzen Brille rum wie ein ziemlich unbedarfter, knuddeliger kleiner Kerl, aber was er anrührt, wird zu Gold.«

»Und mögen Sie ihn?«

»Eigentlich nicht.« Die Antwort kam ohne Zögern. »Er ist Dads Kumpel, nicht meiner. Mir ist er zu berechnend. Mit allem, was er tut, verfolgt er einen Zweck, aber das merkt man erst hinterher.«

»Und Evelyn?« fragte ich.

»Wie ich schon sagte, sie ist sein V-Mann. Na ja, seine V-Frau. Ich kenne die zwei mehr oder weniger seit Jahren. Robin und Dad unterhalten sich immer über Landwirtschaft, obwohl man sich fragt, was Gras und Pilze groß mit Vogelfutter gemein haben, dem Haupterwerbszweig meines Vaters.«

»Ich dachte, Ihr Vater baut Gerste an«, sagte ich leicht verwirrt.

»Tut er auch. Das gibt hervorragenden Whisky. Das Vogelfutter pflanzt er nicht. Er kauft alles mögliche Saatgut containerweise, läßt es im eigenen Werk mischen und verkauft's fein abgepackt an Leute, die Wellensittiche haben oder so. Man könnte sagen, Robin Darcy und mein Vater machen hundertgrammweise Millionen.«

»Tja, und... ehm, Evelyn?« hakte ich nach.

»Sie und meine Mutter verstehen sich bestens. Beide lieben Schmuck. Wenn man sich mit Evelyn über Klunker unterhält, hat man eine Freundin fürs Leben.«

Bell hatte nicht das Zünglein an der Waage gespielt, aber der Gedanke, Florida kennenzulernen, reizte mich doch sehr, und an dem Punkt war ich so unvorsichtig, meiner Großmutter zu erzählen, daß Kris mit mir durch einen Hurrikan fliegen wollte.

Fahr nicht, Perry. Mir wird ganz unheimlich...«

Aber ich hatte sie geküßt und ihre Bedenken in den Wind geschlagen. Die schleichende Lähmung auf dem Flug von Phoenix nach London lag Jahre zurück, und seit diesem Horrorflug hatte sie keine bösen oder unheimlichen Vorahnungen mehr gehabt.

»Mir passiert schon nichts«, versicherte ich ihr und nahm den billigsten Flug nach Florida, den ich finden konnte.

Robins und Evelyns Zuhause in Südflorida war für die Gegend anscheinend nichts Besonderes, doch für jemanden, der aus einer 1-Zimmer-Mansarde mit winzigem Bad und Kochnische kam, ein märchenhafter Anblick.

Mit den leuchtenden Farben fing es schon an. Ich war das graublaue Licht gewohnt, das in London W 12, zwischen 51 und 52 Grad nördlicher Breite, bereits die Nachmittage eintrübte.

Am Sand Dollar Beach, auf dem 25. Breitengrad, wenig nördlich vom Wendekreis des Krebses, flimmerte die Luft in Rosatönen, das Meer leuchtete türkis bis zum Horizont, und grüne Palmen schwankten über den spitzenbesetzten, sich kräuselnden Wellen.

Nur selten bedauerte ich die Einschränkungen, die ich meiner Großmutter zuliebe in Kauf nahm, doch an diesem schönen, heiteren Spätnachmittag schienen mir die kreischenden englischen Möwen, die sich über dem Niedrigwasser zankten, teuer bezahlt.

Ich hatte die Einladung der Darcys dankend angenommen und war herzlich von ihnen empfangen worden, aber so angenehm die berühmte Großzügigkeit auch sein mag, die die Amerikaner gewohnheitsmäßig an den Tag legen, ich wußte noch immer nicht genau, warum ich dort am Sand Dollar Beach war, den goldenen Sonnenuntergang betrachtete, ein berauschendes exotisches Getränk süffelte und Appetithappen so groß wie Frisbeescheiben aß.

Evelyn redete, wie Bell es vorausgesehen hatte, über Schmuck. Das silberne Haar tadellos frisiert, trug sie eisblau schimmernde Seidenhosen, dazu eine weite Bluse aus dem gleichen Material, über und über mit Perlen und silbernen Röhrchen bestickt, die ich dank meiner welterfahrenen Großmutter als Schmelzperlen erkannte.

Robin lag mit einem eisgekühlten Drink in der Hand faul auf einem Gartensofa, die nackten Füße auf den dicken

Polstern. Als er mich am Flughafen in Miami abholte, hatte er mich mit »Dr. Stuart« begrüßt, aber als er mir dann die Piña Colada in die Hand drückte, sagte er »mein Lieber« und fügte hinzu: »Ananassaft, Kokosmilch und Rum. Recht so?«

Er war sich über mich nicht im klaren, und ich mir nicht über ihn. Wohlwollen erkennt man oft auf Anhieb. Bei Robin kam mir alles wie ein Schachspiel vor.

Wir saßen auf einer großen, nach Süden gehenden Terrasse, von der aus man nach einer Seite auf den friedlichen Atlantik blickte und auf der anderen einen Zug effektvoll golddurchwirkter Wolken sah.

Kris, der, auch wenn er nicht flog, selten Alkohol trank, wanderte rastlos von der Terrasse zum tiefer gelegenen Pool und wieder zurück und suchte das goldene Firmament ab, als sei er furchtbar enttäuscht.

Robin Darcy meinte nachsichtig: »Gehen Sie ins Haus, Kris, und schalten Sie den Wetterkanal ein. Wenn der große Gott Odin in der Karibik umgeht, sieht man ihn hier noch tagelang nicht.«

Ich fragte Robin, ob er und Evelyn schon mal einen Hurrikan ausgesessen hätten, und wurde ob meiner Naivität mitleidig belächelt.

»Den kann man nicht aussitzen«, versicherte mir Evelyn. »Da haut's einen vom Stuhl. Sie sind doch Wetterkundler. Ich dachte, Sie wüßten so was.«

»Er weiß es in der Theorie«, erklärte ihnen Kris zu meiner Entschuldigung. »Er weiß, wie Hurrikane entstehen, aber niemand weiß, warum. Er weiß, woher sie ihren Namen haben, aber nicht, wohin sie gehen. Er ist nicht nur

Doktor der Physik, sondern auch der Philosophie, das findet man selten unter Wetterkundlern, und eigentlich sollte er dem Warum, das niemand kennt, nachgehen, statt in der Sonne Drinks zu schlürfen, aber lassen Sie sich gesagt sein, er ist nur hier, weil ich vorhabe, mit ihm durch das Auge eines Hurrikans zu fliegen, und nicht, um Kokosmilch mit Ananassaft und Rum kennenzulernen.«

Robin drehte die Augen und auch die Hand, die das Glas hielt, zu mir hin. »Ist das wahr?« sagte er.

»Diesen Abend hätte ich mir auf keinen Fall entgehen lassen«, erwiderte ich. Ich hielt meinen Drink in die Sonne, aber er war undurchsichtig wie manche Fragen und ließ kein Licht durch.

3

Robin, mit seinem Telefon so freigebig wie mit seinem Rum, lauschte mit kaum verhohlener Spannung meinem Bericht über das Wettergeschehen in jenem Meeresteil, der nach den furchterregenden Kariben benannt ist, einem Indianervolk, das die Inseln und Küstengebiete zwischen beiden Amerikas eroberte und dort ein Folterregiment führte, bevor Kolumbus und die europäischen Kolonialisten sie ihrerseits vertrieben.

Auch heute noch, sagte Robin, wurden die warmen blauen Gewässer von Piraten heimgesucht, brutalen Banditen in modernem Outfit, die Jachten enterten und deren Eigner umbrachten, wenn sie auch vielleicht keinen so hohen Blutzoll forderten wie früher. Lächelnd merkte er an, daß die Wörter ›Karibe‹ und ›Kannibale‹ etymologisch auf dieselbe Wurzel zurückgingen.

Ich telefonierte mit einem Mann vom Hurricane Center in Miami, den ich von vielen früheren Gesprächen kannte, und ließ mir den aktuellen Stand der Höhenwinde darlegen.

»Odin macht sich gut«, meinte er. »In der Nacht hat es Anzeichen von Organisation gegeben. Jetzt würde ich nicht mehr sagen, daß Sie umsonst über den Teich gekommen sind. Rufen Sie morgen wieder an, da haben wir vielleicht mehr. Der Sturm läßt sich viel Zeit, er bewegt sich mit höchstens zehn Kilometern die Stunde vorwärts. Wir haben bodennahe Durchschnittswinde von fünfzig, sechzig Kilometern, aber noch kein Auge.«

»Sollen wir knobeln?« meinte ich zu Robin.

»Bei Kopf wird es ein Hurrikan.«

»Wollen Sie, daß es ein Hurrikan wird?« fragte ich neugierig.

Mir sah es zwar ganz danach aus, aber er schüttelte den bebrillten Schädel und sagte: »Bestimmt nicht. Ich wohne seit vierzig Jahren hier in Florida und bin jedesmal, wenn's kritisch wurde, ins Landesinnere ausgewichen. Mit Überschwemmungen haben wir auch Glück gehabt. Einen knappen Kilometer vor der Küste verläuft hier parallel zu ihr ein Riff, das hält Sturmfluten irgendwie zurück und unterbindet die Bildung großer Wellen. Wo kein Riff ist, fordert nicht der Wind, sondern das Wasser die meisten Menschenleben.«

Wenn man so lange in einer Hurrikanstraße lebte, bekam man wohl zwangsläufig ein paar mörderische Zahlen mit, und am Abend meines (herrlichen) zweiten Tages unter seinem Dach schaltete Robin den Wetterkanal ein, damit wir sehen konnten, wie Odin sich machte.

Beeindruckend gut, war die Antwort.

Der Luftdruck im kreisenden Zentrum des tropischen Sturmtiefs Odin, so verkündete die fröhliche Stimme eines Ansagers, war in den vergangenen zwei Stunden um zwanzig Millibar gefallen. Das hatte es fast noch nie gegeben. Offiziell jetzt als schwerer tropischer Sturm bezeichnet, der Winde von hundert Stundenkilometern hervorbrachte, lag Odin gut dreihundert Kilometer südlich von Jamaika und zog mit elf Stundenkilometern nach Norden.

Robin nahm die Informationen nachdenklich auf und erklärte, am nächsten Tag würden wir alle miteinander nach Grand Cayman fliegen, um uns ein paar Tage auf der Insel zu sonnen.

Da wir heute schon den ganzen Tag im darcyschen Pool geschwommen, darcysche Durstlöscher getrunken und in Floridas Sonne gelegen hatten, konnte es Robin nur um eines gehen – entweder direkt in Odins Auge zu gelangen, oder aber wenigstens in sein Blickfeld.

Kris lief mit langen, federnden Schritten zwischen dem sonnigen Pool und der halb im Schatten liegenden Terrasse umher. Odin war nach den Radar- und Satellitenmessungen für seinen Geschmack zu klein, zu langsam und zu weit vom Land entfernt. Robin meinte trocken, es tue ihm leid, daß er nichts Besseres anzubieten habe.

Evelyn fand Hurrikanhaschen einen gefährlichen und unreifen Zeitvertreib und sagte, sie werde nicht mit nach Grand Cayman fliegen, sondern gemütlich zu Hause bleiben, worauf Robin ihr klarmachte, daß Odin, das brüllende Monster, wenn er an Stärke zunahm und nach alter Hurrikanmanier plötzlich die Richtung wechselte, sie gerade hier erwischen könnte, statt zu uns zu kommen.

»Außerdem«, fuhr Evelyn unbeirrt und kein bißchen eingeschüchtert fort, »gibt es heute abend Stone crabs, eine hiesige Spezialität, und danach kann uns Kris das Gedicht vortragen, das er schon den ganzen Tag in seinen Bart murmelt, und danach könnt ihr euch die Wetterberichte ansehen, solange ihr Lust habt, bloß weckt mich morgen früh nicht, denn ich fliege nirgendwohin.«

»Was für ein Gedicht denn?« fragte Robin.

»Gar keins. Ich gehe schwimmen«, gab Kris zurück, und bei Sonnenuntergang war er immer noch am Pool.

»Er hat ein Gedicht hergesagt«, beklagte sich Evelyn. »Wieso streitet er das jetzt ab?«

»Lassen Sie ihm Zeit«, sagte ich aus Erfahrung.

Zu gegebener Zeit würde er das Gedicht entweder vortragen oder es zerreißen. Das hing von seiner Stimmung ab.

Die Stone crabs am Abend, mit Senfsauce und grünem Salat, waren unvergleichlich besser als Fischpastete mit Petersilie, und beim Kaffee draußen auf der Terrasse, umrahmt von weichem Licht, sagte Kris ohne Vorrede: »Ich war ja in Cape Canaveral.«

Wir nickten.

»Ich will durch einen Hurrikan fliegen, aber die ersten Astronauten, die haben damals auf unzähligen Tonnen Raketentreibstoff gesessen und ein Streichholz drangehalten. Ihnen... widme ich mein Gedicht. Es handelt von Cape Canaveral, von der Vergangenheit... von der Zukunft.«

Unvermittelt stand er auf und ging mit seiner Tasse Kaffee ans Ende der Terrasse. Nüchtern kam seine Stimme aus der Dunkelheit.

»Verlassen sind die Abschußrampen aus Beton,
umgeben von staubigem Gras,
Sieben-Meter-Kreise sind es, mit kaum einer
                                        Brandspur.
Raketen standen dort, und darin eingeschlossen
harrten Menschen, vertrauensvoll und mutig,
auf den Abflug zu den Sternen.«

Niemand sagte etwas.

Kris fuhr fort:

>>Heute fliegen Shuttles
routinemäßig zu einer Raumstation.
Fahrpläne, Bordpässe für Raumreisende werden
                                        folgen.
Und wer hat dann einen Gedanken,
ein Dankeschön noch übrig
für die Kreise dort im Gras?<<

Wieder Schweigen.

Kris schloß:

>>Bewegte Jahre werden hingehen
über das alte Cape.
Sternstunden, bange Momente verblassen, verwehen,
vergrasen werden die Kreise aus Beton.
Die ersten Marsmissionen
gingen von einer Rampe im Orbit aus.<<

Kris kam herüber und stellte seine Kaffeetasse auf den Tisch. >>Wie man sieht<<, scherzte er, um seinem Gedankengang die Schwere zu nehmen, >>bin ich kein John Keats.<<

>>Trotzdem ein interessantes Aperçu<<, hielt Robin dagegen.

Kris überließ es ihm, Evelyn zu erklären, was ein Aperçu sei, ging mit mir zum Rand der Terrasse und schaute auf das Abbild des Mondes im Pool.

>>Robin hat uns auf Cayman eine Piper besorgt<<, sagte er.

»Ich habe mich vergewissert, daß ich sie fliegen kann. Bist du dabei?«

»Wenn's nicht zu teuer wird.«

»Von Geld redet keiner. Bist du innerlich bereit?«

»Ja.«

»Prima!«

Meine uneingeschränkte Zusage versetzte ihn in gute Laune. »Ich war mir sicher, daß du deshalb gekommen bist.«

»Warum liegt Robin so viel daran, daß wir durch Odin fliegen?«

Kris legte die hohe, blasse Stirn in Falten. »Die Beweggründe der Leute zu verstehen ist eher was für dich.«

»Ich fand dein Gedicht gut.«

Er schnitt eine Grimasse. »Du müßtest das Cape mal sehen. Du würdest im Leben nicht glauben, daß diese Betonplatten die Sprungbretter zum Mond waren.«

Es gab Zeiten, es gab Tage, an denen der zwischen Extremen pendelnde Kris in sich ruhte, nicht nur für die zwei Minuten, die er auf dem Bildschirm das Wetter ansagte, sondern auch sonst. Das war dann so, als ob der Pilot das Kommando behielt, nachdem das Flugzeug gelandet war. Am Abend der Cape-Canaveral-Verse wirkte er auf mich vernünftiger, als ich ihn außerhalb einer Flugzeugkanzel je erlebt hatte.

»Hast du Bell noch mal gesehen?«

»Wir haben uns am Telefon unterhalten.«

»Meinst du, sie heiratet mich?«

Ich schnaubte ungehalten durch die Nase. »Punkt eins«, sagte ich, »da fragst du besser sie.«

»Punkt zwei?«

»Reißt euch beide mal am Riemen. Zählt bis zehn, bevor ihr losbrüllt.«

Er dachte darüber nach und nickte. »Sag's ihr auch, dann halt ich mich dran.«

Ich nickte. Ob sie es hinbekamen, schien mir bei beiden zweifelhaft, aber schon der Versuch war ein Fortschritt.

Mit der für ihn typischen Sprunghaftigkeit fragte er beiläufig: »Weißt du was über die Insel Trox?«

»Ehm.« Ich überlegte vergebens. »Möchte Bell dahin oder was?«

»Bell? Das hat mit Bell nichts zu tun. Mit Robin und Evelyn eher.«

»So?« sagte ich unbestimmt. »Noch nie davon gehört.«

»Anscheinend haben die wenigsten Leute schon mal davon gehört, aber was wäre denn, wenn Robin möchte, daß wir außer Odins Auge auch Trox anfliegen?«

Verwirrt sagte ich: »Und weswegen?«

»Ich glaube, es hängt mit seinen Pilzen zusammen.«

»Ach komm, Kris«, protestierte ich. »Für Pilze setze ich doch nicht mein Leben aufs Spiel.«

»Das setzt du nicht aufs Spiel. Was meinst du, wie viele Flugzeuge schon durch Hurrikans geflogen sind, um nützliche und wichtige Erkenntnisse zu sammeln, und fast nie ist eins auf der Strecke geblieben.«

Fast nie, dachte ich, das war unheimlich beruhigend.

»Aber was sollen die Pilze?« fragte ich.

»Robin hat kurz nach meiner Ankunft telefoniert«, erwiderte Kris, »das Gespräch hab ich zufällig gehört, und es ging um mich und vielleicht einen Freund, also dich, und um Odin und Pilze auf der Insel.«

»Hast du ihn nicht danach gefragt?«

»Na ja... noch nicht. Ich meine... ich will ihn nicht verärgern. Er lädt uns ein nach Cayman, und er trägt die Flug-
kosten...«

»Ich frage ihn«, sagte ich, und als wir nachher auf einen
letzten Kognak friedlich beisammensaßen, tippte ich an,
daß Bell mir von seinem Pilz- und Grasanbau erzählt habe
und daß mich interessiere, wo Gras und Pilze am besten ge-
diehen.

»In Florida«, antwortete er prompt. »Ich baue mein Gras
im Sumpfland oben am Lake Okeechobee an. Das beste
Feuchtanbaugebiet für Gras in den Staaten.«

»Und die Insel Trox hat auch jemand angeführt. Wo liegt
die denn?« Ich fragte das ohne Nachdruck und ganz ruhig,
spürte aber dennoch eine Anspannung und dann ein bewußtes Loslassen bei meinem Gastgeber.

»Trox?« Er ließ sich mit der Antwort Zeit. Er öffnete
einen schweren, blanken Humidor aus Holz und beschäf-
tigte sich umständlich mit dem Abschneiden und Anzünden
einer Zigarre. Der innere Widerstreit äußerte sich in rhyth-
misch ausgestoßenen Rauchwölkchen. Ich saß gelassen da
und blickte von der Terrasse auf das weite, stille Meer hinaus.

»Trox«, sagte Robin freundlich, als er sich sicher war, daß
die Zigarrenspitze brannte, »ist eine der vielen kleinen Inseln, die aus dem Karibischen Meer ragen. Sie soll hauptsächlich aus Guano bestehen – auf gut Englisch also aus
Vogelmist.«

»Dünger«, stimmte ich bei.

Er nickte. »Das hat man mir erzählt, aber ich war selbst

noch nicht da.« Er nahm einen Zug, stieß den Rauch aus und meinte, Evelyn und er freuten sich sehr, Kris und mich im Haus zu haben, auch Kris' Blick auf die Zukunft der Raumfahrt habe er interessant gefunden, und er sei wirklich gespannt, was Kris über die Begegnung mit Odin erzählen würde. Über die Insel verlor er kein Wort mehr. Ich versuchte noch einmal das Gespräch darauf zu bringen, aber da unterbrach er mich sofort und sagte einfach: »Denken Sie an Odin. Vergessen Sie Trox. Darf ich Ihnen nachschenken?«

Evelyn zog mich weg, wollte von mir wissen, wie die Sterne hießen; immer nur Wind im Sinn, das sei doch langweilig.

Am Ende des Abends kehrten Kris und ich in unsere farbenfrohen, typisch tropischen Zimmer zurück: leuchtende Stoffe, Korbsessel, weiß gefliester Boden, kreisender Deckenventilator, hübsches Bad nebenan, alles, was man brauchte, um sich wohl zu fühlen. Ich schlief so schnell ein wie am ersten Abend, wurde aber Stunden später halb wach und wunderte mich, wieso die Londoner Straßenlaternen keine Schatten an die Decke warfen wie sonst auch.

Miami... langsam klärte sich mein Kopf... Ich war am Sand Dollar Beach, der so hieß wegen der flachen, blütenähnlichen Schalen, die man am Strand finden konnte. Sanddollars waren Seeigel der Gattung Clypeasteroida... das hatte ich nachgesehen.

Ich knipste die Nachttischlampe an, stand auf, weil ich doch zu unruhig war, um weiterzuschlafen, tappte ins Bad und wieder hinaus, griff mir schließlich ein Handtuch, zog eine Badehose an, ging im Dunkeln durch das Haus, über die Terrasse und stieg in den angenehm kühlen Pool.

Robin Darcy, freundlich, aber geheimtuerisch, auffallend großzügig, hatte uns zu viel gegeben und zu wenig erzählt. Worauf zum Teufel ließen Kris und ich uns da ein? Auf eine Reise ohne Wiederkehr womöglich?

Mrs. Mevagissey, die mich vierundzwanzig Jahre lang durchgebracht hatte, war auf meine Einkünfte angewiesen. Das Geld für die Pflege durfte ich nicht aufs Spiel setzen. Nur die Pflegerinnen machten das Dasein für sie erträglich. Mein vorrangiges Ziel war, durch einen Hurrikan zu fliegen und heil nach Hause zu kommen. Erst danach kam, was Kris wollte, und erst danach, was Robin wollte.

Für mich war klar oder zumindest abzusehen, daß Odin sich recht schnell von Kategorie 3 zu Kategorie 5 auf der Saffir-Simpson-Skala hocharbeiten konnte, und Kategorie 5 hieß, daß seine Windgeschwindigkeiten jedes zu ihrer Messung aufgebotene Instrument zerstören würden. Daß Odin verheerende Sturmfluten auslösen würde, wo immer er ans Festland stieß; um sein Auge herum konnten die Winde Dauergeschwindigkeiten von 300 Stundenkilometern erreichen ... und kleine Inseln, mit oder ohne Pilze, konnten überflutet werden und verschwinden.

Ich entspannte mich in dem abgekühlten Wasser und schwamm in gleichmäßigen Zügen Bahn um Bahn, ohne mich zu fordern. Mein Leben lang war Schwimmen der einzige Wettkampfsport gewesen, den auszuüben ich mir bei den bescheidenen Mitteln meiner Großmutter erlauben konnte. Trotzdem war ich mit sechzehn, siebzehn von den Schwimmbädern und olympischen Distanzen dann übergegangen zu Wettbewerben über längere Strecken und zum Surfen. Zu der Zeit, als Kris und ich in Florida waren, hatte das Wettschwimmen für mich viel an Reiz verloren, aber die Schultern und die lang geübte Technik waren mir geblieben.

In Gedanken ganz bei Hurrikan Odin und Trox, stieg ich nach einiger Zeit aus dem Pool und trocknete mich mit dem Rücken zum Haus ab.

»Hände hoch und keine Bewegung!« sagte mit gänsehauterregender Schärfe eine Stimme hinter mir.

Fast hätte ich mich ohne zu überlegen umgedreht und mir mit Sicherheit eine Kugel eingefangen, aber dann schaltete ich, ließ das Handtuch fallen und gehorchte.

»Jetzt drehen Sie sich langsam um.«

Ich drehte mich um und begriff, daß ich von der Terrasse aus gesehen hier im Dunkeln stand.

Auf der Terrasse stand Robin, erhellt von einem Lichtschein aus dem Haus. Der rundlich-gemütliche Robin hielt mit ruhiger Hand eine Pistole so auf mich gerichtet, daß ein Schuß mich töten konnte.

»Ich bin's – Perry«, sagte ich. »Ich habe geschwommen.«

»Treten Sie vor, damit ich Sie sehen kann. Aber langsam, sonst schieße ich.«

Wäre es ihm nicht ganz offensichtlich ernst damit gewesen, hätte ich vielleicht mit einem Scherz geantwortet; so aber trat ich langsam vor, bis mir das Licht aus dem Haus in die Augen schien.

»Was machen Sie hier draußen?« fragte Robin verdutzt und ließ die Waffe sinken, so daß sie auf meine Füße zielte.

»Ich konnte nicht schlafen. Darf ich die Hände jetzt runternehmen?«

Er schüttelte sich ein wenig, wie um aufzuwachen, öffnete den Mund und nickte, doch bevor alles wieder normal werden konnte, war der Poolbereich plötzlich von Flutlicht, blauen Uniformen, Gebrüll und einem beängstigenden Aufgebot an Schußwaffen erfüllt. Die Bereitschaft – die Entschlossenheit – zu töten drang wie Stoßwellen auf mich ein. Ich kniete mich auf Befehl hin, und eine Hand drückte brutal mein Genick herunter.

Robin stammelte irgend etwas. Ohne auf ihn zu hören, führten die Ordnungshüter ihre Mission fort, die darin bestand, den Eindringling, wenn sie ihm schon keine Kugel verpaßten, wenigstens in den Schwitzkasten zu nehmen und sein geschundenes Ohr mit unverständlichem Zeug vollzuschreien, bei dem es sich, wie mir Robin nachher erklärte, um meine »Rechte« handelte.

Eine halbe Ewigkeit kniete ich armer Sünder in meiner blöden Badehose dort am Poolrand, von unsanften Fingern gepackt, die Hände mit Handschellen auf den Rücken gefesselt (in Florida kamen sie laut Robin immer auf den Rücken, und in den meisten anderen Bundesstaaten auch). Meine Proteste gingen in ihrem Gebrüll und ihrem vereinten Geschimpfe unter, bis schließlich Robin die Aufmerksamkeit des Einsatzleiters auf sich zog. Der »Eindringling«, sagte er um Verzeihung bittend, sei ein Logiergast.

Ein Logiergast, der früh um halb vier schwimmen ging?

»Entschuldigung«, sagte Robin. »Bitte vielmals um Entschuldigung.«

Gezwungen, ihre Beute fahrenzulassen, holsterten die Polizisten mürrisch ihre Kanonen und steckten die Taschenlampen weg. Sie funkten ihre Zentrale an, ließen Robin Formulare unterschreiben, behandelten uns beide unvermindert mißtrauisch, nahmen mir aber doch die Handschellen ab und verschwanden endlich so schnell, wie sie gekommen waren.

Ich richtete mich steifbeinig auf, nahm das Handtuch, ging über die Terrasse und folgte Robin ins Haus.

Er war unzufrieden mit mir und vergaß dabei ganz, daß er mich nicht auf die Alarmanlage hingewiesen hatte.

»Woher soll ich denn wissen, daß Sie mitten in der Nacht schwimmen gehen?« sagte er verärgert. »Die Terrasse ist mit einem System gesichert, das einen Wachdienst alarmiert, wenn jemand eindringt. Ein Draht geht zur Polizei, und in meinem Schlafzimmer schlägt ein Summer an. Jetzt trinken Sie erst mal was.«

»Nein, danke ... Entschuldigen Sie, daß ich Ihnen Unannehmlichkeiten bereitet habe.«

Ich schlang mir das Handtuch wie einen Lendenschurz um die Hüfte, und Robin musterte mich nachdenklich, wobei er die freie Hand und die Hand mit der Pistole vor dem Bauch kreuzte.

»Ich muß sagen«, überlegte er laut, »daß Sie in der brenzligen Situation sehr ruhig geblieben sind.«

Von Ruhe hatte ich nichts gemerkt. Mein Herz hatte mit Cape-Canaveral-Geschwindigkeit gehämmert.

»Wie weit waren die denn davon entfernt, wirklich zu schießen?« fragte ich.

»Einen Abzug weit«, sagte Robin. Er steckte die Pistole in die Tasche seines Morgenmantels. »Legen Sie sich wieder hin. Hoffentlich können Sie schlafen.«

Bevor ich weg war, klingelte jedoch das Telefon, und Robin nahm ab, ohne sich über einen so frühen Anruf zu wundern.

»Ja«, sagte er in den Hörer. »Falscher Alarm. Mein Logiergast ... nächtliches Bad im Pool ... ja, alles bestens ... klar. Mhm ... Hereford also ... jawohl, Hereford. Die Polizei war nicht erbaut, nein, aber ich versichere Ihnen, es ist alles in Ordnung.« Er legte auf und erklärte mir kurz, der Wachdienst habe nachgefragt, was los sei. »Das tun sie immer, wenn die Polizei durchgibt, daß es falscher Alarm war.«

Robin begleitete mich zur Tür meines Zimmers und fand auf dem Weg dahin wieder freundlichere Töne.

»Ich hätte Ihnen von der Alarmanlage erzählen sollen«, murmelte er. »Aber egal, es ist ja nichts passiert.«

»Nein.« Ich sagte höflich gute Nacht, und er meinte mit einem Lachen, ich bliebe hoffentlich auch so ruhig, wenn ich Odin kennenlernte.

Am anderen Morgen flogen Robin, Kris und ich mit Cayman Airways von Miami nach Grand Cayman, während Evelyn zu Hause blieb, und Robin erzählte Kris gutgelaunt von unserem nächtlichen Abenteuer. Kris hatte auf der anderen Seite des Hauses das ganze Spektakel verschlafen.

Nach der Landung und der Paßkontrolle drangen dann zwar einzelne brauchbare Informationen zu mir durch, aber ohne sich zu einem Ganzen zusammenzufügen.

Auf Robin und Kris wartete vor dem Flughafen ein Wagen, und sie sagten mir nur, daß auch ich abgeholt würde, ehe sie davonbrausten und mich in der ungeahnten Hitze mit der Frage allein ließen, wie es nun weiterging.

Weiter ging es mit einer mageren Frau in ausgebleichten, verwaschenen Jeans und einem ärmellosen weißen Top, die geradewegs auf mich zukam und sagte: »Dr. Stuart, nehme ich an?«

Ihre Stimme verriet Selbstbewußtsein und vornehme ländliche Herkunft. Sie habe oft die BBC-Wetterberichte angeschaut, sagte sie, und kenne mich vom Sehen. Ich solle bitte in ihren orangen Pick-up steigen, der nicht weit entfernt stand. Es hörte sich an, als sei sie gewohnt, den Ton anzugeben.

»Robin Darcy... Kris...«, setzte ich an.

»Kris Ironside«, unterbrach sie, »ist losgefahren, um ein paar Proberunden mit der Maschine zu drehen, die er fliegen soll. Steigen Sie doch bitte in den Wagen.«

Ich setzte mich ins Fahrerhaus und briet in der Hitze, die auch bei offenen Fenstern nicht erträglicher wurde. Es war die zweite Oktoberhälfte südlich vom Wendekreis des Krebses. Ich nahm meine überflüssige Krawatte ab und sehnte mich nach einer lauwarmen Dusche.

»Ich bin Amy Ford«, stellte sich die Frau auf der Fahrt aus dem Flughafen vor. »Guten Tag.«

»Darf ich fragen, wo wir hinfahren?«

»Erst muß ich noch etwas in Georgetown erledigen. Dann zu mir.«

Bald kamen wir in eine dicht bebaute und offenbar wohlhabende Kleinstadt mit schattenspendenden Bäumen an den Straßen und zahlreichen fotografierfreudigen Touristen.

»Das ist Georgetown, die Hauptstadt der Insel«, sagte Amy und fügte hinzu: »Es ist überhaupt die einzige richtige Stadt hier.«

»So viele Leute...«

»Die kommen von den Kreuzfahrtschiffen«, sagte Amy

und wies, als wir um eine Ecke bogen, auf das weite, offene Meer, wo drei schwere Luxusliner vor Anker lagen, nachgebaute Piratengaleeren nachgemachte Kanonenkugeln abfeuerten und Containerschiffe mit Lebensmitteln und Baumaterial am Kai anlegten.

Amy hielt in Laufweite der Stadtbücherei an, um ein Buch abzugeben, dann fuhren wir an ein paar imposanten Bankgebäuden vorbei und wieder über den Hafen zurück, wobei mir auffiel, daß andere Autofahrer uns freundlich lächelnd vorbeiließen.

»Schön hier«, sagte ich und meinte es auch so.

Amy sah das Kompliment als selbstverständlich an. »Gleich kommt mein Haus«, sagte sie. »Ein paar Meter noch.«

Ihr ein paar Meter entferntes Haus nahm bestimmt tausend Quadratmeter von dem paradiesischen Strand ein, an dem es lag; ein Klon von Robin Darcys einladender Villa, nur doppelt so groß.

Sie führte mich in ein Wohnzimmer, das im Verhältnis eher klein war, aber angenehm kühl dank Klimaanlage und kreisendem Deckenventilator. Durch eine schwere Schiebetür aus Glas war tiefblaues Meer zu sehen, davor Sessel und Porzellanfiguren in tropisch bunten Farben, und davor ein Mann in weißen Shorts, der »Michael Ford« sagte und mir die Hand gab.

»In Natur wirken Sie größer als auf dem Bildschirm.« Seine Worte hatten nichts Beleidigendes, und seine Aussprache ähnelte der seiner Frau, wobei ich ihn etwas weiter unten auf der gesellschaftlichen Stufenleiter angesiedelt hätte, Geld hin oder her.

Neben meiner hauptberuflichen Tätigkeit im Wetterstudio (und offen gestanden auch zur Gehaltsaufbesserung, um Jett van Els und ihre Kolleginnen bezahlen zu können) hielt ich Vorträge und Tischreden. Um andere Leute nachahmen zu können, hatte ich gelernt, ihnen aufs Maul zu schauen. Natürlich konnte ich sprachliche Eigenheiten nicht mit einer so unglaublichen Genauigkeit orten wie Shaws Professor Higgins, aber um im geeigneten Rahmen die Leute zum Lachen zu bringen, genügte es.

Michael Fords mundwerkliche Anfänge hätte ich wie meine eigenen im ländlichen Westen von Berkshire vermutet, doch war bei ihm das Ausgangsmaterial durch gezieltes Lernen geschliffen und verfeinert worden.

Nur wenig größer als Robin Darcy sah Michael Ford mit seinem gebräunten, athletischen nackten Oberkörper und den barfüßigen, leicht gekrümmten, stämmigen braunen Beinen viel kräftiger aus als der rundliche Robin.

»Was zu trinken?« fragte mich Amy Ford und goß reichlich Orangensaft auf Eiswürfel, und erst als ich den Saft gekostet hatte, merkte ich, daß auch ein ordentlicher Schuß Bacardi oder etwas Ähnliches drin war.

Ich sagte: »Würden Sie mir vielleicht sagen, wer Sie sind und warum ich hier bin?« Und zu meiner gelinden Bestürzung hörte ich mich wie Amy reden.

Amy bekam das aber offenbar nicht mit und gab mir eine Teilerklärung.

»Ich habe Robin mein Flugzeug verkauft. Soviel ich weiß, will Ihr Freund damit durch den Hurrikan Odin fliegen, und Sie sollen als Navigator mit.«

Wie in aller Welt kam Robin dazu, ein sicher doch teures

Flugzeug zu kaufen und Kris – den er zufällig auf einer Lunchparty kennengelernt hatte – damit durch einen Wirbelsturm fliegen zu lassen?

»Eigentlich hat Robin meinen Flieger für Nicky gekauft«, sagte Amy, als wäre daran überhaupt nichts Besonderes, »aber Nicky ist ja verpufft.«

»Hurrikan Nicky?«

»Natürlich. Genau. Aber der neue Sturm kam ja sozusagen in Nickys Kielwasser, und Robin meinte, er habe Kris kennengelernt, der sei offenbar ein guter Pilot und wolle mal durch einen Hurrikan fliegen, und na ja... so kam das.«

Eine Erklärung, die mehr Fragen aufwarf, als sie beantwortete.

»Wissen Sie, wo Odin heute morgen steht?« fragte ich und nippte an meinem stark mit Alkohol versetzten Saft.

Zwei Stunden vorher hatte sich Odin meinem Kollegen vom Hurricane Center zufolge südlich von Jamaika konzentriert, so daß die Küstenbewohner überlegten, ob sie Zuflucht in den Bergen suchen sollten.

»Wenn Sie auf Odin zugehen«, hatte mein Kollege gewarnt, »denken Sie dran, daß auf Grand Cayman keine Berge sind, die Zuflucht bieten.«

»Muß man auf Cayman mit Odin rechnen?«

»Also Perry, Sie wissen doch genau, daß Odin selber keine Ahnung hat, wohin er zieht. Aber gerade geht ein Bericht ein, der Odin hoch in Kategorie 3 ansetzt, das ist ein wirklich starker Hurrikan, Perry, also weg da. Vergessen Sie, was ich vorher gesagt habe, und hauen Sie ab.«

»Was ist mit Trox?« fragte ich.

»Mit was?« fragte er zurück und meinte nach einer Pause

dann: »Wenn das eins von den Klecker-Inselchen in der westlichen Karibik ist, fliegen Sie nicht hin, Perry, lassen Sie das. Wenn Odin so weitermacht, kann er jede dieser Inseln, die er direkt erwischt, auslöschen.«

»Wind oder Sturmflut?«

»Beides.« Er zögerte. »Raten wir besser nicht, sonst war's nachher wieder falsch. Im Augenblick sieht es so aus, als ob Odin an Jamaika vorbei nach Nordwesten abdreht, und da Grand Cayman«, ein letztes Wort zur Beruhigung, »dann genau auf Odins Weg liegt, spielen Sie da nicht rum, sondern suchen das Weite, wenn Sie vernünftig sind.«

Wahrscheinlich war ich nicht vernünftig.

»Wo genau liegt Trox?«

»Ist das wichtig? Ich schau nach.« Papier raschelte. »Da wären wir. Inseln in der westlichen Karibik ... Roncador Cay ... Swan. Thunder Knoll. Na bitte ... Trox. Einwohnerzahl null bis zwanzig, hauptsächlich Fischer. Länge 1,6 Kilometer, Breite 800 Meter. Höchster Punkt über dem Meeresspiegel 60 Meter. Vulkanisch? Nein. Besteht aus Vogelmist, Guano, Korallen und Kalkstein. Kartenkoordinaten 17.50 Grad Nord, 81.44 West.« Wieder raschelte Papier. »Das war's schon. Eine mit Guano bedeckte Felsspitze, die vom Meeresboden hochragt.«

»Keine Landwirtschaft? Keine Pilze?«

»Wieso denn Pilze? Höchstens Kokosnüsse gibt es da. Von Palmen ist die Rede.«

»Wem gehört Trox?«

»Steht hier nicht. Die schreiben nur ›Besitzrecht strittig‹.«

»Und das ist wirklich alles?«

80

»Sonst steht da bloß noch, daß Schiffe anlegen können und daß ein alter Landestreifen für Flugzeuge vorhanden ist, aber keine Tank- und keine Wartungsmöglichkeit. Nichts. Vergessen Sie's.«

Er hatte viel zu tun und mußte Schluß machen. Sein abschließender Rat war: »Fliegen Sie nach Hause«, und damit meinte er zurück nach England.

Michael Ford sah auf seine schwere goldene Armbanduhr und zappte an einem großen Fernseher herum, bis er einen hektischen Sender fand, der besorgniserregende Einzelheiten über Odins Entwicklung vermeldete.

Odin hatte sich zu einem echten Hurrikan gemausert, in dessen mittlerem Bereich sich die Winde immer schneller um ein stilles, ruhendes kleines Zentrum wie um eine Radnabe drehten. Odins Winde wirbelten jetzt mit hundertneunzig und mehr Stundenkilometern um das gut erkennbare Auge, aber er bewegte sich immer noch langsam mit elf Kilometern die Stunde voran. Eine Abschwächung der Höhenwinde im Kern des Systems hatte zu stärkerer Zirkulation in der Bewölkung über dem Zentrum und daher zur klaren Herausbildung des Auges geführt.

Kris zumindest würde sich freuen, daß Odin nun offiziell ein Hurrikan war.

Odin lag zwölfhundert Kilometer südlich von dem Sand Dollar Pool, an dem sich Evelyn sonnte, und auch für mich auf Grand Cayman, dreihundert Kilometer von dem großen Sturm entfernt, waren durchs Fenster nur Sonne, Sand und Palmen zu sehen, und kein Lüftchen wehte. Es schien unmöglich, daß ein Wind stark genug sein konnte, um wie Hurrikan Andrew eine Stadt restlos niederzuwalzen, oder eine Sturmflut so gewaltig, daß wie in Bangladesch dreihunderttausend Menschen darin umkamen. Ich kannte die Schliche unserer Winde ziemlich genau und hatte die meisten Tücken der Natur studiert, aber doch eher wie ein Vulkanologe, der sich aus sicherer Entfernung die Hände wärmt, statt um den Rand des brodelnden Kraters zu laufen.

Die Satellitenaufnahme von Odin war alles andere als einladend. Wollte ich mit Kris da wirklich mittenrein?

Aus Gewohnheit hatte ich meine kleine Spezialkamera dabei, aber auch mit dem besten Objektiv der Welt würde ich kein Satellitenbild bekommen. Die Spirale eines starken Hurrikans reicht vielleicht fünfzehn- bis zwanzigtausend Meter hoch, wo die Winde dann am kältesten sind; Kris und ich konnten uns ohne Sauerstoff gerade mal dreitausend Meter hinaufwagen. Wir würden in das ruhige Zentrum fliegen, dort den Luftdruck messen, ebenso die Windgeschwindigkeiten an der Augenwand, und auf der anderen Seite wieder hinausfliegen, um den Vogel nach Hause zu bringen. Ob uns die Wolkensuppe da nicht dumm und dämlich rüttelte? Kaum, denn wir würden schneller fliegen als der Wind.

Wie zum Teufel, dachte ich im stillen, fand man so ein Auge? Wie sollte ich da navigieren? Ich hatte das nicht geübt. Wer gab mir einen Crashkurs in Supersturmkoppelnavigation zur Vermeidung eines Crashs?

Warum wollte ich trotz aller Bedenken unbedingt diesen Flug?

Die Wetterfrösche schwatzten weiter sachlich über die Talfahrt der Millibar, an denen man fallenden Luftdruck und kommendes Unglück so gut ablesen kann.

Der Fernseher der Fords war ein sichtlich teures Einbau-
gerät, und Amy, Michael und ich saßen in schweren Sesseln und warfen ab und zu einen Blick auf das Bild der
gigantischen, wirbelnden weißen Wolkenmasse, während
sie mir erzählten, Grand Cayman sei von schweren Stürmen
bisher eigentlich verschont geblieben, aber es gebe natürlich immer ein erstes Mal. Ihrem unbekümmerten Tonfall
nach glaubten sie jedoch offensichtlich nicht, daß es soweit
war.

Jockeys hatten mir die Atmosphäre im Umkleideraum
vor dem Grand National beschrieben, der Steeple Chase,
bei der sie zehn Zentner Pferd über die höchsten, schwer-
sten Hindernisse im Rennsport bringen mußten. Knochenbruch und Querschnittslähmung drohten ihnen, aber sie
konnten es kaum erwarten. Ich hatte mich gefragt, was sie
trieb; und in dem luftigen, hellen, feudalen Wohnzimmer
der Fords wußte ich es auf einmal.

In den Stunden des Nichtstuns, bevor Robin und Kris wieder auf der Bildfläche erschienen, erfuhr ich unter anderem,
daß Amy in den Vereinigten Staaten Besitzerin und Chefin
einer inzwischen verkauften Kette von Videotheken gewesen war, während Michael Fitneßcenter ausgestattet und
Mitgliederbeiträge kassiert hatte.

Beide waren stolz auf ihren Erfolg, ebenso stolz aufeinander, und darüber redeten sie auch offen.

Ich erfuhr, daß weder Amy noch Michael geprüfte Piloten waren, daß Amy aber Flugstunden genommen hatte,
bevor sie ihr Flugzeug dann an Robin verkaufte.

»Warum haben Sie's ihm verkauft?« fragte ich Amy ohne

83

Nachdruck, gesprächshalber und nicht etwa, weil ich es genau wissen wollte.

Michael machte eine dämpfende Handbewegung, wie um zur Vorsicht zu mahnen, doch Amy erwiderte elegant: »Er wollte es haben. Er hat einen guten Preis geboten, also sagte ich nicht nein.« Sie trank ihren Drink aus. »Wenn Sie wissen möchten, warum er es gekauft hat, müssen Sie ihn fragen.«

Da Robin und Kris gerade in dem Augenblick hereinkamen, fragte ich ihn auf der Stelle, in einem Ton, als wollte ich ihn einfach nur ins Gespräch ziehen.

Robin blinzelte, schwieg, lächelte und antwortete genauso irreführend: »Amy wäre es sicher nicht recht, wenn ich Ihnen verraten würde, daß sie sich von dem Geld für das Flugzeug ein Diamantcollier kaufen konnte.«

»Und noch einiges andere«, fiel Michael erleichtert ein.

Ich lächelte herzlich. Alle drei waren gewiefte Lügner. Amy gab Kris ein eisklirrendes hohes Glas, und ich sagte neutral: »In meinem ist Rum.«

Er war auf halbem Weg zu einer manischen Hochstimmung, aber dazu brauchte er keine Promille. Mit zusammengekniffenen Augen sah er auf das beinah volle Glas, das neben mir auf dem kleinen Tisch stand, nippte dann an seinem, setzte es ab und erzählte mir hellauf begeistert, was es Neues gab.

»Die Maschine ist herrlich. Zweimotorig. Ein Fluglehrer hat mich eingewiesen. Er war zufrieden mit mir. Robin ist zufrieden mit mir. Friede, Freude allerseits. Das heißt, die meisten Leute sind zwar der Meinung, Amateure sollten sich von Stürmen unbedingt fernhalten, aber unsere Meßergebnisse interessieren sie trotzdem, auch wenn wir keine Spezialausrüstung an Bord haben...«

»Wann fliegen wir?« fragte ich.

Alle sahen wir uns den neuesten Wetterbericht an. Odin war soeben um noch ein paar beängstigende Millibar gefallen und hatte sich eine Minute nach Nordwesten bewegt. Ein strahlender, vermutlich vom Fremdenverkehr geschmierter älterer Gastansager verkündete fröhlich, daß Odin über dem Wasser kreise und Urlaubern am Strand und auf dem Festland nicht zu nahe treten werde. Kris warf mir einen sarkastischen Blick zu und zuckte die Achseln, denn Odin kam durch das Kreisen über dem warmen Meer erst recht in Fahrt.

»Morgen früh«, sagte Kris, »Punkt acht Uhr. Bevor es zu heiß wird.«

Michael und Amy hatten darauf bestanden, daß Robin, Kris und ich über Nacht blieben. Sie gaben uns unaufhörlich und zu Kris' Leidwesen immer Stärkeres zu trinken, und Michael band sich eine Plastikschürze um und grillte mit gastgeberischem Elan Steaks auf einem gemauerten Barbecue.

Kris und ich wurden zum Serviettenfalten und Eiskübelfüllen herangezogen, kleine Verrichtungen, bei denen wir in Amys Nähe bleiben mußten. Wie es aussah, sollten wir wohl nicht weglaufen, und im Gedanken an Robins Alarmanlage blieb ich, wo meine Gastgeber mich haben wollten. Ein bißchen fühlte ich mich wie im goldenen Käfig, aber ich hatte weder Geld noch eine gute Ausrede, um in ein Hotel zu gehen.

Außerdem war Michael, der charmante Koch, nach au-

ßen zwar liebenswürdig, bei all seinen Muskelpaketen aber
von einer Geschmeidigkeit, die ich genaugenommen eher
mit Nahkampferfahrung als mit den Kraftmaschinen verband, mit denen er gehandelt hatte.

Odin bewegte sich auf dem Bildschirm langsam und gefährlich nach Nordwesten.

Amy, die mit mir zusammen gutgelaunt den Tisch auf der
Veranda hinter dem Grill deckte, rief plötzlich laut: »Wie
gut Kris aussieht! Und Sie natürlich auch, Perry. Sucht die
BBC ihre Wetterexperten etwa nach den hyperattraktiven
Gesichtern aus?«

Kris grinste. »Wie denn sonst?«

Ich war sein Aussehen gewohnt, aber ich wußte, daß er
einmal, als er besonders bös aus der Rolle gefallen war, seinen Job tatsächlich nur behalten hatte, weil die weiblichen
Zuschauer so von ihm schwärmten. Erstaunlicherweise war
der schöne Kris bei Männern jedoch genauso beliebt, und
das führte ich darauf zurück, daß er ihnen aus seiner ma-
nisch-depressiven Bandbreite heraus eine etwas abgedrehte
Freundschaft ohne sexuellen Beigeschmack anbot. Sein Verhältnis zu mir ähnelte dem eines Expeditionsleiters, der
genau wußte: Was immer auch Schlimmes passierte, das Ba-
sislager war für ihn da.

Kris gab dem seltsamen Abend auf Cayman eine un-
beschwert-verrückte Leichtigkeit, aber Robins Bitte, das
Cape-Canaveral-Gedicht noch einmal vorzutragen, wies er
zurück; nach dem Grund gefragt, erwiderte er, die Verse
seien in einer depressiven Stimmung entstanden und sollten
dort bleiben.

Ich sah, wie Robin Kris nachdenklich musterte. Robin

hatte hier nicht nur einen guten Amateurpiloten, er hatte sich einen sehr prominenten Engländer geholt, und ich hätte gern gewußt, ob diese Prominenz ein kalkulierter oder zufälliger Bestandteil seiner noch immer nicht offengelegten Planung war.

Am anderen Morgen um halb sieben war Odin eindeutig als Hurrikan der Kategorie 4 eingestuft worden und zog mit gerade einmal zehn Kilometern die Stunde nach Nordwesten.

Wenn er den Kurs genau beibehielt, würde er in ein oder zwei Tagen auf das Haus von Michael und Amy treffen, mit vielen hundert Tonnen Sand und Wasser durch den hellen Raum fegen und ihren Luxus wegpusten.

Kris stellte sich neben mich, verfolgte das mörderische Spektakel auf dem Bildschirm und freute sich über die klare Ausprägung des Auges.

»Worauf warten wir?« sagte er, »komm mit.« Seine Augen leuchteten wie bei einem Kind, das sich auf ein Fest freut. »Es fliegen auch noch andere Leute«, fügte er hinzu, »ich muß einen Flugplan einreichen.«

Amy erklärte uns den Weg zum Flughafen. Wir fuhren mit dem orangen Pick-up hin, und unter einer erstaunlich großen Zahl leichter Flugzeuge, die in einem abgeteilten Bereich für allgemeinen Flugverkehr standen, suchte Kris die zweimotorige, propellergetriebene Piper heraus, die Robin gekauft hatte, und gab ihr einen anerkennenden Klaps.

»Setz dich schon mal rein in das schöne Ding«, schlug Kris vor, »und ich mach den Flugplan auf. Dauert nicht lange.«

»Haben wir eine Karte?« fragte ich.

Er schloß mit dem Rücken zu mir umständlich die Tür auf, drehte sich nach einer Weile um und sagte: »Wir brauchen eigentlich keine normale Karte, sondern die Route zum Auge Odins.«

»Können sie dir die Route von hier aus angeben?«

»Na klar.« Er ließ mich stehen und verschwand praktisch im Laufschritt.

Wir waren seit Jahren befreundet, und ich hatte ihn oft genug durch lebensmüde Phasen begleitet, um zu wissen, wann er mir etwas verschwieg. An diesem Morgen auf dem Flughafen von Cayman hatte er mir nicht in die Augen gesehen.

Er kam mit einem Blatt Papier aus dem Büro zurück und gab es mir zu lesen, bevor er seinen Kontrollgang um die Maschine machte. Da Kris das Flugzeug nicht wie sein eigenes kannte, nahm er die Bedienungsanleitung vom Pilotensitz und checkte die Maschine Punkt für Punkt, während ich die Flug-Information durchlas, die er bei der Flugsicherung eingereicht hatte.

Das meiste war für mich Kauderwelsch. Als er mit seinem Kontrollgang fertig war, fragte ich ihn, wofür die Ortsangaben standen wie etwa MWCRZTZX und MKJKZOZYX.

»Mach dir darüber keine Gedanken«, meinte er.

»Du mußt es mir schon sagen, sonst fliege ich nicht mit.«

Er staunte nicht schlecht über meine kleine Meuterei. »Na schön«, sagte er, »die erste Buchstabenfolge steht für den Kontrollturm hier auf Grand Cayman und die zweite für den Luftraum Kingston, Jamaika, wo wir wahrscheinlich Odin finden. Zufrieden?«

Er wies weiter unten auf den Schein, wo unser Ziel-Flugplatz mit zzzz angegeben war, da wir nicht genau wußten, wo wir hinflogen. »Odin«, sagte er.

»Und wo ist die Karte?« fragte ich. »Ohne Karte fliege ich wirklich nicht mit.«

In England wäre er niemals ohne Karte losgeflogen. Das in der weiten Karibik zu tun war Irrsinn.

»Ich weiß, wo ich hinwill«, sagte er stur.

»Dann brauchst du auch keinen Navigator.«

»Perry!«

»Eine Radiokarte«, sagte ich. »Und zwar eine, auf der Trox eingezeichnet ist.«

Ihm wurde klar, daß ich es ernst meinte.

Er runzelte die Stirn. Er sagte: »Robin wird sauer.«

»Robin benutzt uns«, gab ich zurück.

»Wie bitte?« Er wollte es nicht glauben. »Robin ist das beste, was uns passieren konnte. Er trägt alle Kosten, vergiß das nicht. Er hat Amy sogar die Maschine abgekauft.«

»Und wenn er sich nun ein Flugzeug gekauft hat, damit er beliebig darüber verfügen kann?« sagte ich. »Wenn er sich einen guten Amateurpiloten besorgt hat, den man hier kaum kennt und der dazu noch Wetterexperte ist, sich also mit zyklonischen Winden auskennt und sich darauf einstellen kann?«

»Er ist einfach nur ein Enthusiast«, widersprach Kris.

»Wetten, daß wir auf unserem Flug auch die Insel ansteuern sollen?« sagte ich. »Womöglich ist sie das zzzz auf dem Flugplan ... Und wetten, daß du ihm versprechen mußtest, mir nicht zu sagen, wo wir hinfliegen?«

»Perry ...« Er sah niedergeschmettert aus, stritt jedoch nichts ab.

»Hat er dir wenigstens gesagt, warum?« fragte ich. »Hat er dir gesagt, was du auf Trox machen sollst, wenn wir hinkommen? Hat er dir gesagt, warum er nicht selbst fliegt? Und die allerkniffligste Frage: Was ist an dem Flugziel und dem Zweck des Flugs so merkwürdig, daß es durch einen Hurrikan verschleiert werden muß?«

4

Kris und ich kletterten durch die Hecktür von Amys bzw. Robins wahrhaft herrlichem kleinen Flugzeug und nahmen vis-à-vis in zwei eleganten Sesseln an einem Tisch Platz. Amy (nahm ich an) hatte die ursprüngliche Ausstattung, bestehend aus zehn schmalen Sitzen und einem behelfsmäßigen Männerklo, ersetzt durch zwei Pilotensitze für die Kanzel, vier bequeme Passagiersitze in einer Kabine und eine ordentliche Toilette hinten mit abschließbarer Tür.

Kris gab unumwunden zu, daß ihn Robin tatsächlich überredet hatte, mich aus der Flugplanung herauszuhalten. »Robin hatte Angst, du würdest dich gegen Trox sperren, aber ich sagte ihm, ich überrede dich schon. Und du fliegst doch auch mit, oder? Allein schaff ich das alles nicht.«

»Was sollen wir denn da machen?«

»Nach den Pilzen sehen.«

»Den Pilzen!« Ich glaubte ihm nicht und hatte ein ungutes Gefühl.

»Es liegt doch auf dem Weg zu Odin«, bearbeitete er mich. »Nur ein Abstecher und ein kurzer Halt.« Er versuchte es herunterzuspielen. »Und natürlich hat Robin dem Supervogel hier Zusatzinstrumente einbauen lassen, die den Luftdruck in Millibar messen und ihn durchgehend auf

Band aufzeichnen, und Windgeschwindigkeitsmesser auch. Die kannst du mühelos von deinem Platz aus bedienen. Du brauchst nur den Radarhöhenmesser einzuschalten, der berechnet dann alles von selbst und gibt den Luftdruck in Meereshöhe an. Ich zeig's dir.«

»Und diese Spezialinstrumente für die Höhen- und Windgeschwindigkeitsmessung, sind die teuer?«

»Allerdings. Die sind extra für Stürme installiert worden, ursprünglich wohl für Hurrikan Nicky. In der Zeit hat Robin Amy die Maschine abgekauft. Und wo er schon so viel Geld in unseren Flug gesteckt hat«, sagte Kris in klagendem Ton, »mußt du ihm doch irgendwie entgegenkommen.«

»Warum fliegt er nicht selbst mit?«

»Du bist robust, er nicht.« Kris dachte noch einmal darüber nach und setzte hinzu: »Er hat einen Termin in Miami, den er nicht absagen kann.«

»Und er wollte, daß wir nach Trox fliegen«, tippte ich an, »aber ohne Bordkarte, damit ich annehme, wir flögen direkt zu Odin?«

Kris nickte ungeniert. »Wir haben den Flugplan gestern nachmittag schon weitgehend ausgefüllt.«

Die Heimlichtuerei erschreckte mich, aber ich wollte wirklich gern einmal durch einen Hurrikan fliegen, und die Gelegenheit kam vielleicht nie wieder. Lügen hin, Pilze her, für Odin nahm ich Trox in Kauf.

Kris spürte es und wies sichtlich erleichtert auf mehrere Einträge auf dem Schein. »Das ist die voraussichtliche Kilometerzahl. Das ist der Treibstoff – wir haben volle Tanks. Hier unsere Reisefluggeschwindigkeit. Hier die Flughöhe. Da unten dann unsere Maximalflugzeit, so lange können wir in der Luft bleiben. Ein Abstecher nach der Insel ist in jedem Fall drin. Dann haben wir M eingekreist, das steht für maritim, weil wir über Wasser fliegen; der Kreis ums J besagt, daß wir Schwimmwesten dabei haben, und F heißt, die Schwimmwesten fluoreszieren.«

»Tun sie das denn?« fragte ich. »Und haben wir wirklich Schwimmwesten an Bord?«

»Ja, natürlich, Perry! Du bist vielleicht mißtrauisch.«

»Nein«, sagte ich und seufzte. »Nur vorsichtig. Genau wie du.«

»Tja ...« Er zögerte, zeigte dann aber wieder auf den Schein. »Zu deiner Beruhigung, das D da steht für Dinghy, und wir haben auch wirklich eins, sogar ein überdachtes wie angegeben, in leuchtendem Orange, mit Platz für zehn Personen.«

»Wo ist es?« fragte ich, und Kris zeigte immer noch leicht gekränkt auf ein grau verpacktes Bündel auf einem der Passagiersitze.

»Robin hat es neu gekauft«, sagte Kris. »Alles sollte hundertprozentig sein. Man kann nur sagen, daß ihm das Beste gerade gut genug für uns war.«

»Schön für ihn«, meinte ich trocken, aber der Sarkasmus ging an Kris vorbei.

»Ganz unten dann«, er zeigte wieder auf den Schein, »siehst du die Farbe des Flugzeugs, weiß, und Robins Anschrift als die des Betreibers, das heißt des Eigners in dem Fall, sowie meinen Namen und meine Unterschrift, weil ich der Pilot bin, und damit hat es sich.«

»Gut«, sagte ich, wenn auch halbherzig, mit Vorbehalten. »Eine Karte brauchen wir trotzdem.«

Kris gab nach. »Na schön. Na schön. Du kriegst deine verdammte Karte. Ich geh eine holen.«

Diesmal ging ich mit ihm über den Asphalt zu dem kleinen Gebäude abseits des Hauptreisebetriebs, und wir betraten einen ziemlich vollen Raum mit Theke, Tischen, Stühlen, wo man Kaffee und Blätterteiggebäck kaufen konnte und wo acht oder neun Amateurflieger mit blanken Nerven dem Abenteuer einer Hurrikandurchquerung entgegenfieberten und eisige Ruhe vortäuschten.

Odin in seiner schreckenerregenden Gestalt zog alle Aufmerksamkeit auf sich, laufend wurden auf einem Monitor sein neuester Standort und Entwicklungsstand angezeigt. Hurrikan Odin, mit Windgeschwindigkeiten von nunmehr 250 Stundenkilometern in der Umgebung des Auges, hatte soeben Kategorie 5 auf der Saffir-Simpson-Skala erreicht. Das Auge lag gegenwärtig bei 17.04 Grad nördlicher Breite, 78.3 Grad westlicher Länge und bewegte sich mit zehn Stundenkilometern in nordwestlicher Richtung. Der Luftdruck im Auge war über Nacht von 967 auf zuletzt gemessene 930 Millibar gefallen. Das Auge hatte jetzt einen Durchmesser von 17,5 Kilometern.

Kris lief zwei Stufen auf einmal die Treppe hinauf, die offenbar zur Flugplanung und zu einem Kiosk führte, an dem man kleine Navigationshilfen kaufen konnte, darunter auch Landkarten und Radiokarten. Kris erstand je eine und trug sie wie Trophäen vor sich her.

Bevor er wiederkam, blickte einer der anderen Piloten zum Kiosk hinauf und meinte bedauernd: »Traurige Sache mit Bob Farraday, was?«

Ich sagte: »Ehm...«, und erfuhr, daß Bob Farraday, der

Fluglehrer von Amy Ford, vor einem Monat tödlich mit dem Auto verunglückt war. »Daraufhin hat sie ja die Maschine verkauft, die Sie und Ihr Freund fliegen. Ich dachte, das wüßten Sie.«

Ich schüttelte den Kopf, aber das erklärte immerhin, warum sie ein solches Prachtstück verkauft hatte.

Die entschlossenen Hurrikanjäger um uns herum waren sich einig, daß vom Owen-Roberts-Flughafen auf Grand Cayman aus das Auge in Richtung 152 Grad lag, wobei vertrackterweise aber berücksichtigt werden mußte, daß die Nadel eines Magnetkompasses nicht den geographischen Norden anzeigt und daß sich durch die zyklonischen Winde der Steuerkurs von Minute zu Minute ändern würde. Außerdem war natürlich auch das ganze Auge in Bewegung.

Als ich so dem kundigen Geplapper der anderen zuhörte, bekam ich das Gefühl, Kris und ich hätten hier etwas Unmögliches vor, aber Kris selbst sprühte vor Energie, strahlte vor Freude, zog mit mir und den Karten einfach wieder zurück zu Robins Piper und breitete die Karten auf dem Tisch aus.

»Da liegt Odins Auge«, erklärte er, zeichnete mit Bleistift einen Kringel auf der Radiokarte ein, und mit Hilfe eines Taschenrechners bestimmte er flink, wie ich es von ihm gewohnt war, den Kurs und die Geschwindigkeit, die uns ans Ziel bringen sollten. Gerechterweise sei gesagt, daß es fast genau der Kurs war, den er ohnehin hatte fliegen wollen, auch wenn ich nicht auf den Karten bestanden hätte. Mit Genugtuung zog er nämlich jetzt aus der Brusttasche seines Hemdes eine gefaltete Postkarte, auf der er die vorgesehenen Kurse notiert hatte; und unter dem Weg zum

Auge standen noch weitere Zahlen, die er mir nach einem Zögern erläuterte.

»Es ist wohl besser, wenn du Bescheid weißt. Nun, die Zahl da, die zweite, ist der magnetische Kurs von Cayman nach Trox. Die nächste ist der von Trox zu Odins Auge, und die vierte ist der Kurs vom Auge zurück nach Cayman. Wenn wir jetzt losfliegen, wirst du sehen, bringen uns die Kurse wieder hierher zurück.«

Ich starrte ihn an und zweifelte an seinem Verstand. Aber im Gegensatz zu der Cherokee von Kris in White Waltham war diese Piper, die kleine Luxusmaschine hier, mit allerlei elektronischen Finessen ausgestattet, und so las ich, während Kris gewissenhaft seine Kontrollen zu Ende führte, die schmale Gebrauchsanweisung zum Navigieren mittels Funksignalen durch.

Das ganze Unternehmen, schätzte ich, würde zu einem flotten kleinen Rundflug geraten, der uns in irgendwelche ruhigen Gegenden fernab von Odin führte und über verschiedene Kreisfunkfeuer, also Funkstationen, die ein ungerichtetes Signal abstrahlten, heil zurück nach Cayman.

Viel später erst erfuhr ich, daß Tiefflugnavigation über der westlichen Karibik dank dreier starker Richtfunkfeuer in Panama, auf Swan und der Bahamainsel Bimini einmal recht einfach gewesen war, daß aber mit der Einführung der Satellitennavigation in der Verkehrsluftfahrt diese Hilfsmittel für Hobbyflieger aufgegeben worden waren. Kris und ich hätten an dem Tag, als wir so forsch nach Trox aufbrachen, die Kreuzverweise von Richtfunkfeuern aus Panama, Swan und Bimini sehr gut gebrauchen können.

Mit den Kursdreiecken, die immer zu Kris' Navigationsausrüstung gehörten, zog ich auf beiden Karten eine gerade Linie von Cayman nach Trox, und nachdem ich Kris, der immer noch an seinen neuen Pakt mit Robin dachte und sich ihm verpflichtet fühlte, die Zahlen aus der Nase gezogen hatte, trug ich die Fluggeschwindigkeit und dementsprechend die voraussichtliche Dauer des Flugs nach Trox ein.

Mein Kurs und meine Ankunftszeit wichen von Kris' Berechnungen kaum ab. »Sagte ich doch«, meinte er.

Ich lehnte mich auf meinem Sitz zurück. »Was sollen wir für Robin auf Trox tun? Du redest nur um den Brei herum. Er hat viel Geld ausgegeben, wie du sagst, aber ich wüßte immer noch gern, wofür.«

»Er möchte, daß du Fotos machst.« Sowohl Kris als auch Robin, der im Schlafanzug mit hinaus zum Pick-up gekommen war, als wir losfuhren, hatten sich vergewissert, daß ich meine Kamera dabeihatte.

»Fotos? Wovon denn?«

Kris rutschte auf seinem Sitz herum. »Er hat nur Fotos gesagt... als würdest du schon wissen, was er will, wenn du's siehst.« Aber das, so sollte sich zeigen, war schon wieder geschwindelt von Kris.

Die Sache kam mir immer unvernünftiger vor, doch um wenigstens so zu tun, als wäre alles im normalen Rahmen, schlug ich vor, schon einmal die Rettungswesten anzulegen, natürlich ohne sie aufzublasen, aber einsatzbereit.

Kris, der die Hauptschlacht gewonnen hatte, machte mir dieses kleine Zugeständnis und schnallte sich fügsam die dünne orangefarbene Schwimmweste um.

Zwei oder drei der leichten Flugzeuge vor uns waren in Bewegung. Nach einem scharfen Blick auf die Uhr schimpfte Kris, wir hätten zu viel Zeit verloren, kletterte in den Pilotensitz und führte sichtlich erleichtert darüber, daß er keine Fragen mehr zu beantworten brauchte, die letzten Checks vor dem Start durch, indem er den Zeiger des Höhenmessers auf Null stellte, um den momentanen Luftdruck des Startflughafens angezeigt zu bekommen, der 1002 Millibar betrug. Dann ließ er die Motoren an und bat den Tower um Rollfreigabe.

Ich setzte wie Kris die Kopfhörer auf und bat vom Kopilotensitz aus um Starterlaubnis. Die Erlaubnis kam, obwohl der Tower es im allgemeinen lieber sah, wenn autorisierte Militärmaschinen das Auge eines Hurrikans anflogen. Kris aber brauste entschlossen und gekonnt die Startbahn entlang, stieg über dem Meer hoch und steuerte direkt auf Odin zu.

Wir waren ungefähr bei der Horizontlinie von Grand Cayman – die Aufmerksamkeit der Flugleitung galt nun der uns folgenden Maschine und der dahinter –, als Kris plötzlich den Kurs änderte und die Pilze von Trox anpeilte.

Er drückte verschiedene Schalter, und als er damit durch war, stellte ich fest, daß wir keinen Funkkontakt mehr hatten, da Kris den Empfänger systematisch auf ortsfremde Frequenzen eingestellt hatte. Wie von ihm und Robin zweifellos geplant, waren wir allein am weiten Himmel – und am weiten Himmel zogen rauhe, böige Winde auf, auch wenn die Ausläufer des Hurrikans laut Wetterbericht noch weit entfernt waren.

Über die Kopfhörer, die wir beide noch aufhatten, sagte Kris: »Jetzt müßten es zwanzig Minuten Flugzeit bis Trox sein, aber so starken Wind hatte ich nicht eingeplant. In zehn Minuten kannst du Ausschau halten. Robin sagt, die Insel ist manchmal schwer zu sehen.«

Ich meinte zu ihm, unsere Funkstille sei Wahnsinn. Kris grinste nur.

Zehn Minuten vergingen, zwanzig. Die Wellenkämme mehrten sich über dem grauen Wasser unter uns, die Wolkenfetzen verdichteten sich, das Flugzeug wurde im zunehmenden Wind heftig geschüttelt.

Keine Insel. Kein unscheinbarer, von Guano bedeckter Fels. Ich wiederholte alle Berechnungen, und den Zahlen nach waren wir immer noch auf Kurs.

Als die Insel zu meiner großen Erleichterung rechts vor uns in Sicht kam, sah sie zuerst nur wie ein langgezogener weiß schäumender Wellenkamm aus. Ich rüttelte Kris am Arm, zeigte geradeaus nach unten und sah die uneingestandene Sorge im Nu von seiner Stirn verschwinden.

Ehre gerettet, nun grinste er wieder. Er brachte die Maschine von zweitausend Fuß auf einige hundert hinunter und kreiste vorsichtig über dem schmalen Eiland, um es in der zunehmenden Bewölkung nicht aus den Augen zu verlieren. Robin hatte ihm zwar gesagt, daß es einen Landestreifen gab, aber sosehr wir auch suchten, weder Kris noch ich konnten etwas davon entdecken, bis er schon beinah verzweifelt in dreihundert Fuß Höhe die Insel an der schmalsten Stelle überflog, und da ich mit ungeteilter Aufmerksamkeit danach Ausschau hielt, war ich es wieder, der zuerst den unauffälligen, wegähnlichen flachen Strich entdeckte, der durch das sonst felsige Gelände ging. Die Landebahn war beunruhigenderweise graugrün und bestand nicht aus

Asphalt, sondern aus planierter, festgestampfter, überwachsener Erde.

Kris erblickte den schlichten Landestreifen ebenfalls, drehte gleich und flog ihn der Länge nach ab, doch weder ihm noch mir fielen Steine oder sonstige Hindernisse auf der Bahn ins Auge.

»Robin hat geschworen, daß man hier landen kann.« Kris' Stimme klang über den Kopfhörer eher beherzt als überzeugt.

Mir schien, daß Robin dabei nicht den heftigen Seitenwind berücksichtigt hatte. War Robin hier schon einmal selbst gelandet? Robin war kein Flieger. Ich zwar auch nicht... aber wenigstens mit Wind kannte ich mich aus.

Die Hände um den Steuerknüppel, am ganzen Körper angespannt, brachte Kris die Maschine auf nahezu volle Touren, flog noch einmal um die Insel und setzte schließlich zur Landung an. Er hatte zwar immer noch Seitenwind, kam aber halbwegs gerade rein.

Im Kampf mit den Windstößen vergaß Kris, das Fahrgestell auszufahren – seine Cherokee in White Waltham hatte ein feststehendes Fahrwerk – und geschlagene fünf Sekunden stand ihm das Entsetzen im Gesicht, als ich wortlos auf die drei Lichter zeigte, die grün hätten sein müssen, es aber nicht waren. Drei grüne Lichter bedeuteten nach einem Fliegerhandbuch, das ich kannte, daß alle drei Räder des Fahrwerks ausgefahren und verriegelt waren.

»Herrgott«, rief Kris, »ich hab die Downwind-Checks vergessen. Total vergessen... Bremsen aus, Fahrwerk unten, Treibstoffgemisch fett, Propeller frei...« Mit flinken Fingern brachte er alles ins reine – ausgenommen wahrscheinlich seine Selbstachtung. »Gurte eingesteckt, Luken geschlossen und verriegelt, Autopilot aus, als hätte ich das blöde Ding überhaupt eingeschaltet, festhalten, Perry, halt dich fest, ab geht's …«

Er schaffte eine unter den Umständen durchaus akzeptable Landung – auf manchen holprigen Reiseflügen war mein Rückgrat viel schlimmer durchgerüttelt worden.

»Entschuldigung«, sagte er untypischerweise. Er bog die Finger durch, um seine Muskulatur zu lockern. »Die Checks vergessen!« Er hörte sich tief betroffen an. »Wie konnte ich nur?«

»Wir sind ja unten. Laß gut sein«, sagte ich. »Wie geht's weiter?«

»Ehm …« Geistesabwesend wie in Trance, konnte er an nichts als seine Versäumnisse denken.

Ich versuchte es noch einmal. »Kris, wir sind doch gut gelandet, oder? Es ist nichts passiert.«

»Ja … schon. Hast du mal auf den Höhenmesser gesehen?«

Hatte ich nicht, aber ich holte es nach. Der Luftdruck stand noch bei 1002 Millibar, aber der Höhenmesser zeigte 360 Fuß unter dem Meeresspiegel an. Als Kris den Zeiger wieder auf Null stellte, fiel die Millibarzahl auf 990, und er starrte wie hypnotisiert auf dieses Ergebnis.

»Hier am Ende der Rollbahn wollen wir doch sicher nicht bleiben, oder?« sagte ich. »Komm also bitte mal zu dir. Denk an Odin.«

Sein Kopf schien augenblicklich wieder frei zu werden, und als hätte ich eine blöde Frage gestellt, sagte er: »Hast du nicht die Gebäude unter uns gesehen, als wir über die

Küste gekommen sind? Die schauen wir uns natürlich zuerst an.«

Er wendete das Flugzeug, ließ es über die ganze grasbewachsene Bahn zurückrollen und beförderte uns damit zu einer Art Miniaturdorf hin, das aus vier weiß gestrichenen Holzhäusern, drei langen und niedrigen, halbzylindrischen Wellblechschuppen, einer winzigen Kirche mit Spitzturm und zwei großen, massiv wirkenden Betonbunkern bestand.

»Robin sagte, die Pilze wachsen in den Wellblechschuppen«, und schon sprang Kris aus der Maschine. »Sehen wir also mal nach.«

Wider Erwarten waren die Türen nicht verschlossen. Und zu unserer Verwunderung waren keine Leute da.

Der Überraschung dritter Teil... keine Pilze.

Ich fotografierte ein paarmal keine Pilze.

In den Schuppen standen lange hüfthohe Tröge mit Kompost, der Eichenspäne enthielt, und ich wußte, daß zumindest Pfifferlinge besonders in Eichenwäldern vorkommen und gedeihen. Die Luft roch muffig und von Pilzsporen gesättigt. Nichts, was ich sehen oder riechen konnte, war den Aufwand unserer Reise wert.

Kris zog für sich allein umher, und schließlich trafen wir uns in einem der Betonbunker zum Erfahrungsaustausch.

Keinerlei Pilze.

»Nicht mal ein verdammter Heckenschwamm«, empörte sich Kris. »Und auch sonst sehr wenig.«

Die Häuser waren menschenleer und vollgestellt mit sperrmüllreifem Krempel. In der Kirche hatten einmal Gedenktafeln an den weißen Wänden gehangen, doch sie waren abgeschraubt und mitgenommen worden, und geblieben waren rechteckige dunkle Stellen. Wasser kam nicht aus den verlegten Leitungen, sondern aus Ziehbrunnen mit unterirdischen Regenwasserspeichern.

Der Bunker, in dem wir standen, war dank der etwa ein Meter zwanzig dicken, fensterlosen Wände kühl und mußte wohl einmal als Unterkunft gedient haben. Vier gezimmerte Etagenbetten standen da, aber ohne Bettzeug, und das Gebäude hatte einmal elektrisches Licht gehabt, aber jetzt hingen nur noch die Drähte von der Decke.

»Der andere Bunker sieht aus, als hätte mal ein Generator drin gestanden«, meinte Kris, und ich nickte. »Die Pilzhäuser waren klimatisiert«, sagte ich, »und eine effiziente Pumpsprenganlage hatten sie anscheinend auch.«

»Dieser Ort ist vollkommen verlassen«, seufzte Kris. »Wir verschwenden hier unsere Zeit.«

»Schauen wir uns mal den Landungssteg an«, schlug ich vor, und wir gingen einen Hang aus getrocknetem Schlamm hinunter zu einer Landungsbrücke aus Beton und Holz, die groß genug war für einen Frachter.

Wieder keine Leute und auch sonst herzlich wenig. Keine Taue, keine Ketten, kein Kran. Es war, als hätte das zuletzt abgehende Schiff alles abgeräumt.

Bevölkert war die Insel von Hunderten großer blauer Vögel, Tausenden großer und kleiner Eidechsen und einer großen Herde Rinder, die friedlich und frei umherzog und graste, ohne uns zu beachten.

Ich fotografierte das alles, ahnte danach aber so wenig wie vorher, was wir da für Robin tun oder wonach wir schauen sollten, und noch viel weniger, warum.

Wir waren um elf Uhr vierzehn auf der Insel gelandet,

und als wir unseren umfassenden, aber ziemlich unfruchtbaren Rundgang beendet hatten, waren mehr als zwei Stunden vergangen.

Der Wind, der seit unserer Ankunft immer mal wieder aufgefrischt hatte, schwoll plötzlich zu einem anhaltenden Sturm von Norden an und gemahnte uns zur Eile, denn sehr bald würden Odins wirbelnde Bodenwinde hier nicht nur uns Sterbliche herumscheuchen, sondern auch dem Flugzeug gefährlich werden, das sich in der Luft immerhin zu behaupten wußte, am Boden aber glatt umgepustet werden konnte.

Wir rannten durch den weiter anschwellenden Wind, sprangen in die Kanzel, und Kris checkte ausnahmsweise nur das Nötigste, bevor er die Motoren anließ, und prüfte danach nur kurz die Instrumente. Dann richtete er die Nase des Flugzeugs mehr oder weniger direkt auf die Startbahn und gab Vollgas.

Das Flugzeug holperte los, tat aber bei niedriger Geschwindigkeit einen so heftigen Satz in die Luft, daß Kris mit weiß hervortretenden Knöcheln darum kämpfen mußte, es gut in den Steigflug zu bringen. In diesem Augenblick kamen mir gegen meinen Willen all die Hurrikanflieger in den Sinn, die spurlos verschwunden waren... und ich ahnte, wie das passiert sein konnte.

Schwitzend drückte Kris die Nase nach unten und ließ das Flugzeug steigen wie einen Falken, und innerhalb einer Minute waren wir dreitausend Fuß hoch und höher, und Trox war hinter uns im Dunst verschwunden.

Da erst merkte ich, daß ich bei unserem hastigen Aufbruch von der Insel irgendwie meine Kamera liegengelassen hatte. All die vorsorglichen Aufnahmen umsonst! Ich klopfte meine sämtlichen Taschen ab, suchte rings um den Kopilotensitz, aber ohne Erfolg.

Fluchend sagte ich es Kris.

»Na, jetzt fliegen wir jedenfalls nicht mehr zurück.« Er klang zwar verärgert, aber wegen des Fotoapparats umzukehren fand er genau wie ich absurd. Er hatte alle Hände voll damit zu tun, den Flieger ruhig zu halten, aber er war auch froh, wieder in der Luft zu sein, und zog sichtlich erleichtert seinen irren Flugplan aus der Hemdtasche.

»Flieg mal Ostnordost, 80 Grad«, rief er mir als Anweisung zu, während er nach seinem Kopfhörer langte und das Mikrofon heranzog. »Dann kommen wir schon zum Auge.«

»Das Auge ist nicht mehr da, wo es gestern war«, rief ich zurück, übergab ihm das Steuer und legte meinerseits Kopfhörer an.

»Schon klar«, sagte Kris, »hab ich einkalkuliert.«

Nicht einkalkuliert hatte er, daß Odin, wie man das von Hurrikans kennt, plötzlich und ohne uns Bescheid zu geben einen völlig anderen Kurs eingeschlagen hatte. Die ganze Sturmspirale zog jetzt genau nach Westen und würde innerhalb von vierundzwanzig Stunden unweigerlich über der Insel sein, von der wir gerade kamen.

Auf Trox hatten wir unsere Rettungswesten abgelegt und sie in der Kabine gelassen, und als Kris soweit alles im Griff hatte, ging ich nach hinten und zog meine wieder an. Ich brachte ihm seine nach vorn und überredete ihn, sie anzulegen, obwohl er keine Lust dazu hatte. »Wir landen nicht im Bach«, wandte er ein.

»Trotzdem...«

Widerwillig ließ er sich die dünne orange Weste von mir über den Kopf streifen und die Gurte umschnallen.

Unser Vorstoß in Odins Zentrum war keineswegs geordnet oder kontrolliert. Wolken peitschten am Fenster vorbei und wurden allmählich dichter und dunkler, bis wir schlicht durch hundertprozentige Feuchtigkeit oder anders gesagt durch Regen flogen.

Obwohl die Falten auf seiner Stirn und der angespannte Mund ganz den Eindruck machten, als sei er selbst in berechtigter Sorge, erklärte Kris mir streitlustig, das Wetter könne noch so schlimm sein, wir würden nicht aufgeben. Das Flugzeug, stieß er nach, sei den Anforderungen gewachsen, und wenn ich kneifen wolle, hätte ich daheim in Newmarket bleiben sollen.

»Sprichst du mit dir selbst?« fragte ich. Auch über die Kopfhörer konnte man sich wirklich nur noch schwer verständigen. »Wie schnell sind wir?«

Kris antwortete nicht. Ich nahm an, daß der entfesselte Wind uns seitlich abgetrieben hatte und daß wir jetzt dabei waren, sehr schnell ins Innere der Spirale hineinzufliegen. Da ich unsere Position auf keiner der beiden Karten auch nur annähernd bestimmen konnte, verlangte ich energisch, wir müßten wieder mit der Außenwelt Kontakt aufnehmen und den Bordfunk auf die richtigen Frequenzen einstellen. Zögernd willigte Kris ein, aber ich erntete nur Pfeiftöne und Piepser und, was menschlichen Kontakt anging, entfernt und leise, die Stimme einer spanisch sprechenden Frau.

Der wiedererweckte Funk half mir aber doch, klarer zu denken, und so schaltete ich trotz der Turbulenzen um uns herum die beiden Spezialmeßgeräte von Robin ein, sosehr Kris auch brüllte, daß sie nur zum Gebrauch im Auge und in seiner Umgebung bestimmt seien. Er verstummte aber und riß ungläubig die Augen auf, als er sah, wie die Millibaranzeige auf dem modifizierten Radarhöhenmesser von den auf Trox eingestellten 990 absank über 980, 970, 960 und bei 950 erst stockte, dann zitterte und gegen 940 fiel.

Gelangten wir nicht automatisch ins Auge, wenn wir der Talfahrt der Millibars folgten? Im Auge war der Luftdruck immer am niedrigsten. Durch die absteigenden Zahlen bekehrt, begann Kris langsam und stetig nach links zu steuern, in Drehrichtung der Winde.

Normale Höhenmesser messen den Außendruck. Piloten stellen den Druck auf Meereshöhe ein, und in der Luft wird der Druckunterschied als Höhe in Fuß angezeigt. Der Radarhöhenmesser ermittelte unsere Höhe anhand der Zeit, in der ein zur Meeresoberfläche gesandtes Funksignal zurückgeworfen wurde. Ohne ihn wären wir wirklich übel dran gewesen, denn wir hätten nicht gewußt, wieviel Platz zwischen uns und dem Meer war. Ich wünschte nur, ich hätte gelernt, die Instrumente richtig zu bedienen, statt einfach einen Knopf zu drücken, wenn die Finger juckten.

Der Druckwert schrumpfte weiter von 940 auf 935 ... 930... 924. Zu niedrig, dachte ich. Was das neue Instrument anzeigte, konnte nicht stimmen. Unsinn... oder ich las es falsch ... obwohl sogar schon einmal 880 in einem Sturm gemessen worden waren. 924 ging ja noch, aber 923? 921? Wir sind verratzt, dachte ich. Meine Theorie brachte uns um ... 920 ... 919 ... es war aus. Heute früh auf Cayman hatte der Druck im Auge bei 930 gelegen ... so schnell konnte er unmöglich gesunken sein ... Aber 919 ... 919, und er fiel immer noch. Ich sah auf den Standardhöhenmesser und rechnete im Kopf nach. Wir waren fast auf Meereshöhe ... gefährlich! »Geh nicht tiefer«, warnte ich Kris. »Wir sind in Wolken direkt überm Wasser ... Zieh hoch, zieh hoch, sonst...«

Kris war ein guter Pilot für einen Sonntagsausflug nach Newmarket. Wir hatten beide keine Ahnung gehabt, welch hohes Können ein Hurrikan erforderte. Mit eigensinnig vorgerecktem Kinn zog er die Maschine bei 919 Millibar langsam nach links, ging vorsichtig tiefer ... tiefer ... Es blieb bei 919, und ich hielt den Atem an.

Als die Nadel gerade auf 918 Millibar ging, brachen wir durch die Wolken in helles Sonnenlicht.

Das Auge! Wir hatten es wirklich geschafft! Wir waren mitten im Herzen von Odin. Das war gewissermaßen unser Mount Everest, der Höhepunkt unseres Lebens, der Gipfel, den wir nie wieder erblicken würden. Das Auge eines Hurrikans durchfliegen – ich hatte es mir ja gewünscht, aber jetzt erst wurde mir bewußt, wie sehr.

Die 918 Millibar waren hart an der Grenze. Berghohe Wellen bewegten sich dicht unter uns, glitten machtvoll dahin, ohne aber hochzulecken, ohne unseren bemerkenswerten Mikrokosmos zu verschlingen.

Kris liefen Tränen über die blassen Wangen, und mir wahrscheinlich auch.

In diesem wunderbaren Augenblick der Offenbarung und Erfüllung war ich Robin Darcy unerhört und uneingeschränkt dankbar. Auch wenn ich ihm nicht über den Weg traute, auch wenn er Kris überredet hatte, mich anzulügen, auch wenn uns der Abstecher nach Trox ernsthaft in Gefahr gebracht hatte – ohne sein Geld, sein Flugzeug, seine Instrumente und, jawohl, seine geheimen und wahrscheinlich kriminellen Absichten hätten wir beide mit den Füßen auf dem Boden bleiben und Odins Weg von fern auf dem Bildschirm verfolgen müssen, und wir hätten niemals wie meine Großmutter sagen können: »Da war ich, das kenne ich.«

Der Fahrtmesser zeigte ein Tempo an, bei dem wir ganze drei Minuten Ruhe haben würden, bevor wir in die fürchterlichen Winde auf der gegenüberliegenden Seite des Auges gerieten, und Kris, der zu dem gleichen Schluß kam, begann uns sofort in einem engen Kreis zu führen, so daß wir etwas länger in Odins Zentrum blieben.

Unter uns – vielleicht nur zweihundert Fuß unter uns – lag die bewegte See blau in dem erstaunlichen Sonnenlicht, das auch auf unser Flugzeug fiel und eckige Schatten auf unsere Gesichter warf. Über uns ragte der von kaum einem Wolkenwirbel getrübte Schacht hoch empor und gab immer wieder mal einen Blick auf blauen Himmel frei. Kris hielt das kreisende Flugzeug im langsamen Steigflug, bis wir vielleicht vier- oder fünftausend Fuß über Meereshöhe waren, uns an unsere eigentümliche Situation gewöhnt hatten und sie in Erinnerung behalten würden.

Wir waren allein im Auge. Zwischen blauem Himmel und blauem Meer hatte niemand sonst teil an dieser seltsamen kreiselnden Welt.

»Stadioneffekt«, bemerkte Kris fröhlich.

Ich nickte. Stadioneffekt hieß, daß das Auge oben weiter war als unten über der Wasserfläche; wie ein Stadion eben.

Die wirbelnde Wolkenwand mit den fürchterlichen Winden rings um das stille Zentrum sah undurchdringlich aus. Zu der goldenen Sonne im Innern vorzustoßen war gut und schön, aber jetzt mußten wir an den Rückflug denken. Kris zog wieder die Karte mit den Steuerkursen hervor, räumte aber selbst ein, daß Nummer vier jetzt nicht mehr stimmte.

»Gib du ihn mir«, sagte er. »Das kriegst du hin.«

Wir hatten gar nicht erst versucht, uns an das Flugschema professioneller Hurrikanflieger zu halten, nämlich drei Flüge direkt durchs Auge auf zehntausend Fuß. Wir waren wirklich auf uns allein gestellt.

Ich rechnete aus, daß wir bei nördlichem Kurs auf Land treffen würden, wenn nicht auf Cayman, ein doch recht kleines Ziel, dann auf Jamaika oder, als letzter Ausweg, Kuba. Zeit und Treibstoff hatten wir genug, um so weit zu kommen, und mit ein wenig Glück hatten wir bis dahin längst wieder Funkverbindung und konnten uns führen lassen. Peinlich, aber besser als abstürzen.

Kris war mit dem Nordkurs einverstanden, wollte aber in östlicher Richtung in die Wolkenwand einfliegen, da die gegen den Uhrzeigersinn drehenden, dort besonders starken Winde uns wohl ohnehin nach Norden tragen würden, bis wir vielleicht hundert Kilometer weiter waren und den äußeren Rand des Hurrikans erreichten.

Die zweite Windspitze eines Hurrikans am Boden kommt, wenn das Auge vorbeigezogen ist und die Illusion erzeugt hat, daß der Sturm vorüber sei. Die zweite Windspitze eines Hurrikans schlägt von Südwesten zu wie eine rollende Betonwand und vernichtet alles, was dem ersten Ansturm widerstanden hat.

Die zweite Windspitze eines Hurrikans Kategorie 5 heult und kreischt und ist schneller als ein Tennis-As ein As servieren kann. Sie bringt Sturzbäche, Sturzseen schlamm-lösenden Regens. Sie bringt Obdachlosigkeit und Elend und reißt Brücken ein – und um nach Grand Cayman zu-rückzukehren, mußten wir noch einmal durch den toben-den Sturm.

»Wie hoch sind wir?« fragte Kris. Seine Stimme klang nervös, sein Blick war beunruhigt. Normalerweise rechnet man einfach, daß der Luftdruck alle zehn Meter um ein Millibar fällt – aber mit der Höhe nimmt auch die geistige Konzentration ab, und Kris und ich konnten in der rütteln-den, lärmenden Holterdipolterwelt um uns herum nicht mehr allzu klar denken.

Kris steuerte nach Osten und nahm bei achttausend Fuß auf dem Höhenmesser entschlossen Kurs auf Land. Wir wa-ren beide sicher, daß wir die Abdrift unterschätzt hatten und daß uns die rotierende Windspirale trotz der voll aufgedreh-ten Motoren überallhin blies, nur nicht, wohin wir wollten.

Vom blauen Himmel war nichts mehr zu sehen. Die See brodelte und raste, grau und braun.

Wolken und Regen hüllten uns ein. Wir waren blind und konnten nicht feststellen, wie wir vorankamen. Kris ver-suchte es gar nicht mehr. Er war geistig weggetreten.

Minutenlang war ich fest davon überzeugt, daß Kris und ich und das Flugzeug hier überfordert waren. Die Vor-ahnungen meiner Großmutter machten mir Gänsehaut. Kris, der sichtlich den Mut verlor, rief wiederholt: »May-day, Mayday, Mayday« in das Mikrofon, ein Hilferuf über Funk, den niemand hörte.

Trotzdem hätten wir es noch schaffen können, wenn wir auf dem nördlichen Kurs geblieben wären und wenn nichts dazwischengekommen wäre, aber von einer Sekunde zur nächsten, katastrophenschnell, stürzte ein simpler mechanischer Vorgang uns ins Chaos, in das ungestüme Reich der Dämonen.

Das rechte Triebwerk fiel aus.

Sofort kam die ganze Maschine aus dem Gleichgewicht, kippte seitlich ab, drehte sich im Kreis, reckte die Nase, senkte sie wieder. Kris rief: »Volles Gegenruder, Steuerknüppel vor, volles Gegenruder«, wobei er das linke Pedal durchtrat, und mir fiel ein, daß man mit »Steuerknüppel vor, volles Gegenruder« eine einmotorige Maschine abfängt, wenn sie trudelt, aber ich wußte nicht, ob das gestörte Gleichgewicht eines einseitig streikenden zweimotorigen Flugzeugs davon besser oder schlimmer wurde. Ich suchte noch einmal Funkkontakt, um Kris' Stimme auszusenden, und hörte nur sehr schwaches Spanisch.

Raum und Zeit gerieten durcheinander. Wir konnten nur noch einen Gedanken auf einmal fassen. Meine kreisten um das Schlauchboot, das hinter mir in der Passagierkabine lag, denn da Flugzeuge nicht auf dem Wasser treiben, war ich überzeugt, daß wir es brauchen würden.

Irgendwie bekam ich in der schlingernden Kiste das dicke Bündel zu fassen, packte es und hielt es fest, während die Maschine kaum noch zu lenken war und Kris, der immer noch wie wild am Steuerknüppel zerrte, wieder anfing zu rufen: »Mayday, Mayday, Steuerknüppel vor, volles Gegenruder... Mayday...«, und dann, verzweifelt: »Ich flieg zurück nach Trox. Zurück nach Trox.«

Auch wenn er sinnlos drauflosplapperte, behielt er das bockende, drehende, rüttelnde Flugzeug doch halbwegs unter Kontrolle, das gegen seinen Willen aus achttausend Fuß Höhe jetzt schnell zu Tal ging, und erst als ich ihm zuschrie, er solle sich zum Abspringen bereit machen, schien ihm bewußt zu werden, daß wir mit nur einem überhitzten Triebwerk in diesem Sturm auf verlorenem Posten kämpften. Er konnte die sich überschlagenden Wellen sehen, aber er hätte dennoch das Unausweichliche geleugnet... wäre nicht Meerwasser gegen die Windschutzscheibe geklatscht.

Mit einem Aufschrei des Entsetzens griff er steiffingrig nach den Schaltern und zog die Nase schräg hoch, während Triebwerk und Propeller auf der Backbordseite noch auf vollen Touren liefen, und irgendwie erwischten wir das Wasser bäuchlings auf einer furchterregend großen, anrollenden Welle. Beim ersten Aufprall sprang die Piper zurück in die Luft, drehte sich heftig nach links und senkte die Nase. Der zweite Schlag war stärker, und mit der eigentümlichen Logik, die in Notsituationen den Verstand führt, dachte ich auf einmal an eine vor langer Zeit gehörte Prüfungsfrage, bei der es um das geeignetste Material für Sicherheitsgurte ging, die sich dehnen und Bewegungsenergie auffangen mußten, um den Benutzer bei einer plötzlichen Kollision vor Schaden zu bewahren. Als sich das Flugzeug in die beinah senkrechte Wand der nächsten hohen, schaumgekrönten Welle bohrte, erfüllten unsere Sicherheitsgurte ihren Zweck und fingen unsere Energie auf, daß es durch Mark und Bein ging.

Fast noch im Moment des Aufpralls stieß ich die Hecktür auf und sprang in das tosende Wasser, hielt um des lieben Überlebens willen das Dinghy umklammert und zog an der Leine, um es aufzublasen. Schon blähte es sich gewaltig und entfaltete sich mit einem Schwung, der es mir aus den Händen riß bis auf das außen herumführende Tau, die Rettungsleine für über Bord Gegangene. Für ganz kurze Zeit hielt ich es noch fest, aber in dem heulenden Sturm war jedwede Kraft, die ich zu haben meinte, eine Farce, und mit Grausen erkannte ich, daß ich es nicht würde halten können, bis Kris sich losgeschnallt und das sinkende Schiff verlassen hatte.

Er kam dann aber sehr schnell vorn heraus, sprang glücklicherweise zuerst mit einem Fuß auf die bereits überflutete Tragfläche und fiel dann direkt in das beinah vollständig aufgeblasene Dinghy, als es mir aus den Händen glitt. Wind und Wellen erfaßten das sich ausdehnende Boot und trugen es im Nu von dem sinkenden Flugzeug fort, und einen Moment lang sah ich Kris' von Schrecken erfülltes Gesicht noch zu mir herüberschauen. Dann trennten uns Wolken und Regen gewaltsam und machten uns füreinander unsichtbar, und nur wenig länger konnte ich das mit Wasser vollgelaufene Flugzeug sehen, bevor es mit hochstehender Tragfläche rasch und für immer in den Fluten versank.

Ohne viel Hoffnung zog ich an den Leinen der Schwimmweste, die meine alleinige Überlebenschance darstellte, und daß sich die Weste prompt mit Luft füllte wie vorgesehen, schien mir wirklich der einzige kleine Strohhalm zu sein, an den ich mich klammern konnte, aber mehr auch nicht.

Meine Schuhe schwammen weg, und ich zog meine Hose aus, so daß ich nur Unterhosen, Hemd und die leuchtendorange Schwimmweste am Leib trug. Das relativ warme

Wasser der Karibik konnte mich zwar hin und her werfen, aber an Unterkühlung sterben würde ich nicht. Es gab tröstliche Geschichten von verschollenen Seeleuten, die nach Tagen auf See noch lebend aufgegriffen wurden. Das war gut zu wissen, dachte ich, auch wenn sie nicht mit hurrikanhohen Wellen zu kämpfen gehabt hatten.

Es war Tag, und meine wassergetränkte Uhr war um 14.15 Uhr stehengeblieben, bei unserem Absturz ins Meer. Zu Hause hatte ich eine billige wasserdichte Armbanduhr zum Schwimmen: Hätte ich die bloß mitgenommen. Alberner Gedanke. Im Meer war die Zeit ohne Bedeutung.

Aber wenn Kris und ich nicht wieder auf dem Flughafen von Cayman auftauchten, würde Robin Darcy uns bestimmt suchen lassen. Kris' Dinghy war meilenweit zu sehen, und meine Rettungsweste mochte zwar nur ein kleiner Tupfer im Ozean sein, war dafür aber leuchtfarben. Bloß nicht daran denken, daß bei diesem Wolkenbruch, diesen Wellenbergen kein Hubschrauber auf Schwimmwestensuche gehen würde.

Odin war ein langsam ziehender Hurrikan, aber auch die langsamen gingen irgendwann vorbei. Um zu überleben, mußte ich zunächst Odin durchstehen und dann zu entdecken sein, und am besten wäre ich zu entdecken auf einer der gängigen karibischen Luftverkehrsrouten.

Die Gedanken kamen langsam, und keiner war erfreulich. Unangenehm zum Beispiel dieser: Das karibische Meer war sehr groß. Oder, anderes Beispiel, anderer Gedanke: Bist zwar ein geübter Surfer, hast aber erstens kein Brett dabei, und zweitens war bei zehn Meter hohen Sturmwellen wahrscheinlich auch mit Surfbrett nichts zu wollen.

Außerstande, einen konstruktiven Entschluß zu fassen, kämpfte ich lediglich darum, mich und meinen wirren Kopf über Wasser zu halten. Die Schwimmweste war gottlob so beschaffen, daß ihr Kragen das Kinn des Trägers abstützte und ihn, selbst wenn er von einem turmhohen Brecher erfaßt wurde, wie einen vollgesaugten Korken langsam wieder nach oben brachte.

Man konnte Salzwasser schlucken und krampfhaft nach Luft schnappen. Man konnte sich immer wieder an die windgepeitschte Oberfläche strampeln und sich dort eine Weile halten, etwas zu Atem kommen, aber wenn der Spätnachmittag in Dunkelheit übergegangen war, konnte man im unaufhörlichen Ansturm der tosenden Wellen allmählich das Gefühl bekommen, daß mit einer Rettung oder auch nur vorübergehenden Erleichterung nicht mehr zu rechnen war.

Man konnte ins Delirium fallen, und man konnte ertrinken.

5

Lange nachdem ich aufgehört hatte, in irgendeiner Weise zusammenhängend zu denken oder mich darüber zu wundern, daß immer mal wieder meine Großmutter silbern umglänzt ein Stück von mir entfernt auf den Wellen schwamm, lange nachdem das Trugbild von Robin und Kris, die mich händchenhaltend durchs Wasser zu sich winkten, um mir eine Kugel zu verpassen, verschwunden war, packte mich in dem brüllenden, unmenschlichen Furor Odins, dem das bißchen Leben, das noch in meinen Herzkammern und meinem Hirn pulsierte, nicht entfliehen konnte, eine ungeheure Welle, hob mich in die Luft und warf die Stoffpuppe, zu der ich geworden war, gegen eine noch ungleich höhere Wand.

Die Wand war nicht aus Wasser... sie war Fels. Kein Grund zur Freude erst mal, sie schlug mich bewußtlos.

Geraume Zeit später merkte ich dann, daß ich mein Leben der Felswand neben dem Landungssteg verdankte, an dem früher die Schiffe festgemacht hatten, die Trox mit lebensnotwendigen Gütern versorgten.

Zottige Sträucher und steckenartige junge Bäume sprossen dort unverdrossen aus Spalten und Vorsprüngen, und zwischen ihnen, die mich jetzt an die unebene, rauhe Felswand gedrückt hielten, war ich liegengeblieben.

Langsam kam ich wieder zur Besinnung, und zuerst schien es mir ganz natürlich, im zweiten wirren Anlauf dann aber um so unnatürlicher, daß ich wußte, wo ich war.

Die Erkenntnis ging nicht mit dem Wunsch oder mit der Kraft einher, etwas zu unternehmen. Ich drehte mich ein wenig, um die Landungsbrücke entlangzuschauen, und sah, daß es mehr als die Hälfte der aus schwerem Bauholz gezimmerten, in Beton verankerten Anlage weggerissen hatte, als wäre sie aus Pappe.

Das Bewußtsein verlor sich wieder in einem unruhigen, von bösen Träumen erfüllten Zustand äußerster Erschöpfung, der Schlaf und Benommenheit zugleich war.

Jahrhunderte später quasi merkte ich, daß es regnete und daß es schon regnete, seit ich meine vom Salzwasser verquollenen Augen geöffnet hatte. Der Regen wusch das Salz von meinen Gliedern, aber meine ganze Haut war vom zu langen Aufenthalt im Meer verschrumpelt, und wie nur je ein alter Seemann sah ich zwar Wasser, Wasser überall, hatte aber einen schmerzhaft brennenden, vom Salz verursachten Durst.

Regen ... gierig nach jedem Tropfen sperrte ich den Mund auf. Das kühlte die Kehle, beruhigte den Geist. Ich begriff, daß meine Großmutter nicht wirklich da im Silberglanze schwamm. Robin Darcys Kanone befand sich am Sand Dollar Beach, zur Abschreckung von Einbrechern.

Schwach blieb ich dennoch und wäre gern liegengeblieben. Andererseits lag ich auf halber Höhe einer niedrigen Felswand, zwischen Wurzelwerk, das sich im Dauerregen zu lockern begann – und wie aufs Stichwort rissen einige der Sträucher aus ihrer Verankerung und schickten mich auf eine holprige Rutschpartie bergab, bis ich mit ungezählten Schrammen auf dem harten Belag des Piers landete.

Zum Glück war der ramponierte Pier ursprünglich als Anlegeplatz für Handelsschiffe gebaut worden, so daß er über dem Hochwasser lag. Braune, ruppige Brecher fegten jetzt bedrohlich an der Mauer entlang, aber nur wenige schwappten breit darüber hinweg, als suchten sie etwas, das sie noch an sich reißen könnten. Die Höhe und die Gewalt der Wellen, die mich hierherbefördert hatten, waren um fast die Hälfte zurückgegangen. Bei dieser Brandung hätte etwas so Massives wie der Pier nicht verwüstet werden können.

Also blieb ich noch ein wenig im Regen liegen und dachte an Kris und das Auge Odins, und der ganze Tag kam mir unwirklich vor.

Der ganze Tag... das Licht war grau... aber es war nicht Nacht, und es war Nacht gewesen, als ich mit dem Ertrinken gekämpft hatte.

Gestern, dachte ich ungläubig. Kris und ich waren gestern hierhergekommen... und ich hatte die ganze Nacht in dem schwarzen Wasser verbracht, und die Umrisse der Felswand, gegen die ich geschleudert worden war, hatte ich gesehen, weil die müde alte Erde sich da langsam der Dämmerung des neuen Tages entgegendrehte.

Nach und nach wurde mir auf dem zertrümmerten Pier bewußt, daß es am Tag davor nicht so beschädigt gewesen war. Daraus konnte ich nur schließen, daß die verheerenden Winde Odins über die Insel gefegt waren, nachdem wir sie verlassen hatten, aber ein Handlungsbedarf ergab sich für mich daraus nicht. Bald, sagte ich mir, bald würde ich den Berg hinauf in das kleine Dorf gehen. Bald würde ich das

Leben wieder anpacken. Ich hatte mich wahrhaftig noch nie so schwach gefühlt.

Wie um meine Lebensgeister anzufachen, hörte der Dauerregen plötzlich auf.

Als allererstes machte ich mich daran, die Gurte der Schwimmweste zu lösen, mit dem Erfolg, daß ich sie nur in noch schlimmeren Knoten verhedderte. Sie aufzukriegen dauerte eine Ewigkeit. Meine Arme schmerzten gräßlich.

Ich hatte immer noch kein Gefühl für die Zeit. Hell war Tag, dunkel Nacht. Als das Tageslicht wieder nachließ, riß ich mich dann doch zusammen, kam mit viel, viel Mühe auf die Beine und stapfte ganz langsam barfuß vom Meer hinauf zu dem Dorf, das in ungefähr siebzig Metern Höhe auf dem Felsen lag. Sturmfluten fegen vielleicht keine so hoch gelegenen Ansiedlungen weg, aber Sturmwinde kennen da keine Hemmungen. Das kleine Dorf vom Vortag, die Häuser, die Kirche und die Pilzschuppen waren über den Haufen geweht worden.

Ich blieb regungslos stehen, die Schwimmweste baumelte an meiner Hand.

Die Betonfundamente, auf denen die Häuser gestanden hatten, waren noch an ihrem Platz; die Dächer waren verschwunden, die Bretterwände umgemäht, die Holzbalken zerbrochen, das Glas aus den Fensterrahmen herausgefetzt. Die Ziehbrunnen waren mit Schlamm und Schutt verstopft, die Eimer nirgends zu sehen.

Die Kirche hatte kein Dach mehr. Der Kirchturm und zwei Wände waren eingestürzt. Die Pilzschuppen waren verschwunden, man sah nur ihre Grundrisse am Boden.

Die einzigen Gebäude, die noch standen, waren die beiden Betonbunker mit ihren extradicken Wänden, und sogar sie zeigten Spuren eines Beschusses durch umherfliegende Trümmer.

Ohne Schuhe und ohne meine ebenfalls davongeschwommenen Socken durch das Dorf zu laufen war mühsamer als der Anstieg vom Pier, aber ich tappte vorsichtig zum ersten der beiden Betonklötze hinüber, in dem die Etagenbetten gestanden hatten, und betrat ihn.

Die Türöffnung – ohne Tür – führte durch die einen Meter zwanzig dicke Wand in zunehmendes Dunkel, an das sich meine Augen erst einmal gewöhnen mußten. Der Eingang, so erklärte ich mir schließlich das Chaos im Innern, hatte wohl frontal zum Wind gelegen. Es war noch eine ganze Menge Holz da, nur nicht mehr in Gestalt gediegener Etagenbetten. Offenbar waren die schweren Bretter durch den Raum geschleudert worden und wie Sturmböcke gegen die Wände gekracht. Der Gedanke an die Kraft, die nötig war, um solche Löcher in den Putz zu schlagen, ließ mich dankbar schaudern: Hätte uns der Sturm am Boden erwischt, hätten wir hier drin vielleicht Zuflucht gesucht.

Zuflucht. Mir wurde klar, daß hier nicht das Dach abgedeckt worden war wie sonst überall, den anderen Bunker vielleicht ausgenommen. Die auf dem Betonboden verstreuten Bretter waren weitgehend trocken. Draußen dunkelte es unter einem bedeckten Himmel, aber die Regenpause hielt an.

Heute abend würde niemand mehr kommen. In dem strömenden Regen von zuvor war das Inselchen wahrscheinlich gar nicht zu sehen gewesen. Find dich damit ab, dachte ich müde; in frühestens zwölf Stunden wird jemand kommen.

Glaub dran.

Jemand wird kommen.

Im verbliebenen Licht legte ich mehrere Bretter auf dem klammen, ungastlichen Betonboden nebeneinander, streckte mich mit dem Stützkragen der Schwimmweste als Kopfkissen darauf aus... und konnte nicht einschlafen.

Mein Durst war gestillt, aber der Hunger grub sich wie eine Schraube in meinen Magen. Seit dem Grillabend bei den Fords hatte ich nichts mehr gegessen, denn am Morgen des Flugs zu Odin war mir nicht nach Frühstücken zumute gewesen. Jetzt verfolgte mich das unverzehrte Blätterteiggebäck vom Owen-Roberts-Flughafen, bis ich es förmlich riechen konnte. Morgen früh suchst du dir was zu essen und zu trinken, sagte ich mir, aber ohne Schuhe stöberst du da draußen nicht im Dunkeln rum.

Die Inselluft war zumindest angenehm warm, und sollte es wieder regnen, saß ich im Trockenen. Hurrikane, zumal solche wie Odin, die sich nicht im Atlantik, sondern in der Karibik bilden und entfalten, sind zwar für ihre unberechenbaren Wege bekannt, aber kaum einer dreht sich um hundertachtzig Grad und kommt zurück. Wenn das überhaupt schon geschehen war, dann so selten, daß es nicht lohnte, sich darüber Sorgen zu machen.

Ich schloß die Augen, aber nach dem Durchhänger vom Tag kam mein Gehirn auf Touren und nahm vorwärts, rückwärts, nacheinander alles unter die Lupe, was mich in meine gegenwärtige mißliche Lage gebracht hatte. Es gab immer noch massenhaft offene Fragen, die ich mir beim besten Willen nicht beantworten konnte, zum Beispiel: Warum züchtet jemand Pilze auf einer winzigen Karibikinsel? Warum schickt er zwei Meteorologen durch einen Hurrikan, damit sie nach den Pilzen sehen? Aber dafür allein konnte Robin Darcy das Flugzeug doch wohl nicht gekauft haben… und er hatte es für Nicky gekauft, nicht für Odin.

Irgendwo gab es sicher jemanden, der sich einen Reim darauf machen konnte. Robin zum Beispiel, oder nicht?

Lange Zeit sah ich Kris in dem orangen Dinghy vor mir, das Entsetzen, mit dem er mich noch anschaute, als die tobenden Elemente seine Zukunft in die Hand nahmen. Wenn er sich an Bord des Dinghys halten konnte, würde er schneller als ein Rennboot über die Wellen geflogen sein. Nach der Bedienungsanleitung für das Boot, die ich nicht sorgfältig genug beachtet hatte (als erstes steigt man nämlich ein), waren ein Steuerruder und zwei Paddel an Bord, aber so ruhig, daß man sie einsetzen konnte, würde das Meer noch in Stunden nicht sein.

Ich klammerte die Möglichkeit aus, daß der Wind das Boot in die Luft gehoben hatte. Wollte nicht daran denken, daß der luftgefüllte Schlauch über den Wellen Purzelbäume geschlagen haben könnte, bis Kris ins Wasser fiel, weit weg von den Klippen von Trox.

Ich wälzte mich unruhig auf dem harten Bretterbett und setzte mich lange vor Tagesanbruch schon draußen vor die Bunkerwand und staunte, wie viele Sterne ich sah.

Der Hurrikan war vorbei. Die Nacht war wolkenlos und still. Nur die Wellen, die mit fernem, fauchendem Schlag schwer an der zerstörten Landungsbrücke entlangrollten, erzählten von der furchtbaren Gewalt, die gestern das kleine Dorf verwüstet hatte.

Der Hunger brachte mich auf die Beine, sobald ich sehen

konnte, wo ich hintrat, aber ich wußte ja schon, daß alle Schränke hier leer waren, auch wenn sie noch standen. Die Bewohner von Trox hatten die Insel mit Sack und Pack verlassen. Vergebens schaute ich nach einem Trinkgefäß und schlürfte schließlich Regenwasser, wie ich es gerade fand.

An Eßbarem gab es lediglich vermatschtes Gras.

Vorsichtig stakste ich zu dem zweiten dickwandigen Bunker hinüber, der bei unserem ersten Besuch leer gewesen war, und wunderte mich, als ich eintrat, über die Veränderung, die der Sturm bewirkt hatte.

Zunächst einmal war auf zwei Seiten die Wandverkleidung abgerissen worden, und Schlackeziegel waren zutage getreten. Die Bunker sahen von außen zwar gleich aus, waren im Innern aber verschieden gestaltet. Der Bunker, in dem ich übernachtet hatte, bestand aus massivem Beton mit Innenputz. Die Wände des zweiten Bunkers waren mit vorgefertigten Gipsplatten ausgekleidet, und einige dieser Platten waren aus ihrer Verankerung gerissen und zu Bruch gegangen.

Weil ich darauf eingestellt war, nichts als Zerstörung zu sehen, dauerte es eine Weile, bis mir auffiel, daß kaputte Wand nicht gleich kaputte Wand war und daß sich halb versteckt hinter einer Gipsplatte, die es aus ihrer Halterung gerissen hatte, eine Art Tür befand.

Ich ging mir das genau ansehen und stellte fest, daß die Tür hinter der losen Wandplatte mit einem Zahlenschloß gesichert und nichts anderes als eine Tresortür war. Wenn man davon ausging, wie wenig die Insulaner sonst zurückgelassen hatten, würde die Schatzkammer so leer sein wie der Schrank von Mother Hubbard. Ich probierte, ob sich die Tür öffnen ließ, da der Wind schließlich alles in seiner Reichweite beschädigt hatte, aber sie widerstand meinen Bemühungen eisern, und so widmete ich mich wieder der Suche nach etwas Eßbarem.

Die großen blauen Vögel sahen verlockend aus, aber barfuß konnte ich keinen fangen, und ohne Feuer hätte ich sie roh verzehren müssen, und so nötig hatte ich es doch noch nicht. Vielleicht konnte ich eine von den größeren Echsen fangen, die weniger flink waren als die kleinen, doch auch davon hielt mich die fehlende Kochmöglichkeit ab.

Aber wo waren die Kühe?

Kühe gaben Milch, und Milch war nahrhaft. Vor zwei Tagen war eine große Rinderherde frei auf der Insel umhergelaufen, und einige der Tiere hatten sicher Kälber, und Kälber brauchten Milch...

Wenn es nicht die ganze Herde ins Meer geweht hatte, wenn ich eine Kuh dazu bringen konnte, daß sie stillhielt, und wenn ich ein brauchbares Trinkgefäß wie etwa eine leere Dose fand, war ich aus dem Gröbsten heraus.

Problem: Ich konnte die Herde nicht sehen.

Trox war zirka anderthalb Kilometer lang, mit dem Dorf an einem Ende und dem grasbewachsenen Landestreifen, der bis zum anderen Ende reichte. Ich ging vorsichtig zu dem Punkt des Landestreifens, wo wir uns fluchtartig ins Flugzeug geschwungen hatten, aber sosehr ich nach Kühen Ausschau hielt, nirgends zeigte sich auch nur eine Schwanzspitze.

Zu meiner großen Freude fand ich dafür die liegengelassene Kamera wieder. Meine Begeisterung flaute dann etwas ab, weil der Apparat zwar wasserdicht sein sollte und auch noch in seiner Ledertasche war, aber tief im Schlamm steckte, als hätte ich ihn nicht nur fallen gelassen, sondern obendrein festgetreten. Traurig zog ich ihn heraus und hängte ihn an den Gurt meiner Schwimmweste.

Immer noch vor allem vom Hunger getrieben, marschierte ich an einer Seite der Startbahn entlang und sah einen felsigen Streifen Land zwischen dem flachgedrückten Gras und der schwer gehenden See. Dort hätten die Kühe Platz gehabt, aber es waren keine zu erblicken. Deprimiert wechselte ich zur anderen Seite der Piste hinüber und dachte unterwegs, daß die Rollbahn, wenn sie auch aus Erde und Gras bestand, doch ein technisches Meisterstück war, durchaus lang und breit genug für große Transport- und Passagierflugzeuge, nicht nur für zweimotorige Maschinchen.

Auf der anderen Seite der Rollbahn lag ein viel breiteres Stück Felsland, das die schneidenden Winde weitgehend kahlgeschoren hatten. Umgestürzte Palmen reckten hilflos ihre Wurzeln in die Luft, ihre Kronen klebten wie durchweichte Mops am Boden. Palmen … Kokosnüsse … ich schaltete von Kuh- auf Kokosmilch und zerkratzte mir Beine und Füße noch ein wenig mehr beim Abstieg von der Rollbahn zum Meer hinunter.

Bevor ich eine Kokosnuß fand, entdeckte ich die Kühe.

Sie lagen in einer langen, dunklen Gruppe beieinander, die Bäuche am Boden. Eine kleine Felswand weiter hinten hatte sie halbwegs vor den Winden geschützt, und ihr Gewicht hatte wahrscheinlich ein übriges getan.

Viele drehten die Köpfe, als ich näher kam, und einige wuchteten sich hoch, wobei mir auffiel, daß unter den Kühen auch Bullen waren, und ich fragte mich, ob das mit dem Melken vielleicht doch keine so gute Idee war.

Drei der Bullen waren breitschultrige Brahman. Zwei waren kremfarbene Charolais. Vier waren rotbraun und weiß gescheckte Hereford. Vier andere hätte man in Rennsportkreisen als Füchse bezeichnet, aber wie sie wirklich hießen, entzog sich meinen bescheidenen Viehzuchtkenntnissen. Ein paar waren Schwarzbunte.

Von meiner Harmlosigkeit überzeugt, verloren die Herren der Herde das Interesse, schwenkten ohne Arg die großen Häupter und legten sich friedlich wieder hin.

Da ich mich dunkel erinnerte, daß Schwarzbunte reichlich Milch gaben, schlich ich auf Zehenspitzen vorsichtig um die riesige Haustierversammlung herum, bis ich zu einer dicken, sanftmütig wirkenden Schwarzbuntkuh kam, neben der ein zufriedenes Kalb lag. Ich hatte noch nie im Leben eine Kuh gemolken, und sobald ich sie anfaßte, rappelte sich das schwere Tier auf und schickte mich mit einem Blick aus seinen kummervollen Augen zum Teufel. Hätte mir der Hunger nicht so zugesetzt, wäre das Kapitel damit für mich erledigt gewesen, zumal die Kuh auch noch den Hals reckte und einen langgezogenen hohlen Ton ausstieß, der jede Menge ihrer Gefährten auf die Beine brachte.

Das einzige Gefäß, das ich hatte, war meine Kameratasche, ein durchweichter, vermatschter schwarzer Knautschlederbeutel.

Ich kniete mich neben die Schwarzbunte, die aus ihrer Überraschung darüber, daß jemand ihre Milch als Geschirrspülmittel benutzte, keinen Hehl machte, und nachdem ich die Tasche dreimal gefüllt, geleert und ausgewrungen hatte, sah die Milch im vierten Durchgang schon einigermaßen sauber und trinkbar aus.

Von der sechsten Füllung nahm ich einen Schluck. Die Milch war warm, fett und schaumig und schmeckte entfernt nach Erde. Ich kostete die nächsten Portionen mit wachsender Zuversicht und trank die recht saubere zehnte Füllung ganz, bevor die Kuh endgültig die Geduld verlor, mir den Schwanz ins Gesicht schlug und sich wiegenden Ganges würdevoll entfernte.

Mit vorerst beruhigtem Magen kehrte ich in das zerstörte Dorf zurück und wusch an einem der verschlammten Regenwasserspeicher so gut es ging die Ledertasche aus. Die Kamera selbst, die inzwischen trocken war, rieb ich mit einem feuchten Hemdschoß sauber, bis sie, als ich zum dritten Mal den Verschluß auslöste, tatsächlich wieder ging und nicht nur klickte, sondern automatisch den Film weiterspulte.

Ich machte zwei Aufnahmen von dem verwüsteten Dorf. Danach hätte ich wahrscheinlich die Rinder geknipst, die mir langsam, aber mehrheitlich die Insel hinauf gefolgt waren und jetzt neugierig um mich herumstanden, doch hatte ich von den sechsunddreißig Aufnahmen auf dem Film nur noch wenige übrig. Eine Kuh ist eine Kuh ist eine Kuh. Kühe waren so interessant wie nicht vorhandene Pilze.

Der Sonnenschein kehrte in die Karibik zurück.

Als es nach dem Stand der Sonne am Himmel Mittag war, hatte sich noch niemand blicken lassen.

Zwei Tage waren vergangen, seit Kris und ich Grand Cayman verlassen hatten. Wir wurden sicherlich vermißt.

Es würde jemand kommen.

Nur zum Zeitvertreib kehrte ich in Bunker Nummer zwei zurück, und da ich einmal drin war, riß ich die lose herunterhängenden, rohweißen Gipsplatten ganz von den Wänden. Der freigelegte Tresor erwies sich als ein grauer Stahlwürfel von gut sechzig mal sechzig Zentimetern, der in Hüfthöhe in die Wand eingelassen war. Ich runzelte die Stirn. Ohne den Sturm wäre der Safe den Blicken der Allgemeinheit verborgen geblieben, aber andererseits war es so ungewöhnlich nicht, wenn man ein Versteck versteckt anlegte.

Ich versuchte die Safetür zu öffnen, doch wie es schien, hatten zarte Meteorologenhände einem hurrikansicheren Stahlwürfel wenig entgegenzusetzen.

Offensichtlich war ein kurzer flacher Griff zum Öffnen der Tür gedacht, aber der Griff ließ sich nur über eine elektronische Tastatur aus Buchstaben und Ziffern wie bei einem Telefon betätigen. Das schien mir ein aufwendiges Schloß für das Gelände einer Pilzfarm zu sein; ein Rätsel mehr in einer ganzen Reihe unbeantworteter Fragen.

Seufzend schlenderte ich wieder nach draußen, wo die Rinder jetzt die noch erhaltenen Grundmauern des Dorfs belagerten und mißmutig um die zum Teil freiliegenden, verdreckten Zisternen herumstrichen. Wenn sie den Kopf weit genug vorstreckten, hätten sie an das schmutzige Wasser gerade eben herankommen können, aber noch trieb sie der Durst nicht dazu.

Interessant fand ich, daß sich die Herde nicht nach Rassenzugehörigkeit aufgeteilt hatte, sondern überwiegend in gemischten Gruppen beieinander stand, Charolais neben Schwarzbunt, ein Brahmanbulle aus dem Land der heiligen

Kühe in einer Schar fleischgebender Hereford, und außen herum ein paar dunkle Büffelnacken, die mir bisher entgangen waren – schwarze Aberdeen-Angus.

Der Verstand liebt kleine Streiche, und außerdem hatte ich von meiner Großmutter gelernt, im Kopf immer Platz zu lassen für die unerwartete Verbindung scheinbar unzusammenhängender Gedanken.

Mit zehn hatte ich einen gleichaltrigen Freund gehabt, der Angus hieß und sehr große, abstehende Ohren hatte. Er wurde deswegen gehänselt und bekam den Spitznamen Aberdeen, weil seine Segelohren an die einer Kuh erinnerten, und er weinte und nahm das so schwer, daß seine Eltern ihn zu einem plastischen Chirurgen schickten, und danach hatten ihn die anderen Jungs wegen der »gerefften Segel« aufgezogen, bis er auch darüber weinte. Meine Großmutter hatte »Aberdeen« Angus in das traurige Gesicht gesagt, er solle froh sein, überhaupt Ohren zu haben, taub zu sein sei schlimmer.

Es war absurd, sich auf Trox an Segelohren-Angus zu erinnern. Meine Großmutter hätte mir wohl gesagt, ich müsse mich vielleicht von Milch ernähren und ohne Schuhe und andere Annehmlichkeiten auskommen, sei aber immerhin am Leben.

Ich ging zurück in den Bunker und drückte spontan die Zahlen für ANGUS – 26487 – auf dem Tastenfeld des Tresorschlosses.

Nichts geschah. Kein Klicken, kein verheißungsvolles Piepen. Segelohren-Angus taugte nicht als Schlüssel zum Öffnen der Tür, und natürlich gab es auch keinen Grund, warum er das hätte tun sollen.

Da ich sonst wenig mit der Zeit anzufangen wußte, überquerte ich den ehemaligen Dorfplatz und sah mir noch einmal das verwüstete Innere des Bunkers an, in dem ich einen Teil der Nacht verbracht hatte.

Wozu brauchte eine Pilzfarm einen Bau mit meterdicken Wänden und hurrikansicherem Dach? Brauchte sie nicht, war die einfache Antwort; bei einer Wetter- oder Erdbebenstation machte das eher Sinn. Bei der Räumung der Insel waren die Instrumente und Unterlagen natürlich mitgenommen worden, aber ein Gebäude, in dem etwa ein Seismograph zur Messung weit entfernter Erdstöße aufgestellt war, mußte in sich äußerst stabil gebaut sein. Der Betonboden, nahm ich an, war dann mindestens so dick wie die Wände.

Wieder draußen, sah ich in den klaren blauen Himmel und lauschte dem zurückgehenden Rauschen der Wellen, aber was ich eigentlich brauchte, war ein Suchflugzeug, und danach schaute ich vergebens.

Evelyn lag jetzt vielleicht am Sand Dollar Beach in der Sonne und fragte sich, wo Kris und Perry abgeblieben waren. Aber irgendwo tobte Odin noch, und so konnte es auch sein, daß Evelyn in die Berge des bergarmen Florida geflohen war.

Die Gedanken tröpfelten dahin. Bei Robin wurden Logiergäste, die morgens um drei badeten, von bewaffneten Polizeikommandos umstellt, und der Wachdienst rief an, ob alles in Ordnung sei. »Ja«, hatte Robin leichthin gesagt, »jawohl, Hereford.«

Ich stand auf Trox und betrachtete ein braunweiß geschecktes Rind, ein Hereford. Und wenn nun Robins Hereford für den Wachdienst in Sand Dollar Beach so etwas wie ein Kennwort war? Hereford... Hereford... alles in Ordnung.

Warum nicht?

Menschen benutzen ein und dasselbe Kennwort in den verschiedensten Zusammenhängen, weil ein einziges Kennwort leichter zu behalten ist als viele.

Ich hatte immer noch alle Zeit der Welt und spielte einfach herum. Ich stellte mich wieder vor die Tresortür, drückte 4373 (here) und 3673 (ford) auf dem Tastenfeld, und prompt kam ein lautes Klicken.

Verblüfft ergriff ich die flache Klinke, und als ich versuchte, sie anzuheben, drehte sie sich ohne weiteres, und leise schwang die Tür auf.

Schätze waren nicht dahinter, zumindest nicht auf den ersten Blick. Zwei Dinge lagen in dem stoffbezogenen Fach des grauen Stahlsafes. Das eine war ein gelber Kasten, offenbar ein elektronisches Meßgerät mit Skala und Zeiger sowie einem kurzen Metallstab an einem wie eine Telefonschnur geringelten Kabel. Der Kasten sah mir ganz nach einem Geigerzähler aus, und als ich ihn herausnahm und den Ein-Aus-Schalter drückte, gab ein bedächtiges, unregelmäßiges Ticken mir recht. Ein Geigerzähler, der nicht viel zu zählen hatte. Technisch gesprochen zählen Geigerzähler Elementarteilchen, die beim Zerfall radioaktiver Stoffe freiwerden. Der Stab enthält ein sogenanntes Zählrohr, das vor langer Zeit von den Physikern Geiger und Müller erfunden wurde. Gelangt ein Teilchen in das Rohr, ionisiert das Gas im Innern, so daß es leitfähig wird und Stromstöße erzeugt, die wiederum das Ticken hervorrufen.

Außer dem Geigerzähler lag nur noch ein gelbbrauner Hefter in dem Versteck, wie er überall auf der Welt zur Aktenablage verwendet wird.

Der Hefter enthielt, wie sich zeigte, zwanzig Blatt Papier in fast zwanzig verschiedenen Formaten: Briefe mit und ohne Briefkopf, und alle in fremden Sprachen, von denen ich kaum eine kannte. Auf fast jeder Seite standen aber unabhängig von der Sprache Zahlen- und Buchstabenkombinationen, die ich zweifelsfrei erkannte und die mir angst machten. Einige Bogen waren paarweise zusammengeheftet, und zwei schienen Adressenlisten zu sein, auch wenn ich sie nicht lesen konnte, da sie in einer Schrift abgefaßt waren, die wie arabisch aussah.

Ich legte den Hefter wieder in den Tresor, ließ die Tür aber offen und ging nachdenklich wieder hinaus in die Sonne. Die Rinder drehten die Köpfe nach mir. Einige muhten, und noch ein paar mehr ließen platschende, dampfende Fladen fallen. Als Nachmittagsunterhaltung war das nicht gerade umwerfend.

Wie sich zeigte, hatte ich noch vier Aufnahmen auf meinem Film. So entschloß ich mich, doch ein Foto von den Rindern zu machen, und suchte mir dafür eine Gruppe mit möglichst vielen verschiedenen Rassen aus. Dann kehrte ich zu dem Tresor zurück, um zu entscheiden, welche drei Blätter aus dem Hefter am ehesten verewigt zu werden verdienten.

Die Wahl fiel auch bei ihrer sorgfältigen Durchsicht im Hellen nicht leicht, aber schließlich suchte ich vier heraus, fotografierte zwei davon einzeln und die beiden anderen zusammen. Nach der letzten Aufnahme war der Film alle, und zu meinem Verdruß blockierte der Rücklauf an der Stelle, wo ich den Schlamm abgewischt hatte. Unmöglich zu sagen, ob überhaupt noch brauchbare Bilder darauf waren, aber wenn nicht, schien mir das auch kein so herber Verlust. Damit jedoch die Kamera nicht noch mehr Regen abbekam, hängte ich sie ganz oben an einen Balken in der Nähe des Tresors, unerreichbar für die Kühe.

Als ich die Schriftstücke wieder in den Hefter und den Hefter wieder in den Tresor tat, überlegte ich, ob ich alles so hinterlassen sollte, wie ich es vorgefunden hatte, und entschied mich dafür – hauptsächlich, um die Papiere vor den Kühen zu schützen, denn einige waren mir so neugierig gefolgt, daß sie sich in der Tür drängten und versuchten, sich mit ihren dicken Köpfen hereinzuzwängen. Ich scheuchte sie zwar zurück, war aber auch irgendwie froh über ihre Gesellschaft, denn ohne sie wäre es doch einsamer gewesen.

Der Tag nahm kein Ende, und niemand kam.

Zwölf Stunden Dunkelheit. Dann erst wieder Morgen.

Ich schlief unruhig, mit vielen Unterbrechungen, und mein einziger Trost, als ich schließlich im Morgengrauen aufwachte, war, daß ich im Schein der untergehenden Sonne eine Suppendose zwischen den Trümmern eines der Häuser hatte blinken sehen; verbeult und mit Dreck gefüllt zwar, aber doch besser zum Milchtopf geeignet als die Kameratasche.

Die Kühe hatten mir Abendbrot und ein zeitiges Frühstück gegeben, um danach geschlossen zur Landebahn zu ziehen, deren Gras sie sowohl düngten als auch kurz hielten.

Als die Sonne aufging, war es drei Tage her, daß Kris und ich von Grand Cayman losgeflogen waren.

Hatte das Auge des Hurrikans Odin sich drei Tage lang mit zehn Stundenkilometern nach Nordwesten bewegt, dann überzog er jetzt vielleicht gerade die Küsten von Cayman mit Sturmböen und Flutwellen. Unter diesen Umständen durfte man kaum erwarten, daß jemand nach tollkühnen Fliegern suchen kam, die mit ziemlicher Sicherheit ins Meer gestürzt waren.

Ich baute mir aus Balken einen primitiven Sitz zusammen, der im Schatten liegen würde, wenn die Sonne am höchsten stand, und ließ mich dort nieder, um meine immer noch nackten Füße auszuruhen. Meine Knöchel juckten entsetzlich von Kratzern, Schrammen und Insektenstichen, die nicht heilen wollten. Den lieben langen Morgen haderte ich mit meinem Schicksal, wollte nicht glauben, daß ich noch lange hier aushalten mußte, und konnte mich deshalb nicht aufraffen, irgend etwas zu tun, um meine Inselzeit erträglicher zu gestalten.

Ich dachte an meine Großmutter, die sich, hätte sie Bescheid gewußt, vielleicht um ihren vermißten Enkel gesorgt hätte, bestimmt aber mit bündigen guten Ratschlägen bei der Hand gewesen wäre wie: »Perry, bau dir ein Haus, filter dir Trinkwasser, bastel dir Sandalen, such dir Kokosnüsse, führ Tagebuch, blas keine Trübsal.«

Sie hatte sich nie beklagt, weder als ihre Gehbehinderung anfing noch später. Mir hatte sie immer nahegelegt, alles, was sich nicht ändern ließ, möglichst mit Anstand zu ertragen, und zu dem Unabänderlichen zählte sie auch den Verlust meines Vaters und meiner Mutter.

Von meinem Durchhänger auf Trox hätte sie wenig gehalten. Über Mittag saß sie im Geist bei mir im Schatten, gerecht, aber streng. Insofern war es meine Großmutter, die mich, Schuhe hin, Schuhe her, am Nachmittag dazu trieb, ans andere Ende der Rollbahn zu laufen, und dort entdeckte ich einen Weg zu einem weißen Sandstrand und ging schwimmen, wobei ich in meinem geschwächten Zustand zwar mit der immer noch schweren, rauhen Brandung zu kämpfen hatte, aber hinterher fühlte ich mich sauber und erfrischt.

An diesem Ende der Insel gab es einen wahren Wald von abgeknickten Hartholzbäumen, und Kokospalmen lagen entwurzelt neben den traurigen Überresten von Pflanzen, die ich der breiten Blätter wegen für Bananenbäume hielt. Ich stöberte zwei eßbare Kokosnüsse und eine noch am Stiel hängende vollreife Mango auf: ein Festmahl.

Aber der blaue Himmel blieb leer, und niemand kam.

Am nächsten Morgen war auch die graue, schwere See wieder zu karibischem Blau zurückgekehrt.

Um mir die Langeweile zu vertreiben, nahm ich den Hefter aus dem Safe, sah mir die Papiere der Reihe nach in der Sonne an und versuchte, aus den für mich unlesbaren Texten wenigstens ein bißchen klug zu werden. Eine Seite schien auf griechisch abgefaßt zu sein, da erkannte ich immerhin die Buchstaben Ω und Π, Omega und Pi.

In den Texten kamen viele Zahlen vor, und die Zahlen waren durchweg in lateinischer Schrift, also unserer normalen Druckschrift, geschrieben.

Ich ließ meinen Gedanken freien Lauf und fragte mich,

ob es sich hier zum Teil um eine Bestandsaufnahme, einen Mengen- und Artenkatalog von Pilzen aus aller Welt handeln konnte, die in den jetzt zerstörten Schuppen gezüchtet worden waren.

Schön, dachte ich, aber wozu dann der Geigerzähler?

Ich legte den Hefter zurück und lauschte bei einem gemütlichen Spaziergang durch das Geisterdorf eine Stunde lang dem unregelmäßigen, aber doch immer wiederkehrenden Ticken, das von aktiver Strahlung kündete.

Daß der Geigerzähler tickte, hatte ich erwartet, da wir von Hintergrundstrahlung immer umgeben sind, die auf natürlichen radioaktiven Stoffen in der Erdkruste beruht und auf »kosmischer Strahlung«, das sind aus dem Weltall eintreffende Elementarteilchen, die die Sonne etwa zehn Minuten vorher aus hundertfünfzig Millionen Kilometern Entfernung abgefeuert hat.

Aber um die Grundmauern der weggewehten Häuser herum schien die Strahlung ziemlich stark zu sein. Hohe Meßwerte waren nicht ungewöhnlich. Die Bewohner Aberdeens, der schottischen Granitstadt, sind einer erhöhten Hintergrundstrahlung ausgesetzt, da Granit sehr viele radioaktive Teilchen enthält. Ich sah mich um und rief mir ins Gedächtnis, was mein Kollege in Miami gesagt hatte: »Bestehend aus Vogelmist, Guano, Korallen und Kalkstein.« War Vogelmist radioaktiv? Wohl kaum.

Wenn ich den Stab an die Risse in den Betonböden hielt, hörte es gar nicht mehr auf zu ticken; und es tickte so schnell, daß ein anhaltender Ton daraus wurde.

Ich dachte an Radon. Ein Gas, das überall auf der Welt zum Problem werden kann, da es durch den Zerfall natürlich vorkommenden Urans entsteht, unsichtbar und geruchlos in Wohnräume eindringt und Krebs verursacht. Aber Radon, dachte ich, brauchte einen geschlossenen Raum, um sich zu konzentrieren, und der Hurrikan hatte keinen geschlossenen Raum übriggelassen. Außerdem enthielt Kalkstein wenig radioaktives Uran, das sich zersetzen konnte.

Was tickte da also? Waren die Inselbewohner vielleicht deshalb verduftet: nicht wegen Nicky, schon gar nicht wegen Odin, sondern aus Angst vor der radioaktiven Strahlung unter ihren Füßen?

Wenn der Geigerzähler um die Häuser herum heißlief, so hob er an den Grundmauerresten der Pilzschuppen regelrecht ab. Stirnrunzelnd lief ich über die ganze Rollbahn zurück, um festzustellen, ob etwa auch von der Viehherde eine erhöhte Strahlung ausging, aber zu meiner Erleichterung war das nicht der Fall. Offenbar hatte ich keine radioaktive Milch zu mir genommen.

Schließlich verlor der Geigerzähler seinen Reiz als Zeitvertreib, und ich legte ihn in den Tresor zurück. Wo auch der Hefter mit den so eingehend betrachteten Papieren wieder lag, die meine Sprachkenntnisse überstiegen.

Ich sperrte den Tresor ab, und wieder legte ich an der idyllisch reinen Luft ein Stück Holz zu einer anwachsenden Reihe. Jedes Stück Holz stand für einen Tag, und bis jetzt waren es vier. Vier lange Tage und noch längere Nächte.

Verzweiflung war ein zu starkes Wort.

Verzagtheit traf es vielleicht besser.

Als sie mich holen kamen, kamen sie bewaffnet.

6

Am späten Nachmittag meines fünften Tages auf der Insel, als ich vor dem kleinen Sandstrand am Ende des Landestreifens im Meer schwamm, dröhnte ein zweimotoriges Flugzeug heran, ging elegant hinten über dem Dorf nieder und rollte fast über die halbe Landebahn, ehe es anhielt, wendete und dorthin zurückrollte, wo vor Odin die Ansiedlung gestanden hatte.

Jeden Tag hatte ich die leuchtend gelb-orange Schwimmweste mit Steinen beschwert mitten auf die Rollbahn gelegt in der Hoffnung, daß sie von einem niedrig fliegenden Flugzeug aus gesehen werden würde, und jedesmal, wenn die Rinder sie vollgesaut hatten, hatte ich sie an einer der verschmutzten Zisternen wieder ausgewaschen. Hocherfreut nahm ich also an, die Weste habe ihren Zweck erfüllt, und rannte ungeachtet meiner wehen Füße schleunigst den steinigen, gewundenen Pfad vom Strand hinauf, um mich meinen Rettern zu zeigen, bevor sie am Ende die Insel noch für verlassen hielten und wieder davonflogen.

In meinem Eifer, gesehen zu werden, dachte ich überhaupt nicht daran, daß die Ankömmlinge etwas anderes als freundlich sein könnten. Sie waren mit einer Maschine für gut achtzehn Passagiere gekommen, einem Flieger, wie er regelmäßig zum Personentransport zwischen kleinen In-

139

seln eingesetzt wird. Genau dem richtigen Flieger, um die Inseln nach Hurrikan-Überlebenden abzusuchen. Zweckmäßig, ohne Firlefanz.

Ich war überrascht, aber nicht beunruhigt, daß niemand ausstieg, als ich in plattfüßiger Hast die Rollbahn entlanghechelte. Es war sengend heiß, und ich dachte nur an die Klimaanlage und die herrlich kalten Getränke, die da an Bord sein würden. Ich war noch etwa zwanzig Meter weg, als sich die hintere Tür öffnete, die Treppe ausklappte und fünf Gestalten die Stufen herunterkamen.

Sie hatten alle das gleiche an – metallisch glänzende Schutzanzüge mit großen, über die Schultern herabhängenden Hauben, in denen rauchgraue Plastikfenster das Gesicht ersetzten: eher Raumanzüge als das passende Outfit für einen brütend heißen karibischen Nachmittag. Ich hatte solche Monturen schon gesehen – Strahlenschutzanzüge. Was sie in den Händen hielten, hatte ich auch schon gesehen – tödliche schwarze Sturmgewehre, mit denen sie wie ein Erschießungskommando auf meine Brust zielten.

Ich blieb stehen. Ich fand es überhaupt nicht komisch, schon wieder Zielscheibe zu sein, aber diesmal klärte mich wenigstens niemand über meine »Rechte« auf. Niemand sagte mir, ich hätte das Recht zu schweigen und alles, was ich sagte, könne vor Gericht gegen mich verwendet werden. Von Gericht war keine Rede. Das Recht zu schweigen aber nahm ich mir heraus.

Einer der fünf nahm die Finger lange genug von seiner Waffe, um mich heranzuwinken, und da ein Fluchtversuch mir nicht geraten schien, trat ich langsam näher, bis sie mir bedeuteten, stehenzubleiben.

Sicher machte ich keinen gepflegten Eindruck. Ich trug nur, was Odin mir gelassen hatte: einen Slip und ein zerrissenes Hemd. Mein Kinn hatte einen dunklen Bartansatz, und meine Füße waren offen und geschwollen. Das Fernsehpublikum daheim, das mich geschniegelt und gebügelt kannte, hätte ungläubig den Kopf geschüttelt.

Die fünf Vermummten unterhielten sich eine Weile miteinander, waren aber zu weit weg, als daß ich sie hätte verstehen können. Ich gewann den Eindruck, daß es ihnen weniger darum ging, sich vor radioaktiver Strahlung zu schützen, als darum, unerkannt zu bleiben, falls ich sie später einmal wiedersah. Daraus ergab sich beruhigenderweise, daß sie wohl nicht vorhatten, mich kurzerhand umzubringen und meine Leiche ins Meer zu werfen, das Tote manchmal unverhofft wieder anspült, und es schien mir darauf hinzudeuten, daß sie nicht damit gerechnet hatten, daß ich auf der Insel sein könnte.

Ich hatte vier lange Tage und Nächte Zeit zum Nachdenken gehabt, und dabei war mir vieles klarer geworden. Wenn sie mir erlaubten, mein Spiel zu spielen, würden sie zu dem Schluß kommen, ich sei noch genauso ahnungslos wie an dem Tag, als ich verschüttgegangen war.

Drei der Vermummten setzten sich in Richtung Dorf ab, so daß nur noch zwei ihre unfreundlichen schwarzen Eisen auf mich gerichtet hielten. Die beiden wirkten eigentlich eher nervös als mordlustig und traten verlegen von einem Bein aufs andere; aber nervöse Waffenträger ängstigten mich mehr als solche, die ihr Geschäft verstanden. Ich verhielt mich still und brav und war froh, daß ich nicht in schwerer Schutzkleidung zu schmoren brauchte.

Als die anderen drei schließlich von ihrem Rundgang zurückkehrten, trugen sie den Geigerzähler und den Hefter offen bei sich. Wenn sie meine Kamera an ihrem rindersicheren neuen Aufbewahrungsort hoch oben auf dem Haufen Bauholz entdeckt hatten, behielten sie es für sich.

Alle fünf besprachen sich beim Flugzeug, dann stieg ein neu gebildetes Trio in die Maschine und schloß die Türen hinter sich.

Meine Stimmung sank auf den Nullpunkt, als sie beide Motoren starteten, aber da meine zwei Bewacher mich gleichmütig weiter in Schach hielten, faßte ich mich, so gut es ging, ebenfalls in Geduld, auch wenn ich innerlich schrie. Essen, Schlaf und Schuhe brauchte ich. Auf diesem Inselparadies hatte ich Hunger, Durst, Hitze, Insekten und jede Art Entbehrung ausstehen müssen, und ich war bedenklich nahe daran zu betteln.

Denk an was anderes, sagte ich mir.

Ein leichter Wind blies stetig über die Startbahn zum Dorf hin, doch das Flugzeug rollte zwar in die richtige Richtung, machte aber viel zuwenig Fahrt, um abzuheben. Schließlich blieb es ganz stehen, jemand stieg aus und ging zum Rand der Startbahn, um das felsige Terrain zwischen Landestreifen und Meer zu überblicken. Die Gestalt kehrte um, stieg wieder ein, und die Prozedur des Rollens, Anhaltens und Erkundens wurde mehrmals nacheinander wiederholt.

Mir ging auf, daß sie das Vieh suchten, aber ich dachte nicht daran, ihnen auf die Sprünge zu helfen, obwohl ich es gekonnt hätte. Ich ließ sie anhalten und suchen, anhalten und suchen, anhalten und suchen, bis sie am anderen Ende der Insel fündig wurden, wo die Tiere friedlich im saftigen Gras lagen und wiederkäuten.

Nach einer ausgiebigen Begutachtung der Herde wendete das Flugzeug und hielt wieder an seinem Ausgangspunkt.

Es folgte eine weitere Besprechung, die damit endete, daß zwei meiner Langzeitbewacher nervös auf mich zukamen und einer mit dem Gewehr im Anschlag aufpaßte, während mir der andere zuerst mit einem Tuch die Augen verband und dann mit etwas Schmalerem mir die Hände unangenehm straff auf dem Rücken fesselte.

Ich war versucht, mich mit Worten und Taten zu wehren, hielt das aber für völlig zwecklos und beschwerte mich auch nicht, als man mich unsanft vorwärts stieß, so daß ich ohne etwas zu sehen die Treppe hinauf ins Flugzeug stolperte und hinten auf einen Sitz gedrückt wurde. Die Motoren heulten sofort auf, als hätten sie es eilig, und schon hob sich das Flugzeug in die Luft.

Von der Insel und den vertrauten Ruinen sah ich daher nichts mehr, als ich Trox verließ, aber wenn meine Häscher dachten, ich wüßte nicht, wer sie seien, hatten sich drei von ihnen geirrt.

Bis wir landeten, schätzungsweise fünfunddreißig bis vierzig Minuten später, hatte sich zu meinen Wehwehs noch ein Krampf gesellt, eine Kleinigkeit gemessen daran, daß man mich auch über Bord in das tiefe karibische Meer hätte schmeißen können. Die Maschine rollte nach der Landung noch ein ganzes Stück und wartete dann mit leerlaufenden Motoren, bis die hintere Tür aufging und einige der Passagiere ausstiegen. Danach rollte sie wieder eine Weile und hielt erneut mit laufenden Motoren. Wieder hörte ich die hintere Tür aufgehen, und schwitzend und mit klopfendem Herzen dachte ich, wenn mich der Tod erwartete, dann sicher hier, am Ende einer langen Fahrt nach nirgendwo.

Püffe und Stöße beförderten mich holterdipolter treppab auf steinigen Boden. Dem Ausstieg folgte erst mal keine Kugel ins Gehirn, sondern der Gang durch ein unsichtbares, aber quietschendes Tor in einem rasselnden Zaun. Grobe Hände brachten mich mit einem letzten Stoß aus der Balance, und während ich mich taumelnd wieder aufrichtete, hörte ich das quietschende Tor hinter mir ins Schloß fallen und begriff mit kolossaler Erleichterung, daß man mich definitiv lebend auf freien Fuß gesetzt hatte.

Ich schluckte, schauderte, mir war schlecht. Das Flugzeug rollte ins Unbestimmte davon. Ich machte die wenig erstaunliche Feststellung, daß man sich ganz schön blöd vorkommt, wenn man halbnackt mit verbundenen Augen und gefesselten Händen mitten in der Pampa steht.

Nachdem ich eine Zeitlang vergeblich versucht hatte, meine Hände freizubekommen, fragte eine Stimme neben mir verwundert: »Was machen Sie hier draußen, Mann?«, und ich antwortete heiser, mit eingerosteten Stimmbändern: »Wenn Sie mich losbinden, erklär ich's Ihnen.«

Er war groß, schwarz und lachte über meine mißliche Lage, als er mir das weiße Dreieckstuch abnahm, das um meinen Kopf geschlungen war.

»Das sind mehr Verbände, als Sie brauchen, Mann«, meinte er vergnügt. »Wer hat Sie denn da aufgezäumt wie ein Brathähnchen? Ihre Alte, hm?« Mit kräftigen Fingern befreite er meine Handgelenke aus den Binden. »Wo sind

Ihre Schuhe, Mann?« fragte er. »Ihre Füße haben geblutet.« Er sah das Ganze als einen Witz an.

Ich lächelte steif zurück und fragte, wo ich sei. Es war Abend, fast Nacht. In der Ferne überall Lichter.

»Auf der Crewe Road natürlich. Wo kommen Sie denn her?«

»Von Trox«, sagte ich ohne Betonung.

Ein Stirnrunzeln verdrängte das Lachen. »Das soll der Hurrikan ausradiert haben.«

Ich stand im Gras am Rand einer Straße, die am Maschendrahtzaun eines mittelgroßen Verkehrsflughafens entlangführte. Als ich meinen lachfreudigen Retter fragte, ob wir auf Jamaika oder auf Grand Cayman seien, meinte er gutgelaunt, wir ständen vor dem Owen Roberts Airport, Mann, auf Cayman. Da sei der Hurrikan ja gottlob drunter vorbeigezogen. Er selbst stamme aus Jamaika, aber die Crewe Road sei in Georgetown auf Grand Cayman.

Natürlich hätte er zu gern gewußt, wie ich in die Lage gekommen war, in der er mich gefunden hatte, aber er sah ein, daß ich, wenn ich überfallen worden war und völlig mittellos und ohne Kleider dastand, vor allem einmal ein Transportmittel brauchte, und bot mir an, mich in seines Schwagers Jeep, von dem aus er mich hilflos an der Crewe Road hatte stehen sehen, mitzunehmen – wo ich denn hinwollte?

Zu Michael Ford, sagte ich, falls er den Weg dahin kenne, und er zuckte die Achseln und fuhr mich längst nicht mehr so herzlich, eher schon mißbilligend zu Fords Adresse und nickte nur mit dem Kopf, als ich am Tor ausstieg und mich vielmals für seine Freundlichkeit bedankte. Er drückte mir die Binden in die Hände, sagte: »Die Leute sind nicht gut«, und fuhr davon, als bedaure er, überhaupt meinetwegen angehalten zu haben.

Michael und Amy Ford begrüßten mich mit der größten Verblüffung.

»Wir dachten, Sie seien tot…!«

»Kris sagte –«

Kris sagte.

Herzlich bedeuteten sie mir, einzutreten, und führten mich in das Wohnzimmer, das ich schon kannte.

»Kris lebt also?« fragte ich. »Ist das wahr?«

»Natürlich lebt er«, bekräftigte Michael. Er musterte mich im Wohnzimmerlicht. »Mein lieber Mann, wie sehen Sie denn aus!«

Ich schnitt ein Gesicht und fragte, ob meine Kleider und mein Paß noch bei ihnen seien, und zu meiner Erleichterung sagte Amy, sie hätten die Sachen noch nicht nach England geschickt.

»Und meine Großmutter…«, fiel mir ein, »dürfte ich sie mal von hier aus anrufen?«

»Bitte sehr, mein Lieber.« Er schob mir ein Telefon hin. »Bloß wird sie jetzt schlafen. In London ist es Mitternacht.«

Ich drückte die Tasten. »Sie soll wissen, daß ich am Leben bin.«

Wie vorauszusehen meldete sich die Stimme einer Pflegerin. Nicht vorausgesehen hatte ich, daß es Jett van Els war, die ausrief: »Es hieß, Sie seien tot…«

Meine aus dem Schlaf geweckte Großmutter bemerkte kernig, sie habe gleich gewußt, daß ich noch am Leben sei, und verdarb den Spruch dann durch ein Schluchzen.

»Ich hab ihnen…« Sie schluckte und hielt inne. »Ich hab ihnen gesagt, du kämst schwimmend durch jeden Hurrikan. Auch wenn ich wußte, daß das nicht stimmt.«

»Wem, ihnen?« fragte ich.

»Der BBC. Die wollten im Wetterbericht einen Nachruf auf dich bringen, und ich sagte, wartet erst mal ab.«

Ich lächelte, wünschte ihr einen angenehmen Schlaf, versprach, morgen wieder anzurufen, und als ich aufgelegt hatte, fragte ich die Fords, ob sie wüßten, wo Kris sei.

»Auf Cayman gibt es keinen Such- und Rettungsdienst«, sagte Amy. »Robin rief an und meinte, er fühle sich für Sie und Kris verantwortlich, weil er Sie auf einen so riskanten Flug geschickt habe, und als Sie nicht zurückkamen, ließ er aus Florida einen Hubschrauber kommen und, als die Wetterlage es erlaubte, nach Ihnen beiden suchen; der fand Kris dann in dem Schlauchboot, was eigentlich schon an ein Wunder grenzt…«

»Aber …«, fuhr Michael fort, als Amy schwieg, »Kris sagte mir, das Flugzeug sei in furchtbar schwerer See gesunken, und Sie seien abgetrieben worden und hätten nichts als eine Schwimmweste gehabt, und bei solchen über zehn Meter hohen Wellen sei auch ein ausgezeichneter Schwimmer wie Sie verloren.«

»Ich hatte Glück«, sagte ich. »Wann ist er gefunden worden?«

»Wollen Sie sich nicht erst mal was anziehen?« unterbrach Amy mitfühlend. »Und Ihre armen Füße…«

Ich trat vorsichtshalber nur auf ihre Bodenfliesen, um die Teppiche nicht zu versauen. »Meine Füße sind okay. Wann hat der Hubschrauber Kris gefunden?«

Michael furchte die Stirn und antwortete unbestimmt: »Gestern nicht… vorgestern, glaube ich.« Er suchte Bestätigung bei Amy, die unsicher nickte.

»Und, ehm …«, fragte ich ohne Nachdruck, »wo ist er jetzt?«

Amy überlegte, bevor sie Antwort gab. »Er ist zurück nach England. Er müsse wieder arbeiten, sagte er. Und jetzt ziehen Sie sich mal was Vernünftiges an. Ihre Sachen hängen noch in dem Zimmer, wo Sie geschlafen haben.«

Ich gab ihrem hausfraulichen Drängen nach, duschte ausgiebig, trennte mich von meinen Bartstoppeln und zog ein nach Waschmittel duftendes Hemd, Flanellhosen und Zehensandalen an. Amy begrüßte das Ergebnis mit einem Hochwerfen der Hände und vielen Komplimenten, und Michael meinte, er habe den Grill angeworfen und es gebe Backkartoffeln zum Steak.

Erst nach dem Essen fragten sie mich, wo ich gewesen sei und wie ich überlebt hätte, und lauschten mit wohldosierter Verblüffung und Anteilnahme meinem Bericht.

Ich erklärte, daß Kris, kurz bevor er die Kontrolle über das Flugzeug verlor und wir ins Meer stürzten, noch gesagt habe, er wolle versuchen, nach Trox zu kommen, und daß die Strömung mich wunderbarerweise wirklich wieder zu der Insel, auf der wir im Auftrag Robins zwischengelandet seien, zurückgetragen habe.

»In welchem Auftrag?« fragte Michael interessiert.

Ich sagte, das wisse ich nicht. Kris scheine es auch nicht recht gewußt zu haben. Ich sah sie hilflos an. Schwer zu glauben, aber ich sei mit einem quasimilitärischen Flugzeug zurück nach Cayman gebracht worden, dessen mit Sturm-

gewehren bewaffnete Besatzung Strahlenschutzanzüge getragen habe. Die Leute, sagte ich, hätten mich weder ange-
sprochen noch einen für mich erkennbaren Zweck verfolgt.
So merkwürdig das alles sei, sie hätten mir die Augen verbunden, mir die Hände mit Verbandszeug gefesselt, das vermutlich aus der Bordapotheke stammte, und mich nach der
Landung auf Cayman freigelassen. Ein vorbeifahrender Ja-
maikaner habe mich netterweise losgebunden und hier vor
ihrer Tür abgesetzt.

»Du liebe Zeit!« rief Amy aus. »Das ist ja furchtbar!«

»Gehen Sie zur Polizei?« fragte Michael stirnrunzelnd.

»Lieber nicht«, gab ich zu. »Ich will die Leute nicht in
Schwierigkeiten bringen. Sie waren über meine Anwesenheit auf der Insel wohl nicht erfreut, aber sie haben mich,
wenn auch gefesselt, heil hierher zurückgebracht. Was sie da
zu schaffen hatten, geht mich nichts an.«

Michael und Amy bekundeten breit lächelnd ihren Beifall. Ich verschwieg ihnen, daß ich in dreien meiner Fänger
und Retter eindeutig Michael und Amy selbst sowie Robin
Darcy erkannt hatte.

Ich dankte ihnen nicht dafür, daß sie einen Weg gefunden
hatten, mich der Menschheit wiederzugeben, ohne mir ihre
Gesichter zu zeigen, obwohl ich froh darüber war.

Ich verschwieg ihnen, daß ich alle Zeit der Welt gehabt
hatte, mir die Registriernummer des Flugzeugs einzuprägen – die mit einem N für die Vereinigten Staaten anfing.

Ganz besonders verschwieg ich ihnen, daß ich ihren Tresor geknackt und mir die langen Tage auf der Insel hauptsächlich mit dem Entschlüsseln der fremdsprachigen Briefe
verkürzt hatte.

Amy kam durchs Wohnzimmer, hob wieder die Hände, stellte sich auf die Zehenspitzen und küßte mich auf die Wange. Sie duftete zart nach dem gleichen Parfum wie einer von der Flugzeugbesatzung, der schmale Wächter, der sich lang machen mußte, um mir die Augen zu verbinden.

Robin der Rundliche hatte unter seiner Silberhaube die von außen sichtbare, dick gerahmte Brille getragen, ohne die er halb blind war, und außerdem hatte er die Hände vor dem Bauch verschränkt gehalten, eine dieser unbewußten Eigenarten, wie sie jeder hat und die mir bei ihm schon in Newmarket und auf der Terrasse seines Hauses aufgefallen war, als die Polizei wegen des »Eindringlings« erschien.

Amy, klein und schlank, und Michael, breitschultrig und o-beinig, vervollständigten das Trio, das mir auf seinem Weg vom Flugzeug zu den Bunkern eine unverkennbare Rückenansicht geboten hatte.

Zu wissen, wer sie waren, wo sie doch unerkannt bleiben wollten, hatte mir das große Fracksausen bereitet, weshalb ich angesichts ihrer Gewehre still, passiv und konzentriert geblieben war.

Mit der Ausrede, ich sei wirklich müde, setzte ich der lächelnden Künstlichkeit des Abends ein frühes Ende und ging zur Erleichterung meiner sichtlich aufatmenden Gastgeber schlafen.

Odin, so erfuhr ich nach einer weiteren Nacht voll schlechter Träume aus dem Fernsehen, hatte einmal mehr die Richtung gewechselt, seit Kris und ich von Trox zu seinem Zentrum aufgebrochen waren.

Michael stellte mir großzügig wieder das Telefon zur

Verfügung, und ich rief meinen Kollegen in Miami an, der verblüfft zur Kenntnis nahm, daß Wetterfrosch Perry Stuart in die Fußstapfen von Lazarus getreten war. Als ich fragte, ob ich mich vor der Rückreise nach England auf der Arbeit mit ihm treffen könne, sagte er begeistert, er werde am Empfang Bescheid geben, und so landete ich später am Tag, nach dem freundlichsten Abschied von Michael und Amy, die mich mit ihrem orangen Pick-up zum Owen Roberts Airport gebracht hatten, in Miami, begab mich zu meinem noch nie gesehenen Telefonpartner und wurde in das forschende Herz des Hurricane Center geleitet.

Kollege Will war Mitte Zwanzig, lang, dünn, Vollblutmeteorologe und sehr herzlich.

»Sie dürfen hier nur rein, weil Sie es sind«, sagte er. »Ihre BBC-Vorderen haben sich für Sie stark gemacht.«

»Zu gütig.«

Er sah mir scharf ins Gesicht, deutete meine Worte zu Recht als ironisch und stellte mich dem Meteorologenteam vor, das sich mit Odin befaßte. Dann sei ich also der andere der beiden beim Flug durch Odins Auge abgestürzten Vollidioten? fragten sie. Ganz genau.

Es sei Wahnsinn gewesen, da einen Durchflug zu versuchen, meinten sie. Hurrikanflieger seien das letzte. Nur die 53. Wettererkundungsstaffel der US Air Force besitze die dafür nötige Ausrüstung und Erfahrung.

Kleinlaut gab ich ihnen recht. Will zahlte mir meine Ironie doppelt zurück und führte mir reuig Zerknirschtem vor Augen, wieso die Sturmforscher sich noch immer wegen Odin sorgten, der nach einem neuerlichen Schwenk jetzt von der Karibik ganz langsam in den Golf von Mexiko vordrang und mittlerweile von fern schon Galveston in Texas bedrohte. Der warme Golfstrom kurbelte die Kreisbewegung wieder gefährlich an. Weder Will noch ich verstanden, wie ich die Gewalt der turmhohen Sturzseen überstehen konnte.

Als ich ihm vorschlug, zur Feier des Tages etwas trinken zu gehen, sagte Will mit einem Blick auf seine Armbanduhr, er habe sowieso ein Treffen mit jemandem arrangiert, der mich interessieren könnte, und als wir dann unter dem rotblauen Sonnenschirm eines Straßencafés saßen, gesellte sich eine bärtige, hochaufgeschossene Figur um die Sechzig zu uns, versetzte Will einen deftigen Schlag ins Kreuz, stellte sich mir als Unwin vor und fragte: »Was wollen Sie denn über Trox wissen?«

Überrumpelt sagte ich erst einmal unentschlossen: »Ehm…«, und dann, dankbar: »Eigentlich alles, was Sie mir sagen können.«

Vierzig Minuten könnten wir reden, meinte er. Er hatte für ein Buch über Trox recherchiert, aber kein Verleger interessierte sich dafür. Als Pilot der Dakota, einer alten DC 3, die allwöchentlich den dreißig oder mehr Bewohnern frische Lebensmittel anlieferte, war er oft selbst auf der Insel gewesen.

Die Bewohner, sagte er, waren hauptsächlich die Meteorologen und Seismologen, die ihn angeheuert hatten, sowie Pilzzüchter, Holz- und Kokoshändler, und früher einmal hatte auch der Handel mit Guano floriert. Noch heute, sagte er, gab es auf Trox Tausende von Guano produzierenden Tölpeln und Hunderttausende von faulenzenden Echsen. Die Insel sei einst Anlaufstelle für amerikanische

Geheimagenten gewesen, auch wenn die CIA das jetzt be-
streite. Deshalb sei damals die Landebahn gebaut worden,
und Trox habe auch eine Funkstation gehabt, die aber vor
Jahren schon aufgegeben worden sei.

Ich fragte, wem die Insel gehöre, und Unwin ließ sich viel
Zeit mit der Antwort. »Erst war sie britisch, dann amerika-
nisch«, sagte er schließlich. »Dann hat ein ganzer Strauß
südamerikanischer Staaten darauf Anspruch erhoben, aber
immer nur für einen bestimmten Zweck, auf Dauer wollte
sie keiner, weil kein fließendes Wasser da ist, nur das Regenwasser aus den Zisternen, und kein Strom, seit irgendein
Verein den Generator abgestaubt hat. Wie es aussieht, hauen
die Leute also jeweils wieder ab, wenn sie mit Trox fertig
sind. Lange vor dem Hurrikan Nicky, nicht zu reden von
Odin, hat eine Firma namens Unified Trading Company
den Laden geschmissen, aber vor ungefähr einem Monat haben sie dann nichtsahnenden Tröpfen wie mir die Tür vor
der Nase zugeknallt.« Er grinste und ließ zu meiner Überraschung große gelbe Zähne sehen. »Wenn Sie die Insel haben wollen, brauchen Sie nur hinzuziehen, zu sagen, daß
sie Ihnen gehört, und alles, was anrückt, in die Flucht zu
schlagen.«

Er unterbrach seine Erzählung, um sich dem kühlen Bier
zu widmen, das Will ihm bestellt hatte, und fuhr dann fort,
als habe er nur darauf gewartet, die Schleusen zu öffnen.

»Irgendwas war merkwürdig mit den Pilzen. Ein paar
Züchter, mit denen ich mich unterhalten habe, meinten
nämlich, daß man selbst mit exotischen Pilzen nichts anstellen kann, wenn man sie in so kleiner Menge anbaut. Es
hieß, das sei eine Experimentierstation für Pilze, aber die

Unified Trading Company hat ihre Arbeiter aus Europa mitgebracht, die Einheimischen wußten also nicht, was da eigentlich abging. Und mit den Kühen war es genauso.«

»Kühe?« fragte Will verwundert. »Was denn für Kühe?«

Unwin der Trox-Experte zeigte wieder die Zähne. »Einmal, als ich da war, wurde am Pier ein Schiff voll Bullen und Kühen ausgeladen, und die sind landein spaziert, durchs Dorf getrampelt und haben sich über die ganze Insel verteilt. Das gab ein Riesentheater mit den Bewohnern, aber die Bullen haben nie jemanden angegriffen oder aufgespießt. Sie haben sich nur gegenseitig aufgespießt und die Kühe gebumst, und nach und nach sind sie zahmer geworden, dazu kamen Kälber, und dann haben sie ihre Zeit hauptsächlich damit verbracht, das Gras auf der Rollbahn kurz zu halten. Weiß der Geier, was Odin mit ihnen angestellt hat. Wahrscheinlich sind sie alle umgekommen.«

Will erinnerte ihn daran, daß ich nach Odin auf der Insel gewesen war, und ich schilderte ihm, wie sich die Rinder bäuchlings am Boden wie ein Teppich zusammengedrängt hatten, um zu überleben. Aber was sollten sie da überhaupt? fragte ich, doch der Experte sagte, das wisse er nicht.

Er brachte das Gespräch auf die Wissenschaftler, die die beiden Bunker erbaut und Seismographen zur Aufzeichnung von Erdbebenwellen aufgestellt hatten und die täglich Ballon- und Radiosonden hatten aufsteigen lassen, um den Luftdruck und die Temperatur in großer Höhe zu messen. Sie kannte er alle namentlich, da er in ihrem Auftrag die Dakota geflogen hatte.

Die Unified Trading Company hatte dann den zweiten Bunker übernommen, und stirnrunzelnd erzählte Unwin, gegen Ende hätten ihm die Bewohner gesagt, daß vor diesem Bunker immer ein bewaffneter Posten stand, so daß außer den Topleuten der Firma niemand hineinkam. Die Topleute wiederum hätten gesagt, solange sie Trox verwalteten, gehöre die Insel ihnen.«

»Was für ein Durcheinander«, meinte ich. »Warum sind die Verwalter weg?«

Unwin lehnte sich auf seinem gußeisernen Kaffeehausstuhl zurück und musterte mich unter gesenkten Lidern hervor.

»Etwas hat die Bewohner verängstigt«, sagte er gedehnt.

»Wissen Sie, was?« fragte ich.

Unwin zögerte und sagte dann, man habe ihnen mitgeteilt, die Pilzschuppen seien verstrahlt und ihre Häuser durch aus dem Boden aufsteigendes Radon gefährdet. »Ein Schiff kam zur Evakuierung, und sie haben ihre Habseligkeiten verfrachtet und sind ab nach Grand Cayman, wo die meisten von ihnen Verwandte haben. Das ist mindestens einen Monat her, und soviel ich weiß, ist niemand krank geworden.«

Ich schwieg einen Augenblick und fragte dann: »Haben Sie mal welche von den Topleuten bei dem Bunker gesehen, als Sie dort waren?«

Unwin nickte und trank sein Bier aus. Ich wartete mit unterdrückter Ungeduld, während er eine neue Runde bestellte, aber schließlich erklärte der Quell aller Informationen dann, die Topleute, etwa fünf an der Zahl, hätten sogar abwechselnd selbst Wache gestanden oder vielmehr gesessen, auf einem Stuhl vor dem Eingang des Bunkers nämlich, mit einem Gewehr auf den Knien, und das sei ungefähr eine

Woche so gegangen, bis das Fangboot kam und alle nach Cayman brachte.

»Kamen die Unified Trader von Cayman?« fragte ich.

Nach einer Denkpause sagte er: »Einige ja.«

»Und die anderen?«

»Ich weiß es nicht«, war Unwins direkte Antwort. »Bevor die Evakuierung losging, haben sie erst noch einen großen, schweren Pappkarton von Bord geholt und ihn mit einer Art Sackkarre, die sie da oben hatten, zu dem Bunker gefahren – und fragen Sie mich nicht, was in dem Karton war. Ich weiß es nicht.« Er schwieg. »Alle haben zugesehen.«

In dem Karton, dachte ich, war der Tresor gewesen.

»Waren Sie danach noch mal in dem Bunker?« fragte ich.

»Alle sind da rein. Die Trading-Leute haben keinen mehr zurückgehalten, aber was sie in dem Karton angeschleppt hatten, blieb ihr Geheimnis, denn außer dem Seismographen war da nichts zu sehen, und der stand vorher schon drin.«

»Und, ehm… wie sahen die Topleute aus?«

Unwin dachte nach und seufzte. »Sie werden alle so zwischen vierzig und fünfzig gewesen sein. Hatten Baseballmützen auf, waren aber nicht mehr jung. Das ist jetzt drei, vier Wochen her. Ich kann mich nicht erinnern.« Er kippte sein Bier, stand auf und wedelte zum Abschluß der vierzig Minuten mit der Hand. »Nächste Woche fliege ich wieder nach Trox«, sagte er. »Ich soll Leute und Material für den Wiederaufbau der Wetterstation hinbringen.«

»Was hat er denn da bloß über Strahlung erzählt?« fragte Will immer noch verwundert, während er Unwins entschwindendem Rücken nachschaute.

Ich sah Will zerstreut an. »Weiß ich auch nicht so genau. Wo wohnt er?«

»In der nächsten Straße rechts, über dem T-Shirt-Laden von so ein paar Hippies. Unwin ist ein komischer Vogel. Ich dachte, er hätte mehr zu bieten. Tut mir leid.«

»Er weiß doch viel über die Insel«, sagte ich.

Will nickte kläglich. »Ich hatte von Trox praktisch noch nie gehört, bis Sie mich darauf ansprachen.«

»Ich ja auch nicht. Vergessen wir's einfach.«

Die Bereitwilligkeit, mit der er die Sache sofort auf sich beruhen ließ, war die Grundlage unserer künftigen Freundschaft: Er wollte nichts ernst nehmen müssen – mit Ausnahme des Wetters eben.

Daher behielt ich für mich, daß ich in eine Art Verschwörung hineingezogen worden war und daß sich die Verschwörer meiner gern wieder entledigt hätten, wie man sagt, zuerst aber sicher sein wollten, daß ich sie nicht erkannt hatte und nicht ahnte, warum sie mir bei meiner Rettung die Augen verbinden mußten. All das hätte Will eher abgeschreckt, als ihn zu einem möglichen Verbündeten gemacht. Wir tranken in bestem Einvernehmen unser Bier aus, und während er mir ohne Wenn und Aber anbot, sich auch weiterhin über die Winde der Welt mit mir auszutauschen, lud ich ihn zu einer Führung durch das Wetterzentrum daheim in Bracknell ein, bevor wir uns trennten.

Unwin, den ich dann aufsuchte, saß wieder unter einem Sonnenschirm und trank Bier.

Ich setzte mich neben ihn. Er zuckte mit den Achseln und meinte: »Früher war es schön auf Trox.«

»Fliegen Sie wieder mit der Dakota hin?«

»Klar.«

»Hatte die Unified Trading Company auch ein eigenes Versorgungsflugzeug für ihre Leute?«

Unwin schluckte gelangweilt sein Bier, gähnte und sagte, meist hätten sie eins gemietet, das sei billiger.

Wußte er, was für ein Flugzeug?

Was für ein Typ, wußte er. Als ich ihm die Registriernummer aufschrieb, nickte er sofort wiedererkennend und mit erwachendem Interesse. »Das ist es. Ein Flieger von Downsouth Air Rentals. Man kann ihn ohne Pilot auf Stunden-, Tages-, Wochen- oder jeder anderen Basis chartern.«

Er ließ sich noch eine Flasche spendieren.

»Wenn sich auf Trox etwas tut«, tippte ich an, »etwas Ungewöhnliches, meine ich, würden Sie dann Will Bescheid sagen, damit er es mich wissen läßt?« Ich steckte ihm mehr Geld zu, als ich mir leisten konnte, und er zählte es ohne Begeisterung.

»Geht klar«, meinte er.

»Ich habe meine Kamera da in einem der Bunker zurückgelassen, sie hängt an einem Balken unter der Decke, damit die Kühe nicht drankommen. Die Kamera ist hin. Sie ist völlig verdreckt. Ich hätte sie aber schon gern wieder, falls Sie darauf stoßen. Wie wär's mit einem Kasten Bier, und Sie schicken mir das gute Stück mit Dreck und allem?«

»Zwei Kästen«, sagte er. Wir besiegelten unser Geschäft mit Handschlag, und ich notierte ihm die Anschrift meiner Großmutter.

Ich tippte an den Zettel mit der Flugzeug-Registriernummer und fragte ohne viel Hoffnung: »Wissen Sie viel-

leicht, wo ich das Fangboot finden könnte, das Trox eva-
kuiert hat?«

Unwins gelbes Gebiß teilte sich zu einem breiten Grinsen, und er zeigte mit dem Daumen über seine Schulter.

»Sie sind ein bißchen schlapp zu Fuß«, bemerkte er, »und
es ist ein Stück zu gehen. Es ist die ›Darnwell Rose‹, ganz
die Straße runter, dann links, am dritten, nein, vierten Pier.
Eigentlich ist das kein Fangboot. Es ist ein Handelsschiff
zur beliebigen Verwendung.«

Ich dankte ihm aufrichtig und lief die lange Straße hinunter, und kurz darauf holte er mich ein.

»Ich kenn den Käpten. Er läuft heute nacht aus. Ich schulde
ihm noch ein Bier«, sagte er, und ich war froh über seine
Gesellschaft und seine Vermittlung.

Der Kapitän der ›Darnwell Rose‹, massig, mit buschigem
Bart und Goldstreifen am Ärmel, nahm Unwin zum Bier-
trinken mit unter Deck und ließ mich durch seinen unheimlich wetterhart wirkenden Stellvertreter in puncto Trox
aufklären.

»Eine Handelsgesellschaft, die Unified Trading, hat die
›Darnwell Rose‹ gechartert, um eine Schiffsladung Haus-
haltsgüter von Trox nach Grand Cayman zu schaffen«, sagte
der Stellvertreter, »und zunächst gab es Komplikationen mit
dem Zoll wegen Radon, aber das hat sich dann alles geklärt.
Die Sachen waren nicht verstrahlt, also haben wir sie her-
gebracht.«

Ich sagte: »Erinnern Sie sich auch noch an einen schweren Pappkarton, den Sie nach Trox gebracht haben?«

»Den Tresor, meinen Sie?«

»Ja«, und ich nickte.

»Hören Sie«, sagte er, »wenn ich Ihnen jetzt erzähle, was da abging, dann bleibt das unter uns.«

»Das versteht sich.«

Er schniefte und wischte sich mit dem Handrücken über die Nase. »Also«, sagte er, »der Tresor war ausgepackt, und die Tür war auf – offengehalten durch zusammengeknülltes Papier, damit beim Transport nichts kaputtgeht –, und in der Schublade eines Schreibtischs, der da stand, lag irgend so ein Hefter, und da wir die Möbel alle mitnehmen sollten, hat einer der Matrosen den Hefter in den Tresor gelegt und den Schreibtisch rausgeschafft, und als alles mit dem Geigerzähler überprüft war, haben sie den auch in den Tresor getan, das sollte beides nur für den Moment da bleiben, aber dann warf ein Matrose die Tresortür zu, und sie ging nicht wieder auf; da haben sie das ganze Ding eben in die dafür vorgesehene Wandnische gestellt und fertig, und niemand hat sich je beklagt. Der Kapitän nimmt an, daß die Firma, für die wir gefahren sind, die Tür schon wieder aufgekriegt hat. Ist es das, was Sie wissen wollten?«

»Danke, das reicht völlig.«

Ich gab ihm meine restlichen Dollars, bedankte mich bei Unwin und dem Kapitän und nahm ihr Angebot, mich zum Flughafen zu fahren, mit Freuden an.

Bevor ich zum Nachtflug nach London eincheckte, überlegte ich, wenn ich den Verschwörern schon half, mich auf elegante Weise loszuwerden, daß ich dann auch so höflich sein sollte, mich von Robin Darcy zu verabschieden, der durch unseren Leichtsinn immerhin sein Flugzeug verloren hatte, und rief bei ihm an, bekam aber nur Evelyns Stimme zu hören, die sagte: »Bitte hinterlassen Sie eine Nachricht.«

»Ich schreibe Ihnen«, sagte ich, froh über den Aufschub, und zog auf dem Heimflug die Knie unters Kinn und versuchte zu schlafen, aber meine schmerzenden Füße und die Erinnerung an Schießeisen und Wirbelsturm hielten mich wach.

7

Als ich am anderen Morgen bei ihr ankam, saß meine Großmutter mit offenem Mund da und fuchste sich über mein Aussehen.

»Tag, Oma«, sagte ich gelassen. »Wie geht's?«

Sie faßte ihren Unmut in Worte. »Weißt du, daß du heute noch auf den Bildschirm mußt? Du siehst schrecklich aus, Perry.«

»Vielen Dank.«

»Und du hast auch noch die ganzen Sondersendungen wegen des Guy-Fawkes-Feuerwerks.«

»Es gibt Regen«, sagte ich. »Kann ich heute nacht bei dir auf dem Sofa schlafen?«

Konnte ich; sie fragte nicht einmal, warum.

»Und ich möchte mit dir besprechen, was ich tun soll.«

Sie sah mir ernst ins Gesicht. Ich bat sie nicht oft so um Rat, aber wenn, dann führte das zu einem Meinungsaustausch unter Erwachsenen, bei dem Geschlecht und Generationenunterschied keine Rolle spielten. Wir hatten es uns zur Regel gemacht, Entscheidungen, die unser Leben verändern konnten, immer erst reifen zu lassen, statt impulsiv zu handeln, und wir hielten uns daran.

Ihr Entschluß, auch mit Ende Siebzig noch Reiseberichte zu schreiben, war nach Gesprächen mit einer ganzen

Reihe von Fachleuten erfolgt, und bevor ich die Physiker-laufbahn aufgab, um fortan live über die Launen von Wind und Wetter auf den Britischen Inseln zu berichten, hatte sie den Persönlichkeitsexperten einer Casting-Agentur zu Rate gezogen.

Dem Vorschlag, einen – sehr kostspieligen – privaten Pfle-gedienst in Anspruch zu nehmen, hatte sie erst nach ta-gelanger Bedenkzeit zugestimmt, aber nachdem es einmal beschlossen war, hatte sie ihre geliebten Diamanten, ein Ge-schenk ihres Mannes, meines Großvaters, versetzt, um von dem Geld die ärmliche Wohnung zu renovieren, mir ein Stadtauto und für sich eine Sonderanfertigung zu kaufen, mit der sie samt ihrem elektrischen Rollstuhl Ausflüge für ihren Reiseveranstalter unternehmen konnte. Wenn man schon lebt, hatte sie mir klargemacht, dann tut man es mit Stil.

Die Pflegerin kam aus der Küche und bot mir Kaffee an. Kaffee, dachte ich, war bei weitem nicht genug.

»Gehen Sie eine Stunde spazieren, Liebes«, sagte meine Großmutter freundlich zu ihr und lächelte mit altersweiser List.

Jett van Els, die sich an ihren Dienstplan, der acht Tage Urlaub nach acht Tagen Arbeit vorsah, gar nicht mehr hielt, fragte, ob ich noch da wäre, wenn sie in einer Stunde wie-derkomme. Ich hätte ihr sagen können, ich würde auf jeden Fall da sein, aber nachdem sie in den feuchtkalten, ureng-lischen Novembertag hinausgegangen war, setzte ich mich zuerst mit einer anderen jungen Frau in Verbindung.

Ich rief Belladonna an, die einen trommelfellzerreißen-den Aufschrei von sich gab.

»Perry! Dad hat mir gestern gesagt, daß du noch lebst. Ich faß es nicht! Wir dachten alle, du seist ertrunken.«

»Ach was«, meinte ich beruhigend und fragte sie, wo ich Kris finden könnte.

»Den soll ich heiraten, weißt du schon?«

»Gratuliere.«

»Er hat um meine Hand angehalten, nachdem ich ihn den ganzen Tag totgeglaubt hatte. Das ist unfair.«

»Deine wahren Gefühle sind an den Tag gekommen«, sagte ich lächelnd. »Wo ist er jetzt?«

»Hier. Er wollte Oliver Quigley sprechen, weiß der Himmel, warum, der Ärmste ist am Boden zerstört, obwohl Dad sogar auf eine Klage wegen der Stute verzichtet, und nachher muß Kris arbeiten, er ist schon unterwegs. Aber er hat die Nacht hier verbracht... bei mir. Nicht zum ersten Mal... Warum erzähl ich dir das eigentlich?«

Ich folgte ihr, so gut ich konnte, und erkundigte mich nach der Stute. Lebte sie, oder war sie tot?

»Sie lebt«, sagte Bell. »Todkrank zwar, aber sie stirbt nicht, nur ihre Mähne und ihr Schweif dünnen aus, und im Untersuchungszentrum reden sie jetzt nicht mehr von Jakobskraut im Heu, dem Futter zugesetzt als Doping – das war nämlich ihr erster Verdacht –, sondern, du wirst es nicht glauben, sie tippen auf Strahlenkrankheit. Hast du noch Töne?«

Ich saß auf dem Sofa meiner Großmutter wie vor den Kopf geschlagen.

»Hm?« brachte ich nur heraus.

»Strahlenkrankheit«, wiederholte sie entrüstet. »Es ist ein sehr leichter Fall bei der Stute, sagen sie, soweit man eine Krankheit, die wahrscheinlich tödlich endet, überhaupt leicht nennen kann. Sie nehmen an, daß die Stute mit Radium oder etwas Ähnlichem in Berührung gekommen ist. Und wo, bitte, soll das gewesen sein? Dad ist fuchsteufelswild. Kris meinte, du hättest sicher gewußt, wie man an Radium herankommt. Du hättest dich auch mit Uran und Plutonium ausgekannt, weil du sowohl Physiker wie auch Wetterkundler warst.«

»Mhm«, sagte ich. »Also an Radium ist wirklich schwer ranzukommen, aber es geht. Marie Curie hat es vor über hundert Jahren in Paris aus Pechblende gewonnen. Aber das andere –« Ich stutzte plötzlich und sagte: »Hat Kris von mir gesprochen, als wäre ich tot?«

»Entschuldige, Perry, das haben wir alle.«

Schon gut, meinte ich, ließ mir sagen, wann Kris wo sein würde, und bat sie, ihren Vater zu grüßen. Dann setzte ich mich in den Sessel neben dem Rollstuhl meiner Großmutter und erzählte ihr, soweit es mir wichtig erschien, alles, was ich seit Caspar Harveys Einladung zum Lunch erlebt, empfunden und gedacht hatte.

Sie hörte zu, als begleite sie mich überallhin, als habe sie mir ein zweites Paar Augen und Ohren geliehen.

Zum Schluß sagte sie in großer Bestürzung: »Du mußt dich kundig machen, Perry, und jemanden um Hilfe bitten.«

»Ja«, stimmte ich zu, »aber wen?«

Die alte Floskel von der »zuständigen Behörde« drängte sich auf. Welche Behörde war da überhaupt zuständig? Konnte ich zur nächsten Polizeiwache gehen und erwarten, daß man mir Glauben schenkte? Wohl kaum.

»Vielleicht«, sagte ich nach einiger Überlegung, »gehe ich mal zum Technischen Überwachungsverein.«

»Wieso das?«

»Die überwachen technische Anlagen.«

Meine Großmutter schüttelte den Kopf, aber ich schlug im Branchenverzeichnis unter ›Ämter‹ nach und vereinbarte einen Termin in einer Stunde. Perry Stuart, Wetterprophet und bekanntes TV-Gesicht zu sein, hatte seine Vorteile.

Jett van Els kam pünktlich mit Evaswärme in den braunen Augen und Novemberkälte auf den Wangen von ihrem Spaziergang zurück. Es hatte in meinem Leben schon andere Pflegerinnen gegeben, die aufgeschlossen und willig waren für die kurze Zeit ihrer Anstellung, aber während Jett in der Küche Kaffee kochte, warnte mich meine argusäugige Großmutter unverhofft davor, Geister zu wecken, die ich diesmal vielleicht nicht loswerden könnte. Belustigt versprach ich ihr, mich zurückzuhalten, aber das Versprechen genügte ihr nicht.

»Ich meine es ernst«, sagte meine Großmutter. »Wenn du's darauf anlegst, bist du stärker, als dir guttut.«

Stark konnte man meinen Auftritt bei der mütterlichen Beamtin um die Fünfzig, der ersten Zuständigen, die ich auf meinem Behördengang kennenlernte, nicht nennen. Ich hätte keine technischen Anlagen, sagte sie mir.

»Ich spreche von einer Handelsgesellschaft«, erwiderte ich.

Sie schürzte die Lippen. »Hat die irgendwas mit dem Wetter zu tun?«

»Nein.«

Sie sah eine Weile selbstvergessen in die Ferne, seufzte und notierte dann etwas auf einen Zettel, den sie mir gab.

»Versuchen Sie's dort mal«, sagte sie. »Man kann nie wissen.«

Das empfohlene »dort« war ein Büro in den oberen Etagen eines Lehrbuchverlags in Kensington. Ich nahm den Lift, zu dem mich der Pförtner geschickt hatte, und an der aufgleitenden Tür empfing mich ein junges Mädchen für alles mit langen, mittelbraunen Zottelhaaren und einem langen, mittelbraunen Knitterrock.

»Ich bin Melanie«, erklärte sie und rief auf einmal: »Nanu? Sind Sie nicht Perry Stuart? Ach du Schreck! Mir nach, bitte.«

Das Büro, in das sie mich führte, war klein und der Mann darin groß. Vier kahle Wände, Oberlicht, ein Schreibtisch, zwei halbwegs bequeme Stühle und ein grauer Aktenschrank aus Metall. Der großgewachsene Mann, der aufstand, um mir flüchtig die Hand zu geben und sich als John Rupert vorzustellen, hätte unschwer den Part des Lehrbuchverlegers im Haus ausfüllen können.

»Meine Kollegin vom Technischen Überwachungsverein«, begann er ohne Vorrede, »meint, Sie hätten mir vielleicht etwas über die Unified Trading Company zu erzählen – und an dieser Stelle würde mich interessieren, ob Ihre Bekanntheit Ihnen manchmal hinderlich ist.«

»Ich konnte zum Beispiel nicht hier zu Ihnen ins Büro kommen, ohne daß es jemandem auffiel.«

»Melanie zum Beispiel?«

»Leider ja.«

»Mhm.« Er überlegte kurz, so kurz, daß ich annehmen

167

mußte, er habe vor meiner Ankunft schon darüber nachgedacht. »Wenn Sie ein Lehrbuch veröffentlichten, Dr. Stuart, welches Thema würden Sie dann wählen?«

Ich gab ihm nicht die spontane Antwort »Wind und Regen«, sondern dachte um ein paar Ecken: »Tiefs.«

Seine Augen wurden schmal. Er nickte leicht. »Man sagte mir, Sie hätten etwas von einem Spieler.« Eine gedankenvolle längere Stille trat ein. »Wie es aussieht«, sagte er schließlich, »gibt es da einen kleinen Packen äußerst heikler Informationen. Ich wüßte zwar nicht, wie Sie die zu Gesicht bekommen haben sollen, aber mir wurde gesagt, wenn Sie sie gesehen haben, hätten Sie möglicherweise erkannt, um was es sich handelt.« Wieder schwieg er eine Weile. »Können Sie uns helfen?«

Wem, uns? fragte ich mich und kam zu dem Schluß, daß »uns« die zuständigen Behörden waren, an die ich mich wenden wollte. »Uns« mußte man trauen... fürs erste.

»Wo würden Sie denn diese heiklen Informationen vermuten?« fragte ich.

»Die können überall auf der Welt sein.« John Rupert kniff sich in den schmalen Nasenrücken. »Wir hatten einen Mann in Mexiko, unweit der Grenze nach Norden. Er hatte Geheimmaterial gesehen und uns darauf hingewiesen, dann hörte er, es stehe zum Verkauf und sei auf dem Weg nach Miami. Er fragte an, ob er es nach Möglichkeit stehlen oder es kaufen solle«, John Rupert verzog das Gesicht. »Er ließ die falschen Leute wissen, daß er es gesehen hatte, und so fand man ihn mit dem Gesicht nach unten in den Everglades von Florida wieder, eine Kugel im Kopf und die Beine halb abgefressen von Alligatoren.«

Du sitzt in der Tinte, dachte ich, und alles, was du darüber erzählst, kann dir noch mehr Ärger einbringen, am Ende sogar eine Kugel. Ich wußte zwar nicht, ob das, was ich herausgefunden hatte, es wert war, dafür zu sterben, und doch konnte ich aus einem tief in mir sich regenden Sinn für Recht und Ordnung nicht einfach davongehen und alles vergessen.

»Nehmen wir mal an«, sagte ich schließlich, »weil zu viele Köche an der Geheimhaltung des Materials interessiert sind, wird es allzu gründlich auf einer Insel versteckt und muß erst wieder geborgen werden, bevor es verwendet werden kann. Wird es nicht verwendet, bringt es keinem was.« Ich hielt inne.

»Weiter, weiter«, drängte John Rupert.

»Zur Bergung des Materials ist ein geeignetes leichtes Flugzeug vorhanden, aber kein geeigneter Pilot, bis ein Meteorologe daherkommt, ein Hobbyflieger, der liebend gern durch das Auge eines Hurrikans touren möchte. Für das Hurrikan-Abenteuer erklärt sich der Flieger zu einem Umweg bereit, um das Material an Bord zu nehmen.«

John Rupert zeigte mit einem Nicken an, daß er verstand.

»Der Abholflug scheitert«, sagte ich. »Bei dem Hurrikan stürzt das Flugzeug ins Meer. Die immer noch erforderliche Bergung des Materials muß jetzt entschlossen angepackt werden, nämlich bei ruhigerem Wetter, mit einem viel größeren Flugzeug und mehr Leuten, die bewaffnet und bereit sind, nötigenfalls zu kämpfen.«

»Um das Material?«

»Eher um die Rückgewinnung der ganzen Insel, deren Eigentum strittig ist. Bei der Flugzeugbesatzung handelt es sich, glaube ich, um die Unified Trading Company, die auf der Insel das Sagen hatte, bis die Angst vor radioaktiver Strahlung im Umkreis ihrer Anlage zur Züchtung exotischer Pilze die Bewohner vertrieb...« Ich hörte auf zu reden. Seiner Miene nach glaubte er mir kein Wort.

»Auf Wiedersehen«, sagte ich kurz und stand auf. »Schon Schulkinder wissen, wie man es hinkriegt, daß alles und jedes plötzlich radioaktive Strahlung abgibt. Man braucht nur ein bißchen gemahlenes Uranerz auszustreuen.« Ich gab ihm ein Kärtchen mit der Telefonnummer meiner Großmutter. »Rufen Sie an, wenn Sie an mehr interessiert sind.«

»Halt!« sagte er mit bereits wieder wachsendem Interesse.

»Die Angst der Leute ist auch berechtigt«, sagte ich von der Tür aus. »Wenn man eine erbsengroße Alphastrahlungsquelle hinunterschluckt, stirbt man daran, aber in einer Papiertüte kann man sie ruhig länger mit sich herumschleppen. Ich nehme an, das ist Ihnen bekannt.«

»Gehen Sie noch nicht.«

»Ich muß die schlechte Nachricht von Aix nach Gent bringen.«

John Rupert lachte.

Kris war am Ende leicht zu finden, da er sich im BBC-Wetterstudio in der Wood Lane genau wie ich darauf vorbereiten mußte, das vor und während des Guy-Fawkes-Tages zu erwartende schlechte Wetter anzusagen.

Er empfing mich mit einem Aufschrei und quetschte mich an sich, und auch die übrige Belegschaft drückte mich herzlich. Nach ein paar Minuten scherte es dann niemanden mehr, wie mager und abgehärmt ich aussah, am wenigsten den Mann, der bereitstand, um an meiner Stelle der Jugend zu verkünden, daß das Jubelfeuerwerk ins Wasser fiel – Hauptsache, Stuart der Zuverlässige war von den Toten auferstanden und rechtzeitig zurückgekehrt.

Kris selbst war herrlich braungebrannt, mit sonnengebleichtem Haupt- und Barthaar, und bei meinem Anblick rauschte seine eben noch tieftrübe Stimmung so schnell himmelwärts wie seine in Verse gepackten Raketen.

»Ich faß es nicht!« Seine Stimme war wahrscheinlich in der ganzen Wood Lane zu hören. »Wo kommst du denn jetzt her? Wir dachten alle, deine Oma sei nicht ganz richtig im Kopf, weil sie gestern dauernd meinte, wenn du ertrunken wärst, hättest du sie's wissen lassen.«

Wir gingen durch einen stillen Flur zu dem Tagesraum, in dem wir uns zwischen den Ansagen alle aufhielten – alle bis auf den Guru, der eine Klause für sich hatte –, und Kris erzählte mir hüpfend und schlenkernd wie ein kleiner Junge, daß er in dem Schlauchboot mehrere Tage lang mit dem Wind an Odins Westrand entlanggetrieben sei, bis die von Robin bestellten Suchhubschrauber ihn entdeckt und heraufgezogen hatten. Die Schilderung seiner Rettung brach flutartig und wortreich aus ihm hervor, als wollte er kein anderes Thema an die Oberfläche lassen, doch zu guter Letzt legte ich ihm Einhalt gebietend die Hand auf den Arm und beglückwünschte ihn zu seiner Verlobung mit Bell.

»Kein Wort zu ihrem Vater«, sagte er bestürzt. »Der gute Caspar hätte sicher nicht geweint, wenn er sich jemand anders hätte suchen müssen, der ihm sagt, wann das Heu geschnitten werden muß.«

Das war zu treffend, um komisch zu sein. Ich ließ es so stehen und fragte: »Was hat denn Robin Darcy zum Verlust seines Flugzeugs gesagt?«

»Ich habe noch nicht mit ihm gesprochen seit dem Morgen, als wir los sind. Wenn ich bei ihm am Sand Dollar Beach anrufe, kommt nur Evelyns Stimme vom Band. Armer Robin, was soll er denn auch sagen? Er hat uns ja zu dem Flug gedrängt.«

»Tja ...« Ich runzelte die Stirn. »Was solltest du denn wirklich für ihn auf der Insel machen?«

»Auf Trox?«

»Natürlich auf Trox.«

»Woher soll ich das wissen?« Kris zuckte gedankenverloren die Achseln und schien dann plötzlich auf der Hut zu sein.

»Von ihm vielleicht«, tippte ich an, »weil er es dir gesagt hat.«

Kris stockte und blieb nach dem nächsten Schritt stehen, als sei ihm soeben eingefallen, daß er mir auf die Frage schon zweierlei Antworten gegeben hatte.

»Ich bin ja so froh«, platzte er heraus, »Mensch, was freu ich mich, daß du noch am Leben bist!«

»Das geht mir mit dir genauso.« Wir strahlten uns an, und wenigstens in dem Punkt waren wir beide ehrlich.

Wir traten durch eine Schwingtür in einen Umkleide- und Stylingbereich, wo eine dreiundzwanzigjährige Dragonerin glänzende Stirnen und Nasen mattierte und sich manchmal bremsen mußte, um einem mit der Puderquaste nicht bis vor die Kameras zu folgen. Kris fing an mit ihr zu schäkern, schielte aber unter den Augenlidern hervor immer wieder zu mir, als hoffte er vielleicht doch, ich würde verschwinden.

Ich blieb und fragte leichthin, als wäre es ein Scherz: »Was meinte Robin denn zu unserem räderfreien Landeanflug auf Trox?«

»Nichts. Ich hab noch nicht mit ihm gesprochen. Sagte ich doch.«

Die Dragonerin war dabei, seine fast weißen Augenbrauen abzudunkeln. Verärgert darüber, daß ich ihn so taktlos an seinen Flugfehler erinnerte, stieß er ihre Hand weg und sagte mir schneidend, niemand könne immer alles richtig machen. Es schien mir besser, ihm ein andermal zu sagen, daß das rechte oder Steuerbord-Triebwerk, wie ich inzwischen wußte, nur ausgefallen war, weil der Pilot vergessen hatte, von dem leeren Treibstofftank auf den vollen umzuschalten.

Der Flug durch den Hurrikan allein war Streß genug gewesen. Zu spät hatte Kris an den Hebel gedacht, und im Sturm dann noch mit Triebwerkausfall und Schlagseite klarzukommen, das hatte seine Fähigkeiten überstiegen.

Der Cayman-Graben war einer der tiefsten Einschnitte im Meeresboden weltweit, und wenn Robin nicht die Mühe und die Kosten für eine Bergung des Wracks auf sich nahm, würde Kris' kopfloser Versuch, mit lautem Schrei und schnellem Griff das unnötige Unglück ungeschehen zu machen, für immer sein Geheimnis bleiben.

Ich wollte aber schon, daß er mir ehrlich sagte, warum wir überhaupt nach Trox geflogen waren, und gereizt und genervt gab er schließlich klein bei.

»So ein Theater«, sagte er. »Robin wollte nur, daß ich auf

Trox eine Mappe mit Papieren hole, die versehentlich da vergessen worden war, und sie mitbringe, ohne daß du sie dir groß ansiehst. Frag mich nicht, warum du da nicht reinsehen solltest, ich habe keine Ahnung, aber wie gesagt, wir hatten ihm zu danken, und deshalb war ich einverstanden. Er sagte, die Mappe liege im Schreibtisch in einem der Bunker, und ich solle sie in Sicherheit bringen, bevor Hurrikan Odin sie verwehe. Aber als wir hinkamen, war kein Schreibtisch zu sehen. Die Möbel waren schon alle weg.«

»Und, ehm…« Ich überlegte. »Du hast Robin nichts davon gesagt…«

»Nein. Als wir nicht nach Flugplan zurückkamen, hat sich die Flugaufsicht offenbar über den Anrufbeantworter der Darcys mit Evelyn in Verbindung gesetzt, und Evelyn, das alte Perlhuhn, hat den Hubschrauber angefordert, der sich auf die Suche nach uns gemacht hat, sobald das Wetter es zuließ.«

Ich fragte trocken: »Ob sie uns die Rechnung schickt?«

»Was bist du lieber«, gab Kris zurück, »pleite oder tot?«

Ich wanderte den ganzen Nachmittag im Wetterstudio umher, arbeitete zwei Wochen Wind und Klatsch auf und präsentierte wohlvorbereitet um halb sieben und halb zehn die kommende Wetterlage.

Das Wetter morgen Freitag, den fünften November, Tag der Pulververschwörung, brachte Väter und Kinder zum Stöhnen. Ein Regenband würde von mittags bis abends über die ganzen Britischen Inseln hinwegziehen, vom Westen Schottlands gegen den Uhrzeigersinn nach Süden, und später am Tag würden drehende Winde Wolken und Nieselregen über Südengland verteilen, um auch in Essex die Feuerwerke baden zu schicken. Man stecke das durchweichte blaue Zündpapier an und begebe sich zu Bett.

Ich verbrachte einen ruhigen Feierabend mit meiner Großmutter und Jett van Els, zur Erholung von Körper und Geist, eine halb verdöste Atempause, die nur zweimal unterbrochen wurde; das erste Mal mit Schwung von Kris, der um halb elf einen langen, humorvollen Überblick über die Novembernebelbänke gab.

Das zweite Mal vom schrill klingelnden Telefon, als Jett meiner Großmutter bereits bei ihrem langen, komplizierten Tarzanakt zwischen Rollstuhl und Bett assistierte, und als Jett dann an den Apparat ging, antwortete sie geschäftsmäßig: »Ich schau mal, ob er da ist. Mit wem spreche ich? John Rupert?« Sie blickte mit komisch hochgezogenen Augenbrauen zu mir, und ich nahm ihr den Hörer ab und sagte: »Hallo.«

Er habe einen Ghostwriter für mich, teilte er mir ohne Umschweife mit, und ich willigte ein, die Spukgestalt am Morgen zwischen zwei Ansagen kennenzulernen.

Später, als meine Großmutter unruhig wie immer in ihrem luftigen Zimmer schlief, nahmen Jett und ich ein paar Kissen und setzten uns, eingemummt in warme edwardianische Reisedecken, auf eine Steinbank für zwei in der zweckmäßigen kleinen Glasveranda, die es den Damen anno 1908 ermöglicht hatte, trockenen Fußes in das Schlafzimmer des Hausherrn zu gelangen.

Die Nachtluft war frisch und roch nach Schlick. Wir saßen dicht aneinandergekuschelt und sagten nicht viel. Wäre das ganze Leben so einfach, dachte ich, dann wäre

Frieden zwischen den Möwen und der Wind ein Hauch. Ich küßte Jett van Els ungeachtet der Befürchtungen meiner Großmutter, und sie küßte gutgelaunt zurück, und wir verstanden uns ohne Worte in einer Oase der Stille.

Aber im Zentrum jedes Hurrikans ist es still. Der Zorn des Windes lauert rundherum.

In aller Herrgottsfrühe trennte ich mich vom behaglichen Sofa meiner Großmutter, um rechtzeitig zum Frühstück auf ihrem Bildschirm zu erscheinen, und brachte die Regennachricht möglichst schonend unters Volk. Die Feier zum Gedenken an den tapferen Verräter und sein minderwertiges Schießpulver würde heute abend so unbefriedigend ausfallen wie seinerzeit die Verschwörung, ganz gleich, was ich sagte.

Zwischen zwei kleinlauten Ansagen nahm ich, der für das Wetter doch gar nichts konnte, schnell einen Bus nach Kensington und den Lift in die vierte Etage, um mit einem Ghostwriter ein Buch über Tiefs zu besprechen.

Ich bekam einen halbwegs bequemen Stuhl sowie Kaffee und Pfefferkuchen angeboten und hörte mir John Ruperts vernünftig klingende Pläne nicht für ein Buch über Tiefs, sondern für eins über Stürme an, denn das würde sich seiner Ansicht nach besser verkaufen.

War es ihm ernst mit dem Buch? fragte ich, und er meinte höflich, warum denn nicht? Sogar über Haifischzähne seien schon Bücher geschrieben worden.

»Und übrigens«, merkte er an, während er die für mich gedachten Pfefferkuchen aß, »das Gedicht heißt: ›Wie sie die *gute* Nachricht von Gent nach Aix brachten‹.«

»Auch gut«, sagte ich.

»Robert Browning«, ergänzte er.

Die Tür öffnete sich leise, und herein kam ein veritabler Geist, ein hinfällig wirkender Opa mit schütteren weißen Haaren und stark hervortretenden Sehnen beim Händeschütteln.

Er wurde mir denn auch ohne Aufhebens als »Geist« vorgestellt – kein Mister, kein Vorname, nur Geist –, und John Rupert bat mich seelenruhig, meine Schilderung von gestern noch einmal zu wiederholen.

»Das Ganze noch mal?« wandte ich ein.

»Noch einmal, aber in anderen Worten, so daß Geist sich ein erstes Urteil bilden und ich mir ein klareres Bild machen kann.«

Ich seufzte. »Also gut ... Sagen wir, auf einer Karibikinsel ist versehentlich ein Hefter mit Schriftstücken zurückgeblieben, und auf der Insel gibt es keine Funk- und keine Telefonverbindung, keine Post und keine Menschen, aber sie hat eine brauchbare Start- und Landebahn.«

Ich überlegte zwischendurch und ließ Geist Zeit, das Gehörte zu verarbeiten.

»Sagen wir, der Hefter wird dringend gebraucht.«

Denkpause ...

»Sagen wir, es ist ein geeignetes Flugzeug vorhanden, aber kein Pilot, auf dessen Verschwiegenheit man zählen kann, denn der eigene Pilot ist tödlich mit dem Wagen verunglückt.«

Denkpause ...

»Dann taucht auf einer Lunchparty in England ein Pilot auf, der sich danach sehnt, durch das Auge eines Hurrikans

zu fliegen. Er ist Meteorologe, und in der Karibik bahnt
sich ein Hurrikan an – Nicky –, und überhaupt ist es Hur-
rikanzeit. Man bietet ihm einen Hurrikanflug an, wenn er
dafür einen kleinen Abstecher in Kauf nimmt und den Hefter holt.«

»Nicht schlecht«, meinte Geist.

»Mhm. Der Pilot nimmt einen befreundeten Meteorologen als Navigator und Handlanger mit…«

»Und der Freund waren Sie?« fragte John Rupert.

Ich nickte. »Unser Hurrikanflug endete im Meer. Der
Pilot wurde mit dem Hubschrauber gerettet, und mich warf
die Strömung zurück auf die Insel. Ich fand den besagten
Hefter, aber ich wußte nicht, daß die Papiere darin wichtig
waren, zumindest nicht gleich. Sie waren in vielen verschiedenen Sprachen abgefaßt.«

»Und haben Sie sie?« Geist zeigte sich hoch erregt, da
zuckte und bebte es wie bei Oliver Quigley.

»Nein«, enttäuschte ich ihn. »Ich habe mir zwar alles genau angesehen, aber wenn man die Sprachen nicht kann…«
Ich spielte zerstreut mit meinen Fingern, aber ich wußte,
was ich sagte. »Einiges war in Russisch.«

John Rupert, der auf der Schreibtischkante saß und ein
Bein baumeln ließ, fragte interessiert: »Russisch? Und woher wissen Sie das?«

»Es gab da eine Buchstaben-Zahlenverbindung, die jedem ins Auge springt, der auch nur ein bißchen naturwis-
senschaftlich beschlagen ist, und zwar U-235. In einem der
fremdsprachigen Schreiben stand dafür Y-235, und dieses
Ypsilon ist das russische Zeichen für Uran.«

Ich schrieb es ihnen auf, Y-235, und erklärte: »Das ist angereichertes Uran, wie es aus dem Isotop U-238 gewonnen wird, wenn man Uranoxid in ein Gas umwandelt. Pu-239 ist angereichertes Plutonium Pu-240. Diese Stoffe werden zum Bau von Atomwaffen verwendet.«

Stirnrunzelnd baten sie um mehr.

»Die Buchstaben-Zahlenverbindung U-235«, ich lächelte schwach, »und die Pu-239 tauchen konstant auf allen Seiten des Hefters auf, sei es eine allein oder beide zusammen. Wenn ich eine Vermutung äußern darf, würde ich sagen, daß die Geschäftsbriefe zugleich eindeutig Listen waren. Listen auf griechisch, deutsch, arabisch, russisch und wahrscheinlich hebräisch. Ich weiß zu wenig, aber einige Zahlen, die von Blatt zu Blatt variierten, waren vielleicht Daten oder Preise.«

»Listen? Was denn für Listen?«

»Listen der Bestandteile nuklearer Sprengsätze. Das ist doch das heikle Material, von dem Sie sprachen, oder?«

Sie wollten sich noch nicht festlegen.

Ich sagte: »Soweit ich es den Papieren entnehmen konnte, handelte es sich mehr oder weniger um Einkaufslisten. Aus einigen ging hervor, daß Spaltmaterial erhältlich war und wo. Und auf anderen stand, wir brauchen dies und das. Wenn es sich bei den Papieren um Bestandslisten und Bestellwünsche handelt, dann sind die Herrschaften von Unified Trading im Prinzip Mittelsleute.«

Es war einen Moment still. Da weder Geist noch John Rupert mich auslachten, fuhr ich fort: »Viele Arten von Spaltmaterial – das zum Bau von Atombomben gebraucht wird – sind weltweit knapp. Und es wimmelt auf der Welt von Staaten und Staatsfeinden, die wissen, wie man die

Bombe baut. Nur ist Gott sei Dank nicht genug angereichertes Uran und Plutonium in Umlauf. Die besagte Weltknappheit.

Die Papiere in dem Hefter sind, wenn mich nicht alles täuscht, Bestandsaufnahmen von dem, was derzeit auf dem Markt ist. Seit dem Ende des kalten Krieges liegt ein hoher Anteil der weltweiten Bombenbaukapazitäten in Rußland unter Verschluß. Den alten Blockstaaten liegt so wenig wie uns daran, daß das gefährliche Zeug verteilt wird, und sie bewachen es gut, aber Diebe und Schieber gibt es überall. Ich nehme an, wenn es Leuten wie Ihnen gelänge, die Unified Trading Company aus dem Verkehr zu ziehen, würde bald jemand anders deren Stelle einnehmen.«

»Einer weniger zählt immer«, sagte Geist steif.

Er hatte hellgraue Augen, in denen sich das dräuende Grau der Wolken draußen spiegelte. Ich traute ihm nicht zu, ein den Leser vom Hocker reißendes Buch über Stürme zu schreiben.

»Wollen Sie damit sagen«, fragte John Rupert, »es gibt Ihrer Meinung nach jede Menge Gruppen wie Unified Trading, die als Mittler fungieren und wahrscheinlich Riesenprovisionen einstreichen?«

»Ich habe keine Ahnung«, sagte ich. »Ich mache Wettervorhersagen. In die Urangeschichte bin ich nur reingeschliddert, und ich möchte wieder raus.«

Mein Einwand stieß auf taube Ohren und blieb ungehört.

»Die Briefe in dem Hefter dürften bald veraltet sein«, hielt ich fest. »Wenn das Bestandslisten waren, wenn da Leute, die an U-235 herankommen, mit Leuten zusammengebracht werden sollten, die das nötige Geld haben – nun, in einem halben Jahr sieht das alles schon anders aus.«

Geist lächelte dünn. »Wir sind überzeugt, daß Sie den allerneuesten Katalog der, sagen wir, erhältlichen Ware gesehen haben. Nun ist es so, daß wir Informationen normalerweise nach Bedarf preisgeben, aber die Erfahrung zeigt, daß wir Außenstehenden manchmal auch Dinge vorenthalten, die zu wissen in ihrem ureigensten Interesse wäre; was ich Sie also fragen und Ihnen dabei vielleicht mitteilen werde, kann Ihnen eine Hilfe sein, muß aber nicht. Habe ich mich klar ausgedrückt?«

Wie Kloßbrühe, dachte ich. Ich sah auf meine Armbanduhr. Auf Busse war morgens in der Einkaufszeit sowieso kein Verlaß, und es regnete. Mußt halt laufen, dachte ich. Meine armen Füße.

»Machen Sie sich wegen der Zeit keine Gedanken«, sagte John Rupert. »Ich lasse Sie mit dem Wagen zur BBC bringen.«

Geist sagte: »Denken Sie nach. Konzentrieren Sie sich bitte. Was uns an dem Material am wichtigsten ist, sind die Namen derjenigen, die kaufen wollen, und derjenigen, die haben. Fallen Ihnen da noch welche ein?«

Leider hatte ich nur noch ein einziges Bruchstück im Kopf.

Etwas, so hieß es, sei besser als nichts.

»Auf einem der Briefköpfe erschien das Wort Hippostat«, sagte ich daraufhin und buchstabierte es ihnen. »Das müßte man klären, aber es könnte Rennbahn heißen.«

»Hört sich so an.« Geist nickte. »Haben Sie eine Ahnung, wo das Material jetzt ist?«

Ich sah noch klar und deutlich vor mir, wie Michael Ford mit dem Geigerzähler in der einen Hand und dem Hefter in der anderen aus Bunker Nummer zwei gekommen war. Er hatte beides zum Flugzeug gebracht, und dort war es geblieben.

Ebenso deutlich war mir bewußt, daß Michael Ford alles getan hatte, um meinem Leben kein vorzeitiges Ende bereiten zu müssen. Sofern nicht Amy mit ihren Mullbinden dafür gesorgt hatte, daß ich am Leben blieb. Oder auch Robin, der dicke Denker.

Ich verhielt mich zwiespältig. Ich antwortete Geist wahrheitsgemäß und hatte doch ein schlechtes Gewissen.

»Ich weiß nicht«, sagte ich, »wo das Material jetzt ist.«

Irgendwie hatte ich die verschwommene Vorstellung, die Mitglieder der Gruppe von ihrem Treiben, ihrer Gewohnheit, wie etwa vom Rauchen, abbringen zu können. Damit wäre das Problem für mich gelöst gewesen, weiter hatte ich es nicht durchdacht.

John Rupert, der etwas enttäuscht zur Kenntnis nahm, daß ich im letzten Moment hier einen Rückzieher gemacht hatte, hielt Wort und ließ einen Wagen kommen, der mich wieder zur Wood Lane brachte.

Zwischen zwei Nachmittagsansagen rief ich ihn an. Er war höflich, aber sein vorheriger Eifer war verschwunden.

»Geist ist der Meinung, Sie haben auf halbem Weg die Fronten gewechselt. Ich wüßte gern, warum.«

»Einige der Trader hätten mich ohne weiteres ins Jenseits befördern können. Ich mußte daran denken, daß sie es nicht getan haben.«

»Der alte Zwiespalt«, meinte er müde. »Bringt man für

eine Sache, an die man glaubt, den Freund um, der nicht
daran glaubt?«

»Nein«, sagte ich langsam.

»Denken Sie an unseren Mann aus Mexiko. An die Alligatoren. Für ihn gab es kein Pardon. Rufen Sie mich wieder
an, wenn Sie soweit sind... und warten Sie nicht zu lange.«

»Wir können ja...« Ich stockte, setzte neu an. »Wenn es
Sie noch interessiert, kann ich Ihnen etwas über die radioaktive Strahlung sagen. Die Alphastrahlen auf Trox.«

Seine Stimme lebte ein wenig auf. »Danach habe ich gestern abend meine Kinder gefragt, und Sie hatten ganz
recht, die haben Radioaktivität in der Schule durchgenom-
men.«

»Mhm«, sagte ich, »aber die rund dreißig Bewohner von
Trox wußten nicht, daß man einen Geigerzähler gefahrlos
dazu bringen kann, wie verrückt überzuticken. Sie hörten
nur das Rattern, und dazu wurde ihnen die passende Geschichte erzählt... *O weh, Leute, die ganzen schönen Pilze
sind verstrahlt, und aus dem Boden unter den Häusern tritt
Radon aus, aber wir, eure Wohltäter, die Unified Trading
Company, stehen dafür ein, daß ihr selbst nicht von Strahlen verseucht seid, sondern nur die Gebäude und die Pilze,
und wir werden ein tolles Schiff kommen lassen, das euch
alle in Sicherheit bringt.«*

»Wollen Sie damit sagen, Unified Trading hat die Leute
vorsätzlich dazu gebracht, die Insel zu verlassen?«

Ich lächelte. »Die kamen gar nicht schnell genug weg.
Radioaktivität macht angst, weil man sie weder sieht noch
spürt. Deshalb wird sie leicht für gefährlicher gehalten, als
sie wirklich ist. In unserem Fall werden sich die Gemüter

aber wieder beruhigen, denn bei keinem der Betroffenen wird man Anzeichen von Strahlenkrankheit feststellen.«

John Rupert dankte mir nach wie vor zurückhaltend für die Geiger-Müller-Info. »Aber Sie wissen wohl auch«, sagte er, »welches große Fragezeichen damit immer noch bleibt?«

Ich nickte am Telefon. »Warum«, sagte ich, »wollten die Trader die Insel für sich allein?«

8

Der anstrengende Abend endete schließlich mit aufkla-
rendem Wetter, und die ausdauerndsten, überzeugte-
sten Freunde des Feuerwerks ließen dann doch noch knall-
krachbunte Funkenschauer aus ihren vermatschten Gärten
steigen.

Ich wußte, daß meine Großmutter und Jett schon schliefen, als ich endlich Feierabend hatte. Und noch mal konnte
ich das Sofa ohnehin nicht in Anspruch nehmen. Die eine
Übernachtung ging klar; noch eine wäre Hätschelei. Von
allzu langem Wundenlecken hatte meine Großmutter noch
nie etwas gehalten. Ich ging den knappen Kilometer von der
BBC zu Fuß heim zu meiner Mansarde, meinem Teleskop,
meiner Weltuhr und meinem Futon, atmete tief die feuchte
Nachtluft ein und schwor mir, den 5. November künftig
von meinem Terminkalender zu streichen.

Als ich zur Wohnungstür kam, Mitternacht hin, Mitternacht her, ging mein Piepser los, den ich in der hinteren
Hosentasche trug; ein Vibrieren eher als ein Ton, da ich
mich viel an Orten, wo Ruhe geboten war, aufhielt. Belladonna reagierte auf meinen Rückruf erleichtert, und auf
meine Frage, wo sie sei, mit einem Kichern.

»Im Schlafzimmer von George Loricroft. Sag Kris nichts
davon.«

»Ist Mrs. Loricroft vielleicht auch da?«

»Perry, du bist ein Spielverderber«, murrte Bell. »Sie heißt Glenda und möchte mit dir reden.«

Glenda Loricroft, die mir von dem schicksalhaften Sonntagsessen her dunkel in Erinnerung war als leuchtende Blondine mit einem über dem Busen spannenden hellblauen Pullover, sprach ein Englisch, das bei Leuten von Lancashire heimatliche Gefühle geweckt hätte. Ihr George, sagte sie, sei angeblich nach Baden-Baden gereist, und nun wüßte sie gern, wie dort das Wetter sei, bitte schön.

»Geben Sie mir Bell noch mal«, sagte ich und war neugierig zu erfahren, warum ich wegen eines solchen Ansinnens um diese Zeit noch einmal ins Wetterstudio gehen sollte.

»Sei kein Kindskopf, Perry«, antwortete Bell. »Glenda glaubt, daß sich George mit einem unbekannten Fräulein vergnügt. Wenn ich dir Datum, Zeit und Ort nenne, kannst du ihr dann sagen, ob die Fakten sich mit den Angaben ihres Liebsten decken?«

»Nein, Bell, kommt nicht in Frage. Ausgeschlossen. Er braucht doch nur zu sagen, er weiß es nicht mehr oder er hat fest geschlafen.«

»Glenda meint, er sagt nie, wo er wirklich ist. Heute abend mußte er angeblich zum Pferderennen nach Baden-Baden, und morgen weiß er dann nicht, ob es geschneit hat.«

»Bitte, Bell«, sagte ich. »Kris soll das machen. Ich schlafe schon im Stehen.«

»Kris rührt keinen Finger. Er schwadroniert nur von Zügen.«

Erschrocken sagte ich: »Wo ist er? Wieso redet er von Zügen?«

»Wegen irgendwelcher Schalthebel«, sagte Bell leichthin. »Komm ich nicht mit. Du bist der einzige, der seinen Gedankensprüngen folgen kann.«

»Hm... such ihn.«

Die Dringlichkeit, mit der ich das sagte, kam plötzlich zu ihr durch.

»Er ist doch nicht verschollen!« rief sie.

»Wo ist er denn?«

»Er sagte, er sei bei dir auf dem Dach.«

Bestürzt ging ich nach unten, trat hinaus auf das kalte Fleckchen Wintergras hinterm Haus, schaute nach oben, und da saß er rittlings auf dem gewölbten Schieferdach, an einen bröckligen toten Schornstein gelehnt.

»Komm da runter«, rief ich. »Ich kann dich nicht auffangen.«

»Von hier oben kannst du überall in London Feuerwerke sehen«, rief er zurück. »Komm rauf.«

»Ich geh ins Bett.«

»George Loricroft ist nicht in Baden-Baden«, verkündete Kris, »und Oliver Quigley hat sich weder in Berlin noch in Hamburg blicken lassen, und bestimmt hat sich mein Schwiegervater um Köln herumgedrückt.«

»Wovon redest du?« rief ich ihm zu.

»Robin Darcy ist in Newmarket.«

Da ich Bells Stimme noch leise durchs Schnurlose hörte, drehte ich den Apparat zu mir und fragte sie, ob sie verstanden habe, was Kris gesagt hatte.

»Daß Robin Darcy in Newmarket ist; und das stimmt, er

wohnt im Bedford Arms. Was ist denn dabei? Wenn er geschäftlich in England ist, kommt er Dad immer mal besuchen. Morgen fahren sie zum Pferderennen nach Doncaster. Das letzte große Meeting der Flachsaison. Da fährt halb Newmarket hin. George, mein Chef, läßt ein Pferd meines Vaters im November-Handicap laufen, dem Hauptrennen, und in Baden-Baden wird morgen überhaupt kein Rennen ausgetragen, das ist alles Quatsch.«

»Zum Frühstück ist er wieder daheim«, meinte ich beschwichtigend, worauf ein Jammerschrei von Glenda kam und Bell mich der Herzlosigkeit bezichtigte.

Genug, dachte ich. Ich sagte: »Bell und Glenda, legt jetzt bitte auf, Kris, komm bitte von meinem Dach runter, wir sprechen uns dann alle morgen.«

Unglaublicherweise wurde es still. Ich ging ins Haus und hinauf in meine Dachkammer, um ein paar Stunden durchzuschlafen, und als ich in der Frühe aufwachte, stand Kris gähnend in meiner Kochnische und übergoß Tofu mit thailändischer Currysauce, sein neuester widerlicher Tick.

»Morgen«, sagte er.

»Wie bist du reingekommen?«

Er sah mich genervt an. »Du hast mir Weihnachten einen Schlüssel gegeben.«

Ich dachte zurück. »Da solltest du auf den Kühlschrank-Kundendienst warten.«

»Willst du ihn wiederhaben?« Kris las die Etiketten auf ein paar Flaschen Chili-Öl, die er aus einer Papiertüte nahm. Er habe gestern thailändisch eingekauft, sagte er – Zitronengras, Gewürze und eben das Öl.

Ich sagte, meinetwegen könne er den Schlüssel behalten.

Er könne auch bei mir duschen (hatte er schon – die Handtücher waren naß) und fernsehen (der Apparat war an, der Ton aus). Als ich wie üblich lossauste, um mein Tagewerk zu verrichten – samstag morgens gehörte dazu auch ein Wetterüberblick für den Sport am Wochenende (trocken, kalt und sonnig der Renntag in Doncaster, Schauer und Böen beim Fußball-Länderspiel in Wembley) – sah ich, wie Kris im Rennsportteil meiner Zeitung seine Tips ankreuzte und sich mein Kreuzworträtsel vornahm.

Achselzuckend schlüpfte ich in meine warme Steppjacke, übte mich in Zurückhaltung und Milde und bat ihn im Hinausgehen lediglich, abzuschließen, wenn er ging.

»Übrigens«, sagte er, »ich habe mir deinen Dienstplan angesehen. Nach dem Sportwetter hast du heute frei. Ich fliege zum Pferderennen nach Doncaster. Da ist ein Landeplatz neben der Rennbahn. Kommst du mit?«

Ich schloß erst mal die Tür und lief die Treppe hinunter. Wenn ich nicht mitkam, würde er annehmen, das sei wegen des nicht ausgefahrenen Fahrgestells und des leeren Treibstofftanks, und ihm mit seiner Wackelpsyche würde dieser eingebildete Vertrauensentzug bestätigen, daß ich ihn verachtete und daß er keine Freunde hatte. Die Antwort auf die Frage »Soll ich meines Bruders Hüter sein?« war leider allzuoft »Ja.«

Zwei Treppen tiefer machte ich kehrt, obwohl ich spät dran war. Als ich die Tür wieder öffnete, wurde ich von Kris bereits erwartet.

»Hol mich um Viertel nach zehn in der Wood Lane ab«, sagte ich. »Aber denk dran, Bell hat gesagt, daß mit ihrem Vater auch Robin Darcy nach Doncaster kommt.«

Kris zeigte sich nicht beunruhigt. »Viertel nach zehn«, wiederholte ich und flitzte. Nun ... hoppelte, auch wenn sich die Lage unterhalb der Fußgelenke langsam besserte.

Unser Flug von White Waltham nach Doncaster verlief tadellos, und Kris führte peinlich genau seine Kontrollen durch. Wenn er mich damit beeindrucken wollte, konnte er sich das eigentlich sparen, da er in meinen Augen jetzt (obwohl ich ihm das nie gesagt hätte) bis zu einem bestimmten Punkt auf der Panikskala ein toller Pilot war und danach eine Gefahr für Leib und Leben. Unter normalen Umständen flog niemand sicherer. Nach Trox und Odin tat ich gut daran aufzupassen, und ich wußte, worauf zu achten war.

Doncaster hatte die Sonne, die dem armen Guy Fawkes hätte lachen sollen.

Kris und ich verpaßten beinah das erste Rennen, weil das Programm wegen des kurzen Nachmittags zeitig losging, sahen aber das zweite unter dem klaren, gelbgrauen Himmel, der allein für fröhliche Gesichter und gute Laune sorgte und den Favoriten hold war.

Kris und Bell strebten den ganzen Nachmittag in einem komplizierten Paarungstanz zueinander hin und voneinander weg. Caspar Harvey sah es mit finsterer Miene. George Loricroft schritt erhobenen Hauptes einher, dicht gefolgt von Glenda, seiner Frau, die ihm mit »Baden-Baden« in den Ohren lag.

Oliver Quigley zitterte von Besitzer zu Besitzer und entschuldigte sich für das schlechte Abschneiden ihrer Pferde, bevor sie überhaupt angetreten waren.

Scharen von Leuten baten Kris um ein Autogramm. »Macht es dir nichts aus«, fragte mich Bell, »daß er gefragter ist als du?«

»Das gönn ich ihm.« Wie so oft am 6. November hatte ich statt eines Ansturms begeisterter Autogrammjäger die vorwurfsvollen Blicke zahlreicher junger Frustopfer aushalten müssen. Wenn mich das eines Tages grämte, würde ich in Pension gehen.

Ich schaute mich um und sagte: »Bist du mit deinem Vater und Robin Darcy gekommen? Ich habe Robin noch nicht gesehen.«

»Sie sind zusammen hergefahren«, erwiderte Bell knapp. »Sie wollten etwas bereden, sagten sie. Ich bin mit Glenda gekommen, und die treibt mich zum Wahnsinn. Natürlich war George nicht in Baden-Baden, was soll er denn da, wenn die Pferde hier laufen? Und dann die ganzen anderen Städte! Sie hört überhaupt nicht mehr auf.«

»Was für andere Städte?« fragte ich zerstreut, während ich mir die Pferde im Führring ansah und wie immer ihre agile natürliche Schönheit bewunderte.

Bell kramte einen abgerissenen rosa Notizzettel aus ihrer grünen Manteltasche und hielt ihn sich im hellen Licht vor die zusammengekniffenen Augen.

»Glenda sagt, George will in Budapest gewesen sein, wo es angeblich geschneit hat, ebenso schwer habe es geschneit in Pardubice in Tschechien, aber auch in Berlin, und in Warschau und Hamburg sei die Temperatur unter Null gesunken, und sie ist sicher, er war in keiner dieser Städte. Was geht da also ab?«

»Ich habe keine blasse Ahnung.«

»Wenn Glenda hier lang kommt«, sagte Bell, »laß mich nicht allein.«

Bells rosa Augenlider flatterten über einem wahrhaft bezaubernden Lächeln. Kris hörte sofort auf, Autogramme zu geben, und schob sich zwischen mich und seine (eventuell) Zukünftige.

Sie gingen ausnahmsweise zufrieden und entspannt ein Sandwich essen, nachdem ich die artige Einladung, mitzukommen, zu ihrer Erleichterung ausgeschlagen hatte. Ich blieb an der Waage stehen und hielt in Ruhe Ausschau nach Robin dem Rundlichen. Aber ich wünschte, ich hätte mich doch für das Sandwich entschieden, als auf einmal Glenda mit ihrem lauten Lancashire-Organ wie eine Flutwelle anrollte, um mich mit ihren Theorien zu erdrücken.

Ihr leuchtend blond gefärbtes Haar war grell wie das von Andy Warhol. 48 × Glenda, ein Siebdruck für die Galerie des Horrors.

Ausgerechnet Oliver Quigley kam mir zu Hilfe oder schien mir zu Hilfe zu kommen, indem er irgend etwas stammelte und dabei Glenda mit einem ausgesprochen bösen Blick fixierte.

Ich hatte mich um Olivers Stottern oder seine Unsicherheit nie weiter gekümmert, und auch jetzt erkundigte ich mich mit einer Sorge, die ich nicht wirklich empfand, wie es der kranken Stute gehe. Glenda wurde auf einmal ganz still und stand mit weit offenem Mund da, als warte sie auf Olivers Antwort, und plötzlich war mir, als ständen sich hier zwei Persönlichkeiten gegenüber, die viel komplexer waren, als ich bisher wahrgenommen hatte. Das Funkeln in den Lancashire-Augen war überhaupt nicht lustig, und bei

Quigley stellte sich mir die Frage, ob er mit seinem Gezitter eine innere Stärke zu verbergen suchte, einen stählernen Willen, der unerkannt bleiben sollte.

Ich blickte zurück auf die Lunchparty, den Tag, an dem ich all die Leute aus Newmarket kennengelernt hatte, diese Fremden, die ich jetzt zu kennen meinte. Vielleicht hatten sie damals nur Fassade gezeigt, und vielleicht kam es, wie bei Robin Darcy, auf das an, was dahinter war.

»Sie sind schuld«, sagte Glenda plötzlich giftig und kniff fest die Lippen zusammen. »Sie schleppen George immer nach Baden-Baden, streiten Sie das nur nicht ab.« Ihr Anwurf galt Oliver. Ich war anscheinend vergessen.

Oliver schaute zwar verständnislos drein, aber wie ich es jetzt sah, nicht aus Unwissenheit, sondern weil er nicht faßte, daß Glenda hier etwas zum besten gab, was unbekannt und ein Geheimnis bleiben sollte.

»Und«, fuhr Glenda trotzig fort, »Sie brauchen mir auch nicht zu erzählen, Sie wären nicht mit ihm in Polen und weiß wo überall gewesen; da war sehr interessantes Wetter, und Perry könnte das beweisen, wenn er nur wollte –«

»Glenda!« unterbrach sie Oliver scharf, unverhohlen drohend, und ließ mit dem einen Wort seine ganze zittrige Maskerade platzen.

»Jaja«, meinte Glenda wegwerfend. »Ihr seid alle sauer wegen der Stute.«

Sie drehte sich auf ihren hochhackigen Lackschuhen um und dampfte ab, das Gewicht steil über den Zehen, während Oliver Quigley sprachlos und perplex zurückblieb, als hätte es ihm auf einen Streich Schild und Schwert weggehauen.

Er heftete sein Augenmerk wieder auf mich, und obwohl

in Wirklichkeit längst alles gelaufen war, redete er sich ein, ich hätte nichts gesehen und nichts gehört.

Schon wurde er wieder zittrig. Er stotterte drauflos, ohne ein verständliches Wort herauszubringen. Nach einer Weile nickte er mir unbestimmt zu, als sei er wieder ganz der alte, und als sein persönlicher Flatterzähler sich quasi auf Normalstand eingependelt hatte, riß er sich von mir los, um bald darauf unter fahrig fuchtelnden Handbewegungen mit Caspar Harvey, dem Besitzer der Stute, zu reden. Keiner der beiden Männer sah auch nur halbwegs gelassen, geschweige denn glücklich aus.

Kris, weiter entfernt, beugte die langen Knochen vor, um sich der Körpergröße eines kleinen dicken Mannes anzupassen, in dem ich mit gelinder Bestürzung Robin Darcy erkannte. Ich wußte zwar, daß er mit Caspar Harvey nach Doncaster gekommen war, aber mit ihm tatsächlich konfrontiert zu sein, fand ich doch irgendwie beunruhigend.

Das letzte Mal hatte ich ihn auf Trox gesehen, getarnt mit Schutzanzug und Helm, als er zuschaute, wie Michael den Hefter vom Bunker zum Flugzeug brachte, einen Hefter mit Material, das so brisant war wie jenes, das einen leichtsinnigen Mann aus Mexiko offenbar das Leben gekostet hatte.

Ich sah zu, wie Robin Darcy Kris freundschaftlich den Arm tätschelte, ohne in irgendeiner Form zurückgewiesen zu werden. Normalerweise konnte Kris solche Annäherungen nicht leiden, auch von Bell nicht, nur wenn sie von ihm ausgingen, war das etwas anderes.

Kris, überlegte ich nüchtern, hatte Robin zuliebe den Abstecher nach Trox unternommen. Kris wollte Robin gefällig sein, und ich tat gut daran, das nicht zu vergessen.

Die beiden führten ein kurzes, eindringliches Gespräch, und Kris nickte zustimmend. Als sie auseinandergingen, drückten sie sich die Hand. Ich sah zu und fragte mich, ob Kris mir sagen würde, um was es gegangen war. Nach meiner bisherigen Erfahrung, dachte ich achselzuckend, sehr wahrscheinlich nicht.

Ich lehnte mich gegen die Abzäunung um das Waagegebäude und den Absattelring für den Sieger und gab mir den Anschein, als fände ich das Kommen und Gehen der Trainer und Jockeys weitaus interessanter als alles, was Glenda gesagt hatte. Träge stand ich an der frischen Luft und ließ wieder einmal die Gedanken aufs Geratewohl an mir vorbeiziehen, bis sich »Baden-Baden« und »Polen« und »Schnee« nachdrücklich als irgendwie bedeutsam herausschälten, und zwar bedeutsam wegen Glenda und der Stute.

Glenda tigerte in der Ferne herum. Glenda war eifersüchtig auf Quigley und auf Harvey...

Unsinn, dachte ich. Wegen der kranken Stute hatte Harvey ja seine anderen Pferde von Quigley weggeholt und sie zu ihrem Mann geschickt, zu Loricroft, und daß sie es darauf angelegt hatte, bezweifelte ich.

Überraschend stellte sich durch einen jener Gedankensprünge, die aus dem Nichts Erkenntnis bringen, so klar und deutlich ein Wort in meinem Kopf ein, daß ich mich wunderte, wieso es jetzt erst kam. Das Wort hatte zu einem Briefkopf in dem Hefter auf Trox gehört. Ich hatte gedacht, ich könnte mich nur an Hippostat erinnern, aber jetzt wußte ich, es gab noch eine andere – und wahrscheinlich wichtigere – Adresse, wenn sie auch nicht ganz genau war.

Rennbahn.

Rennbahn Baden-Baden.

Tamtam tata-ramtam.

Rennbahn, auf deutsch.

Ich tat, was ich eine halbe Stunde vorher noch für unmöglich gehalten hätte, ich suchte die Begegnung mit Glenda. Sie war mit ihren Gedanken woanders. Sie stolperte mit ihren heißen Schuhen über meinen Fuß.

Sie sagte »Baden-Baden« vor sich hin, ohne mich zu beachten, aber das änderte sich schlagartig, als ich ihr anbot, nun doch das Wetter einst und jetzt und überall für sie zu erkunden, wann immer sie es wollte.

»Ist das Ihr Ernst?« fragte sie, und Blick, Verstand und Stimme nahmen eine Schärfe an, die zu ihren Glitzerhaaren nicht recht paßte.

»Es geht erst ab Montag«, sagte ich. »Vorher kann ich nicht an den entsprechenden Computer.«

»Bell sagt, Sie sind der Chef vom Regionalwetter«, wandte sie ein. »Da haben Sie doch wohl freie Hand.« Ich sagte, ich sei nur der Stellvertreter des Chefs, und behielt für mich, daß ich wegen solcher, wie mir schien, spekulativen Nachforschungen niemanden um einen Gefallen bitten wollte. Mit einem Entschuldigung heischenden Lächeln erklärte ich Glenda wahrheitsgemäß, daß der Zentralrechner sonntags nur lief, wenn es unbedingt sein mußte. Fremdgehenden Ehemännern auf die Spur zu kommen war nicht zwingend notwendig.

»Und warum«, fragte ich ohne Nachdruck, »reist er nach Baden-Baden und an all die anderen Orte?«

»Frauen natürlich! Ich gebe Ihnen die Liste.« Glitzerglenda war gar nicht so dumm. »Das sind alles Städte mit

Rennbahnen«, sagte sie. »Haben Sie vielleicht nicht gewußt.«

»Nein«, gab ich zu. »Alle in Deutschland?«

»Kluges Kerlchen! Nicht alle, aber die meisten.«

»Und Ihr Mann läßt da Pferde laufen?«

»Das sagt er. Dann behauptet er, die Rennen seien wegen
Schneefalls ausgefallen, aber glauben Sie mir, es schneit
nicht, wenn er sagt, es schneit.«

»Ich prüf das nach«, versprach ich.

Sie langte in ihre Handtasche und gab mir die Liste, die
auch Bell von ihr bekommen hatte, und ich warf kurz einen
Blick darauf, bevor ich sie einsteckte.

»Baden-Baden«, sagte sie. »Alles Blödsinn.«

Ich stand in dem Augenblick so nah bei ihr, daß ich ihre
Alkoholfahne riechen konnte und an der Spitze ihrer stei-
fen Wimpern schwarze Pünktchen sah. Das leuchtende
Blondhaar hatte schwarze Wurzeln.

»Ich werde mich von George scheiden lassen«, sagte sie
mit jäher, heftiger Entschlossenheit. »Und das geschieht
ihm recht.«

Auf einmal hatte ich keine Lust mehr, mich mit den
durchgedrehten, destruktiven Damen und Herren Newmarkets auseinanderzusetzen. Ich verbrachte die folgende
Stunde beim November-Handicap einfach mit Zuschauen,
beobachtete, wie das Räderwerk der unbekannten, bestrik-
kenden Welt des Rennsports funktionierte, und gewann
einen kleinen Betrag, als Harveys Pferd, der zweite Favorit,
als Dritter einkam.

Ich wußte nicht genau, ob Robin Darcy mir vorsätzlich
auswich, aber als wir uns dann über den Weg liefen, sah es

ganz nach einem Zufall aus – so wie wenn zwei sich gleichzeitig umdrehen und plötzlich Auge in Auge dastehen.

Wir hatten Stunden Zeit gehabt, uns darauf einzustellen. Wir sagten einander alles, was sich gehörte. Ich beklagte den Verlust seines trefflichen Flugzeugs, ihm war es die Hauptsache, daß Kris und ich noch lebten. Er dankte mir für den Brief, den ich ihm eine halbe Stunde vor meiner Abreise auf dem Flughafen Miami geschrieben hatte. Ich hoffte, er habe auch einen guten Flug gehabt; er sei gestern in Newmarket eingetroffen, vertraute er mir an.

Er war freundlich. Er drückte mir die Hand. Er lud mich ein, ihn und Evelyn jederzeit wieder zu besuchen. Ich hätte ihn gern gefragt: »Wo ist der Hefter? Wann bringen Sie das nächste Schnäppchen an den Mann, das nächste Bombenzubehör?«

In den braunen Augen hinter dem dicken schwarzen Brillengestell spiegelten sich ähnliche Gedanken. »Hat Perry Stuart die Listen in dem Hefter gesehen? Wohl kaum. Wie soll er denn den Tresor aufgekriegt haben? Er hat zwar das Kennwort gehört, Hereford, aber doch ohne jeden Zusammenhang.«

Ich hätte gern gesagt: »Vielen Dank demjenigen von euch, der auf die Idee kam, mir die Augen zu verbinden«, und in seinen Augen las ich: »Sie ahnen nicht, wie knapp Sie einer Kugel entgangen sind.«

Ich hätte gern gewußt, was er zu Kris gesagt hatte... was er von Kris wollte.

Ich wünschte, Robin Darcy wäre ein Verbündeter gewesen, nicht ein Feind. Ein kluger Mann... warum machte so jemand den Tod zum Geschäft?

Zu viele kluge Männer machten den Tod zum Geschäft.

Er nickte mir zu und ging eine Ecke weiter, wo Caspar Harvey lauwarmen Beifall für den dritten Platz seines Pferdes im November-Handicap entgegennahm. Nur ein Sieg hätte ihn bei seiner Hauruckeinstellung zum Rennsport zufriedenstellen können, und Oliver Quigley schien mir viel zu riskieren, als er in Caspars Hörweite sagte, mit seinen Trainingsmethoden und seinen Anweisungen für den Jockey würde das Pferd gesiegt haben.

Als Kris und ich nach dem sechsten Rennen zum Landeplatz gingen, um nach Hause zu fliegen, war mein normalerweise wacher Verstand durch die extremen körperlichen Anforderungen der letzten zehn Tage ausgelaugt wie eine leere Batterie. Auf dem benachbarten Parkplatz verabschiedeten wir uns noch ewig lang von den vielen Newmarketer Bekannten, und mir fielen schon die Augen zu, als Kris zum Abflug ans Ende der Bahn rollte. Demonstrativ schaltete er von einem Treibstofftank auf den anderen. Ich tat, als bemerkte ich es nicht.

Es war spät im Jahr für Landungen bei Tageslicht, und Kris hatte an diesem Samstag mit einem Bekannten im Kontrollturm von White Waltham vereinbart, daß ihm der Landeanflug gegen fünf, nach Toast und Teezeit, durch an der Rollbahn aufgestellte, batteriebetriebene Lampen erleichtert werden sollte.

Wir waren in der Luft und schon weit südlich von Doncaster, als Kris mich wach rüttelte.

»Entschuldige«, sagte ich gähnend und griff nach der Karte, »wo sind wir?« Es war eben noch hell genug, um die Verkehrswege zu sehen, Straßen, Flüsse und Bahnlinien.

»Ist doch alles in Ordnung«, sagte ich. Er flog sein Ziel immer direkt an.

Aber Kris sagte, seine Sorge sei nicht, er könnte sich verflogen haben, sondern das Öl auf der Windschutzscheibe.

»Was?« fragte ich verständnislos.

»Öl. Auf der Windschutzscheibe. Perry, wach auf!«

Die Intensität der Aufforderung war es, die scharf zu mir durchdrang. Ich wachte auf. Mein Herz machte einen Satz.

Dunkle goldgelbe Fäden liefen über die Windschutzscheibe, es wurden zusehends mehr, und sie breiteten sich von unten nach oben auf dem Glas aus.

Entsetzt begriffen wir beide, was los war. Das heiße Öl, das als Schmiere für die vier dröhnenden Kolben im Motorgehäuse hätte kreisen sollen, kam irgendwie aus dem Motorraum und lief an den Kanten der Motorhaube tropfenweise nach oben und nach hinten, schlug gegen die Windschutzscheibe – und verteilte sich langsam darauf, so daß es dem Piloten effektiv die Sicht nahm.

Das Öl selbst war nicht die schwarzbraune, schmutzige alte Soße, zu der es wird, wenn es viele Flugstunden lang durch den Motor läuft. Kris pflegte sein Prachtstück, und er wechselte das Öl regelmäßig. Die Bescherung auf der Windschutzscheibe stammte von dem Öl, das er erst vor dem Lunchausflug nach Newmarket frisch eingefüllt hatte.

»Allmächtiger«, sagte Kris, »was zum Teufel machen wir jetzt?«

»Genau auf Kurs bleiben«, sagte ich automatisch, »damit wir wissen, wo wir sind.«

»Das ist das wenigste. Aber wenn nun das ganze Öl ausläuft? Dann frißt sich der Motor fest.« Kris hörte sich plötzlich auf komische Weise unbesorgt an. »Und wie sollen wir landen, wenn wir nicht sehen, wo's langgeht?«

»Können wir die Scheibe einschlagen?« tippte ich an.

»Mach halblang, Perry.«

Er war sarkastisch, aber auch resigniert. »Das ist gehärtetes Glas, es hält anprallenden Vögeln stand. Und wenn wir es einschlagen könnten – aber womit? –, würde es uns hier die Haut vom Gesicht ziehen, wir bräuchten Schutzbrillen wie die Flieger der alten Tigermotte und wären immer noch zu schnell. Wir hätten einen Hurrikan der Kategorie 3 gegen uns, das geht nicht.«

»Vergiß es«, sagte ich. »Halten wir Kurs und Höhe. Wir brauchen einen großen Verkehrsflughafen, der samstags um die Zeit geöffnet hat.«

»Na toll.« Er warf mir einen Blick zu. »Wo nehmen wir den denn her?«

»Kinderspiel.« Ungeheuer erleichtert stellte ich fest, daß wir diesmal in geregeltem Funkkontakt mit der Außenwelt standen, und wir hatten eine Radiokarte, auf der die Funkfrequenzen der Flughäfen angegeben waren. Fallschirme und Schleudersitze besaßen wir nicht – man kann nicht alles haben.

»Bleib auf Kurs«, sagte ich Kris. »Ich bringe uns auf ein Flugfeld runter.«

»Du bringst uns runter«, wiederholte er flapsig, »und ich mache Bruch.«

Verdammt blöd, so zu sterben, dachte ich. Von Öl geblendet... Die Scheibenwischer einzuschalten hätte nur alles schlimmer gemacht, die hätten nur das Öl endgültig zu einem dicken, durchgehenden Film verschmiert, während wir jetzt durch die Fäden immerhin noch den Boden tief unter uns sehen konnten.

Tief... Kris erlag der Versuchung, tiefer zu gehen, um den Boden besser sehen zu können, aber in der Höhe hatten wir bessere Aussichten auf einen klaren Funkkontakt mit einem Flugplatz.

»Geh wieder hoch«, bat ich ihn.

»Es ist mein verdammtes Flugzeug.«

»Es ist mein verdammtes Leben.«

Wir brauchten so schnell wie möglich einen großen Flughafen, und diesmal war das Glück uns hold. Ich fragte Kris trocken, ob er etwas gegen Luton habe, das fast genau auf unserem Kurs lag.

»Das ist nicht dein Ernst! Ein richtiger Flughafen? Den schauen wir uns mal an!«

Ich gab der Kontrollstelle wegen des Öls Bescheid und sagte, wir würden Luton anfliegen, etwa fünfzig Kilometer entfernt. In Luton vernahm man mit ungläubigem Schweigen, daß wir nur Funk, aber keine Funknavigation hatten, und über unsere (geringen) Chancen wollte sich der Mann in Lutons Tower nicht weiter auslassen, er sagte nur, er könne uns über die Landebahn dirigieren und sie für uns freihalten, alles andere liege bei uns.

Er gab uns eine eigene Frequenz, auf der wir ihn direkt erreichen konnten, ohne den übrigen Funkverkehr zu belasten.

»Wer braucht sich da noch unter einen Zug zu werfen!« rief Kris mir grinsend zu, dessen manische Seite angesichts der tödlichen Gefahr wieder Oberhand gewann.

»Ein lebensmüder Pilot hat mir jetzt gerade noch gefehlt!«

»Es ist vielleicht das letzte, was du kriegst.«

»Das verzeih ich dir nie...«

Der Mann in Luton sagte uns in die Ohren: »Wir haben hier einen alten Funkpeiler. Wissen Sie, wie man ein QDM fliegt?«

Kris sagte: »Klar«, und ich sagte: »Ja«, dabei hätte es korrekterweise heißen müssen: »Positiv«, aber auch das hätte in meinem Fall nicht ganz gestimmt. Funkpeiler ermittelten die Richtung, in der sich ein Sender befand, und QDM stand für »Welche Richtung soll ich fliegen?«, und das war auch schon alles, was ich darüber wußte. Gott sei Dank aber meinte Kris, er habe vor Jahren einmal, als er sich verflogen hatte, einen QDM-Anflug gemacht.

Wußte er noch, wie es ging?

Nicht genau, sagte er. Das sollte ein Scherz sein. Er vergaß so etwas nicht.

Unser Helfer in Luton wies Kris resigniert an, die Sprechtaste zu drücken und still zu sein, nach links zu gehen und nach zwei Minuten wieder zu sprechen, worauf er uns mitteilte, er wisse nun, welcher Punkt wir seien auf seinem Schirm und wie wir steuern müßten, könne jedoch nicht sagen, wie weit wir von ihm entfernt seien, das wisse er erst, wenn er uns direkt vor sich sehe.

Er könne vielleicht uns sehen, antworteten wir, aber wir ihn nicht. Das Öl schien jetzt schneller auszulaufen. Die Sicht nach vorn war praktisch auf Null reduziert, und auf den Seitenfenstern bildeten nach hinten sprühende Tropfen streifige Schleier.

Unter der fachkundigen Anleitung des Helfers steuerten

wir direkt den Flughafen Luton an, und Kris, an den Instrumenten wieder so sicher, als hätte er es im Blut, riß einen müden Scherz nach dem anderen. Durch die noch unverschmierten unteren Ränder der Seitenfenster waren die ersten Lichter am Boden zu sehen. Kris gingen die Witze aus, als der Lotse ihn vorsichtig eine birnenförmige Schleife fliegen ließ, die seine Cherokee genau vor die große, breite Rollbahn brachte, die jetzt noch eine Meile entfernt lag.

Die Rollbahn verlief von West nach Ost. Wir sollten nach Westen landen, gegen den herrschenden Wind.

Zu meiner heimlichen Bestürzung hieß nach Westen landen aber auch, gegen die untergehende Sonne. Die letzten Sonnenstrahlen trafen das Öl und verwandelten die Windschutzscheibe in einen undurchdringlichen, goldglühenden Lichterglanz von aufregender Schönheit und Todesgefahr.

»Himmel«, sagte Kris, »das gibt ein Gedicht.«

»Aber nicht jetzt.«

»Sprich deine Gebete.«

»Konzentrier du dich darauf, uns runterzubringen.«

»Runter kommen wir sowieso.«

»Mit heiler Haut«, sagte ich.

Er grinste.

Die Stimme vom Kontrollturm sagte uns in die Ohren: »Ich sehe Sie deutlich. Fahren Sie die Landeklappen aus... gehen Sie auf zweihundert Fuß runter... bleiben Sie auf Kurs... Rechnen Sie mit zehn Knoten Seitenwind von Westen...«

Kris vergewisserte sich, daß ich den Höhenmesser auf Lutons Höhe über dem Meeresspiegel eingestellt hatte, und fuhr die Landeklappen aus – an den Tragflächen angebrachte

Klappen, die bei niedriger Fluggeschwindigkeit den Auftrieb erhöhten.

»Leider ist das nicht Odin«, sagte er. »Wirklich schade.
Ein schönes warmes Meer für die Bauchlandung wär jetzt
nicht schlecht.«

Ich hatte dasselbe gedacht. Die Ölschicht auf den Schei-
ben wurde immer noch dicker.

»Sie haben etwa 100 Fuß Höhe«, funkte es mir ins Ohr.
»Die Landebahn ist direkt vor Ihnen. Können Sie den Boden wenigstens sehen?«

»Einen Scheiß kann ich sehen«, sagte Kris, was so nicht
im Fliegerkodex stand.

Er drosselte das Tempo, um auf seine normale Landegeschwindigkeit zu kommen, und blieb auf Kurs.

Der Tower sagte: »Kurs halten... gut... Geschwindigkeit
verringern... nein, beschleunigen Sie... so ist gut... langsamer... tiefer jetzt... geradeaus. Geradeaus, sagte ich...
geradeaus.«

Mit Landegeschwindigkeit fliegend, setzten wir extrem
hart auf und prallten in die Luft zurück, daß es uns sämtliche Knochen durchschüttelte und sogar die Augen aus den
Höhlen treten wollten.

Unsere Fluggeschwindigkeit betrug laut Tacho 130 Stundenkilometer und verringerte sich zu stark. Bei 100 würden
uns die Flügel nicht mehr tragen.

»Gas«, rief der Tower. »Gas... gerade halten... linkes
Seitenruder.«

»Könnte ich bloß etwas sehen«, sagte Kris, dem die Zähne
noch von der Erschütterung des Aufpralls knirschten.

»Gas... schneller...«

Kris gab Gas und hielt die Nase steif, und wieder setzten wir mit einem fürchterlichen Krachen auf, prallten aber diesmal von Gras, nicht von der harten Landebahn zurück und steuerten, Gott weiß, wohin, immer noch mit einem halsbrecherischen Tempo, das wir des Auftriebs wegen aber brauchten, um heil zu landen, und immer noch mit der rotgolden sinkenden Sonne in den Augen.

»Zum Teufel damit«, sagte Kris laut, nahm das Gas ganz weg, kappte die Treibstoffzufuhr und stellte den Motor ab, was auch ganz in Ordnung gewesen wäre, hätten wir die Räder am Boden gehabt statt gut und gern drei Meter Luft unter uns.

Normalerweise bestanden Kris' Landungen aus einem sanften Dahingleiten mit hochgereckter Nase, dem ein federleichtes Aufsetzen am Boden folgte. Jetzt aber, bei dem beängstigend raschen Tempoverlust, der Kris kaum noch eine Möglichkeit der Steuerung ließ, knallten wir erneut auf den Boden und sprangen einmal, zweimal in die Luft zurück, wurden langsamer, langsamer, sprangen jedesmal weniger hoch, aber die im falschen Winkel aufsetzenden Räder blieben nicht unten.

Instinktiv zog Kris schließlich den Steuerknüppel ganz nach hinten, so daß sich die Nase hob, bis die Strömung abriß, und da wir keinen Auftrieb mehr hatten, kippte der Propeller des Flugzeugs vornüber und zog eine tiefe Furche ins Erdreich. Metall knirschte und schepperte, und zwei menschliche Körper wurden umhergeschleudert. Dann kam die Maschine beängstigend plötzlich und endgültig zum Stehen, wobei ihr Rumpf und ihr Höhenleitwerk schräg zum Himmel zeigten.

Das Öl glänzte und schillerte noch immer auf der Windschutzscheibe, das Glas war heil, die letzten rotgoldenen Strahlen der Sonne versiegten in unbewegtem Dämmerlicht.

Schweigen. Stillstand. Mir dröhnte der Kopf.

Es war eine wundersame Rettung und eine fliegerische Glanzleistung gewesen, und innerhalb einer Minute waren wir von Löschfahrzeugen, Krankenwagen, Streifenwagen und der halben Grafschaft Bedfordshire umringt, die den Funkverkehr auf der unseren Nöten vorbehaltenen, »eigenen« Frequenz mitgehört hatte.

9

Kris hatte durch die Wucht unseres letzten Aufpralls das Bewußtsein verloren und lag, vom Sicherheitsgurt gehalten, halb über dem Steuer. Ich selbst hatte ein heftiges Vor- und Zurückschnappen in der Brust gespürt, das mir zwar einen Moment lang die Orientierung, aber nicht das Bewußtsein nahm, so daß ich, als ich mich wieder zurechtfand, versuchte, die Tür zu öffnen, sie aber nicht aufbekam, da sie offenbar verbogen war.

Das warf mich auf vage Gedanken wie »Feuer« oder »Verdammt, diesmal haben wir zwei volle Treibstofftanks« und andere erbauliche Überlegungen ähnlichen Inhalts zurück, aber die Rettungsmannschaften draußen stemmten die Tür auf, hoben uns so vorsichtig wie zügig aus unserer vornübergekippten Kanzel heraus und neutralisierten die Treibstofflachen um sich und uns herum sofort mit Schaum.

Kris kam stöhnend zu sich, verstummte verblüfft, als er sein Stöhnen hörte, und grinste schwach. Kurz darauf, als die erste Pressekamera plus Mikrofon sich einen Weg durch die Uniformierten bahnte, galt sein Interesse schon nicht mehr dem Leben, sondern seinem demolierten Prachtstück, an das ihn niemand heranlassen wollte.

Ich hätte ihm sagen können, daß der sichtbare Schaden

208

in gebrochenen Streben des Bugfahrwerks, drei geplatzten Reifen und rechtwinklig abgeknickten Propellerblättern bestand.

Jemand legte mir freundlich eine Decke um die Schultern, während ich da fröstelnd auf dem Rasen stand, und ich sah zu, wie Kris im Kampf gegen Krankenträger und andere Leute, die wohlmeinend seinen Tatendrang bremsten, unterlag.

Wahrscheinlich lag es in der Natur der Sache, daß die Frage, die sich zuallererst stellte, nämlich, wieso das Öl ausgelaufen war, so ziemlich als letzte geklärt werden konnte.

Aus irgendeinem Grund war ich gerade, wenn alles drunter und drüber ging, manchmal besonders klar im Kopf, und so fiel mir jetzt siedend heiß Kris' Bekannter in White Waltham ein, der eigens für uns die dortige Landebahn ausgeleuchtet hatte. Unser nach unten gekommener Retter vom Kontrollturm Luton versprach netterweise, den Mann zu verständigen, was natürlich auch bedeutete, daß sich die schlechte und die gute Nachricht um so schneller herumsprechen würden und kein Dementi mehr etwas nützte. Jeder in White Waltham würde es weitererzählen, und alle würden sich einig sein, daß die Wetterfrösche neun, wenn nicht neunundzwanzig Leben hatten.

Als ihn die Sanitäter gegen seinen Willen davontrugen, legte mir Kris ans Herz, unbedingt (und sei es bis zum Schrottplatz) bei der Cherokee zu bleiben, denn nie und nimmer habe er bei seinen Sicherheitschecks das Öl übersehen; dann luden sie ihn, sosehr er auch protestierte, zum Weitertransport in einen Krankenwagen, aber ich wußte ja wirklich selbst, daß auf unserem Flug nach Doncaster vor wenigen Stunden mit dem Öl noch alles in Ordnung gewesen war.

Ich nahm die Decke von den Schultern, legte sie zusammen und gab sie den Rettungsleuten mit Dank zurück, dann schirmte ich mein allzu bekanntes Gesicht mit der Hand ab und wurde zu einem gaffenden Zuschauer unter anderen. Nicht nur Kris wollte Bescheid wissen, ich war auch selbst mehr als neugierig. Ohne die Funkpeilung und den Lotsen im Lutoner Tower und ohne die mit letztem Einsatz bewerkstelligte Bruchlandung von Kris hätte die BBC endgültig zwei Wetteransager verloren, noch dazu an einem klaren, wolkenlosen Abend.

Unweigerlich wurden Kris und ich schließlich namentlich bekanntes Nachrichtenfutter, aber ich blieb bei der Cherokee, bis der Kran kam, und dafür schenkte mir der aus dem Krankenhaus wieder entlassene Kris am nächsten Tag ein zerstreutes »Danke, Junge«, bevor er fragte, was ich herausbekommen hätte.

Ich sagte: »Als wir, ehm... gelandet sind, war kein Ölmeßstab im Motor.«

Er starrte mich grimmig an. Wir waren in meiner Mansarde, umgeben von den Sonntagszeitungen, die er mitgebracht hatte. Alle bis auf die Frühausgaben hatten uns auf der Titelseite plaziert, mit Bildern von der kopfüber gelandeten Kiste und unseren besten BBC-Gesichtern, und gingen bei der Gelegenheit ausführlich, aber nicht eben schmeichelhaft auf unseren kürzlich erst heil überstandenen Hurrikanflug ein. Zwei Brüche in zwei Wochen waren übertrieben.

»Das war kein Pilotenfehler«, stellte Kris klar und ließ das heikle Thema Treibstofftanks von vornherein beiseite. »Gestern morgen vorm Abflug hab ich den Ölstand geprüft, du warst dabei. Ich hab den Meßstab abgewischt, ihn in die Wanne gehalten, und sie war voll. Dann hab ich den Meßstab festgedreht, und auf dem Flug nach Doncaster lief kein Öl aus.«

»Stimmt«, gab ich zu.

»Und in Doncaster hab ich nicht noch mal nach dem Öl gesehen. Das hab ich nicht gemacht, weil's von Waltham nur ein Katzensprung ist – als wir damals von Newmarket heim sind, hab ich mir das ja auch gespart. Nach so einem kurzen Flug prüft man den Ölstand nicht.«

Ich sagte: »Jedenfalls hast du in Doncaster nicht den Meßstab rausgenommen und ihn dann vergessen.«

»Schwörst du's?«

Ich hatte in Doncaster halb geschlafen, aber für seine Sorgfalt hätte ich meine Hand ins Feuer gelegt... wie ich es beim Hurrikan Odin getan hatte... und da wäre ich beinah ertrunken.

In Doncaster hatte er nicht unter Druck gestanden. Wert Null auf der Panikskala. Er hätte keinen elementaren Fehler gemacht.

Was blieb also übrig? Jemand anders, nicht Kris, hatte den Ölmeßstab in Doncaster herausgenommen und ihn nicht wieder eingesetzt.

Zu Robin Darcy wollte Kris nichts sagen, aber er raffte gutgelaunt seine Zeitungen zusammen und nahm die Treppe nach unten etwas langsamer als sonst, da ihn die Ärzte vor Schwindelgefühlen und einer möglichen Gehirnerschütterung gewarnt hatten, und ich gestand mir nach einem neuerlichen stechenden Schmerz beim Atemholen schließlich ein, daß ich mir in Luton vielleicht doch ein, zwei Rippen gebrochen hatte.

Ich war dort gut behandelt worden, zweifellos, weil ich vom Wetterstudio kam, und wir hatten, wie ich sah, wirklich ein Mordsglück gehabt, denn die große, breite Rollbahn und der Flughafen selbst lagen auf einer Anhöhe über der Stadt. Die Leute im Kontrollturm hatten entgeistert mitangesehen, wie der erste harte Aufsetzer die Cherokee aus ihrer Richtung warf, und wir waren querfeldein auf einen steilen, abschüssigen Hang zugerast, als Kris sich zu seiner dramatischen Vollbremsung entschloß.

Sie würden Kris' Cherokee in ihrem Hangar unter Verschluß halten, sagten sie, bis die Unfallsachverständigen kamen, um sich des Falls anzunehmen. Bis dahin möchte ich bitte kein Wort über den fehlenden Ölmeßstab verlieren. Nur Pilze sind stummer, sagte ich.

Ich rief meine Großmutter an und vertrieb eine Legion schlimmster Befürchtungen. Man könne schon einiges erleben als fliegender Zeitgenosse, beschwichtigte ich sie, aber jetzt hätte ich doch wieder festen Boden unter den Füßen. Sie hörte jedoch die gewaltige Erleichterung in meiner Stimme und machte sich unfehlbar ihren Reim darauf.

»Du wirst auch nicht immer heil davonkommen«, sagte sie besorgt. »Kauf dir eine schußsichere Weste.«

Montag früh gaben wir die Titelseite an eine durchgebrannte Erbin ab, und meine gebrochenen Rippen waren nicht mehr zu leugnen. Zwei vielleicht, mehr nicht. Und keine durchstoßene Lunge, das Schlimmste, was dabei passieren konnte.

Auf einer Bergtour in Wales hatte ich mich schon einmal ganz ähnlich verletzt. Damals riet mir der Arzt: »Lächeln, Zähne zusammenbeißen, Aspirin.« Ein besseres Rezept wußte ich nach Luton auch nicht, außer daß ich mir zur Zerstreuung noch die Schneeverhältnisse in Europa ansah.

Zu meiner Überraschung hatte Glenda offenbar recht. Wenn ihr mackerhafter George von ehelicher Treue so weit entfernt war wie sein angeblich eisiges Reisewetter von der Wahrheit, dann war er alles andere als treu.

Ich schrieb die tatsächlichen Lufttemperaturen und Schneeverhältnisse für die betreffenden Orte heraus, und nichts stimmte mit den Angaben, die ich bekommen hatte, überein. Entweder Glenda oder George oder beide spielten Winterspielchen.

In der Annahme, sie nach getaner Morgenarbeit beim Frühstück zu erwischen, rief ich Belladonna an, und wie es sich traf, aß sie gerade mit Loricroft und Glenda Cornflakes in der Küche der Loricrofts. Trainer verbrachten anscheinend die halbe Zeit in der Küche. Dort sei es im Winter warm, erklärte Bell.

Kris wolle nicht krankfeiern, sagte sie, er werde wie vorgesehen auf Radio 4 das Wetter ansagen und habe ihr auch schon erzählt, daß ich ab heute, Montag, an den nächsten fünf Werktagen das Fernsehwetter im Anschluß an die 18- und 21-Uhr-Nachrichten präsentieren würde.

»Mhm«, stimmte ich zu. »Du und Glenda, hättet ihr morgen früh vielleicht Zeit für mich, wenn ich vorbeikäme?«

»Hast du was Gutes für Glenda? Möchtest du sie sprechen? Kommst du mit Kris?«

Ich sagte: »Eventuell. Vielleicht. Und nein.«

»Warte«, sagte Bell und hielt vermutlich die Sprechmuschel zu, während sie die Reaktionen ihres Chefs und seiner Frau einholte, denn kurz darauf sagte sie: »Perry? Wie wär's Mittwoch? George sagt, wenn du zeitig kommst, kannst du dann seine Springer an den Trainingshürden sehen.«

Das hörte sich nach einer ziemlichen Ehre an, die abzuschlagen unhöflich sein konnte – ich sagte für Mittwoch halb neun zu, obwohl ich lieber einen Tag früher gekommen wäre.

Bis dahin... Bis dahin zählte vor allem Jett van Els, deren dritte Woche bei meiner Großmutter an diesem Montagmorgen abgelaufen war. Um zehn hatte ein anderes »liebes Kind« ihren Platz bei Großmutter eingenommen, und um eins traf sie mich in einer Sandwich-Bar zum Mittagessen.

Sie erschien nicht in der mir vertrauten Schwesternuniform, sondern in schwarzen Hosen, dickem weißen Pullover und einem gerade geschnittenen knallroten Mantel mit schwarzgoldenen Knöpfen. Ich begrüßte sie mit unverhohlener Bewunderung, und das erste, was sie sagte, war: »Dir geht's nicht gut.«

Ich küßte sie trotzdem.

»Ich bin ja Krankenschwester«, meinte sie, »und da weiß man, was ein blasses Gesicht ist.«

Sie hielt sich aber nicht weiter dabei auf, sondern hängte ihren Mantel an den nächsten Haken und überflog die Speisekarte.

»Wo arbeitest du denn als nächstes?« fragte ich und entschied mich für Käse und Chutney auf braunem Brot, aber aufs Essen kam es mir nicht so an.

»Ich nehme eine Woche Urlaub, und nächsten Montag gehe ich wieder zu Mrs. Mevagissey.« Das sagte sie vollkommen gelassen, als wäre das so üblich. Normalerweise kam eine Schwester allenfalls nach einem Monat wieder.

»War sie damit einverstanden?« fragte ich mit hochgezogenen Augenbrauen.

Jett lächelte über mein Erstaunen. »Deine Großmutter hat mir nahegelegt, dich nicht ins Herz zu schließen, denn du seist die Unbeständigkeit in Person, so ungefähr.«

»Sie möchte nicht, daß du verletzt wirst.«

»Werde ich denn?«

Das war kein Dialog, wie ich ihn aus Erfahrung kannte.

»Ist noch zu früh, um das zu sagen«, meinte ich schwach.

»Ich werde Abseilbedingungen aushandeln.«

Wir bestellten. Sie nahm ein Thunfischbrötchen, was ich noch nie gemocht hatte, und ich saß da und hoffte, ihre Zukunftspläne führten sie nicht zu weit weg. Belgischer Vater hin oder her, Jett van Els würde wohl eher Perry Stuart das Herz brechen als umgekehrt.

»Mal im Ernst«, sagte sie, als das Sandwich mit gesundem Appetit verputzt war, »was hast du?«

»Liebespein?«

Sie schüttelte lächelnd den Kopf. »Ich hab bei deiner Großmutter gestern die Zeitung gesehen. Es ist erstaunlich, daß du und dein Freund Kris da überhaupt lebend rausgekommen seid.«

Ich sagte, ich hätte mir wahrscheinlich ein paar Rippen

gebrochen, was der körperlichen Liebe einige Tage abträglich sein könne.

»Sagen wir eher ein bis zwei Wochen«, riet Miss van Els, »oder ein bis zwei Monate.« Sie lächelte gefaßt. »Die erste Abseilregel heißt, laß dir Zeit mit dem Anseilen.«

»Essen wir dann morgen wieder zusammen?«

»Gern«, sagte sie.

Auch wenn ich erst nach sechs vor die Kameras mußte, war ich immer schon längst im Büro, wenn um zwei die Nachmittagskonferenz zur Weltwetterlage begann.

Man mußte die Luftschicht, die um den kreisenden Planeten wirbelte, als Ganzes betrachten und abzusehen versuchen, ob der Druck in den tropischen Regionen so weit fallen würde, daß daraus Stürme entstanden.

Mich hatte es immer gewundert, wie unbeliebt Physik als Schul- oder Studienfach war, wenn sie im allgemeinen auch allmählich an Ansehen gewann. Physik ist die Lehre von den ungeheuer starken unsichtbaren Kräften, die unser Leben bestimmen. Physik ist Schwerkraft, Magnetismus, Elektrizität, Hitze, Schall, Luftdruck, Radioaktivität und Wellen; sie umfaßt die geheimnisvollen Kräfte, die es offenkundig gibt, deren Wirkung allgegenwärtig, deren Macht grenzenlos ist und die man doch nicht sieht. Tag für Tag ging ich mit diesen Kräften wie mit Freunden um.

Niemand im Büro verlor viele Worte über meine Samstagseskapade mit Kris; offenbar war die Freudentanzbereitschaft unserer Mitarbeiter nach Odin erschöpft. Ihre Zurückhaltung paßte mir gut, nur für das geheimnisvolle Verschwinden eines gewissen Ölmeßstabs in Nordengland,

fand ich, hätten sie sich ein wenig mehr interessieren können. Mir wollte man am Telefon nicht sagen, ob es da schon
etwas Neues gab, da es nicht mein Ölmeßstab sei. Als auf
meine Bitte hin dann Kris anrief, erreichte er auch nicht
mehr; um darüber Auskunft zu erhalten, hieß es, müsse er
schon zu einem persönlichen Gespräch nach Nordengland
kommen.

»Ruf Luton an, sie sollen nachhören«, schlug ich vor, aber
Luton erhielt lediglich die Empfehlung, Kris selbst noch
einmal eingehend zu befragen.

»Was soll das denn heißen?« wollte Kris von mir wissen.

»Das heißt, die haben da oben keinen Ölmeßstab gefunden. Es heißt, daß du ihrer Meinung nach den Ölmeßstab nicht richtig eingedreht hast, und damit wäre es deine
Schuld, daß das Öl ausgelaufen ist.«

Kris machte ein finsteres Gesicht, aber zumindest John
Rupert, den ich am Dienstag morgen in meiner Eigenschaft
als »Sachbuchautor« in Kensington aufsuchte, sah das aus-
laufende Öl als einen handfesten Versuch an, Kris und mich
unter die Erde zu bringen.

»Ich fliege selbst«, sagte John Rupert. »Seit zwanzig Jahren bin ich Wochenendpilot, aber eine Blindlandung würde
ich möglichst vermeiden. Vor einem Jahr ist eine Maschine
mit vier Personen, die auf dem Rückflug von Frankreich
waren, wegen einer ölverschmierten Windschutzscheibe an
der Steilküste von Kent abgestürzt. Ihr Ölmeßstab lag noch
da, wo sie vor dem Abflug das Öl erneuert hatten. Das ging
durch alle Zeitungen.«

»Arme Teufel«, sagte ich. »Ich erinnere mich.«

»Niemand«, bemerkte John Rupert nachdrücklich, »hätte wohl erwartet, daß Sie unversehrt wieder Ihrem Job nachgehen könnten.«

Die Tür schwang auf, und Geist kam herein. Mit sehniger Klaue drückte er mir die Hand und verspeiste den einen Pfefferkuchen, den John Rupert übersehen hatte.

»Neuigkeiten?« fragte Geist knapp, leise kauend. »Irgendeine Idee?«

»Abgesehen von Mordanschlag per Motoröl«, erläuterte John Rupert.

»Weil Sie beide überlebt haben«, meinte Geist trocken, »wird es niemand als Anschlag ansehen...« Er brach ab und fragte mich rundheraus: »Könnte es eventuell ein Unfall gewesen sein?«

»Höchstens wenn man von einem dummen Streich ausgeht, Sachbeschädigung durch Unbekannt, wie es die Ermittler vor Ort anscheinend tun.«

»Aber Sie glauben nicht daran?«

»Nein.«

»Und sind Sie deshalb wieder zu uns gekommen?«

Ich kniff die Augen zusammen. »Kann sein«, sagte ich.

Geist lächelte: ein Gesichtsausdruck zum Fürchten, der den Bösen viele Jahre Vorhölle versprach.

»Ich weiß nicht genau, wer den Ölmeßstab stibitzt hat«, sagte ich, »aber ich habe Ihnen eine Verdächtigenliste mitgebracht.«

Sie lasen sie. »Alle aus Newmarket«, stellte Geist fest. »Bis auf den letzten, Robin Darcy.«

»Ich glaube nicht, daß er es war«, sagte ich.

»Wieso nicht?«

»Er hat uns beiden die Hand gegeben. Jedem für sich, meine ich.«

»Sie sind altmodisch«, sagte Geist. »Shakespeare ist aktuell. Man kann lächeln und lächeln und doch ein Schurke sein.«

»Ich möchte nicht, daß es Darcy ist«, sagte ich.

»Ah.« Geist schien zufrieden. »Instinkt... das lasse ich gelten.«

John Rupert betrachtete die Liste. »Erzählen Sie uns von den Leuten«, sagte er. »Was wissen Sie über Caspar Harvey? Und Belladonna, seine Tochter?«

Ich war erstaunt, wieviel ich über sie alle erfahren hatte, und brauchte eine gute Stunde, um ein Bild vom zittrigen Oliver Quigley zu zeichnen (alter und neuer Eindruck) und von George Loricroft, dem Macho, der sich anmaßte, seine blondgefärbte bessere Hälfte zu unterdrücken, die viel klüger war, als ihr Mann wahrhaben wollte, und deshalb, ohne es zu wissen, eine Gefahr für sich selbst darstellte.

»Ich glaube nicht, daß der Ölmeßstab auf Glendas Konto geht«, erläuterte ich und holte Luft. »Ich glaube nicht, daß sie uns tot sehen wollte. Sie wollte, daß wir leben, nach dem Wetter schauen und prüfen, ob ihr Mißtrauen berechtigt ist.«

Ich erzählte von den Eis- und Schnee-Unstimmigkeiten auf Loricrofts tatsächlichen und angeblichen Reisen. Geist war ganz Ohr. John Rupert sagte lediglich: »Und weiter?«

»Nun ...« Ich besann mich kurz. »Als ich zu Ihnen kam... um mich auszusprechen... da kannte ich die Namen von drei Unified Tradern, und ich habe sie Ihnen nicht gesagt, weil...«

»Weil«, unterbrach Geist mißbilligend mein Schweigen, »Sie sie aus einer Gefühlsregung heraus vor Strafverfolgung schützen wollten, nachdem sie Ihr Leben geschont hatten, obwohl sie Sie hätten töten können. Richtig?«

»Wahrscheinlich.«

»Und?«

»Und das war eine Tatsache, aber jetzt kann ich Ihnen nur Annahmen und Mutmaßungen liefern.«

»Besser als nichts«, meinte John Rupert mit gespielter Förmlichkeit. »Schießen Sie los.«

»Sie halten es vielleicht für Blödsinn...«

»Überlassen Sie das uns.«

»Die Unified Trader«, sagte ich langsam. »Also mir scheinen diese Leute eher Amateure als Profis zu sein. Das heißt, sie haben zwar unlautere Absichten, sind aber nicht hart oder konsequent genug in der Umsetzung. Zum Beispiel war es einfach blöd, einen Hefter mit derart wichtigen Informationen so lange herumliegen zu lassen, und genauso blöd war es, Kris damit zu beauftragen, ihn ranzuschaffen. Auch wenn das vordergründig nach einer annehmbaren Gegenleistung aussah, denn für die Gelegenheit, durch einen Hurrikan zu fliegen, hätte Kris alles getan.«

John Rupert nickte.

»Caspar Harvey und Robin Darcy sind alte Geschäftsfreunde, und abgesehen von Harveys Gerste und Darcys Rasenfarm sind beide an den Umgang mit Kleinmengen gewöhnt. Harvey verkauft Vogelfutter und Darcy vakuumverpackte exotische Pilze. Darcy hat eine kleine Pilzzucht auf Trox aufgemacht, aber ich habe mir von ein paar gestandenen Pilzhändlern sagen lassen, daß die Geschichte auf

Trox sich gar nicht rentiert haben kann. Letztlich diente sie wie schon gesagt dazu, die Inselbevölkerung zu vertreiben. Aber ich nehme an, es war ihre Fähigkeit, in kleinen Umfängen zu denken, die sie darauf gebracht hat, zwischen den Käufern und Verkäufern winziger Mengen radioaktiven Materials als Vermittler aufzutreten.«

»Wenn man genug Kleinmengen zusammenbringt«, meinte John Rupert, »kann eine Unmenge draus werden.«

»Oder eine Bombe«, sagte Geist.

»Oder so viel von einer Bombe«, wandte ich ein, »daß man einen Bombenpreis dafür verlangen kann. Wobei ich nicht glaube, daß die Trader selbst mit dem Uran oder dem Plutonium hantieren. Das Zeug ist sehr gefährlich. Aber sie haben das Organisationstalent.«

Ich schwieg, doch die beiden Männer wollten mehr.

»Ich glaube«, sagte ich, »oder vielmehr, ich könnte mir denken, daß Caspar Harvey von Darcy als Trader angeworben wurde und daß Harvey wiederum Oliver Quigley und George Loricroft an Land gezogen hat... Eine Zeitlang lief das Vermittlungsgeschäft dann sehr einträglich und im besten Einvernehmen mit den drei Tradern auf der anderen Seite des Atlantiks, weil jeder der sechs nach der alten Musketierdevise gehandelt hat: alle für einen, und einer für alle.«

Geist, die Augen listig zusammengekniffen, fragte: »Wieso brauchten denn die Firmengründer Zuwachs? Warum haben Darcy und Harvey den Gewinn nicht unter sich aufgeteilt?«

»Ich glaube...« Meine Gedanken, merkte ich, waren nur noch Mutmaßungen. »Ich glaube, Harvey fand heraus, daß Loricroft eine gute Nase fürs Geschäft hat. George Loricroft ist in ganz Europa – besonders in Deutschland – her-

umgereist und hat seiner Frau Märchen über das jeweilige
Wetter erzählt, um zu erklären, warum er nicht da war, wo
er angeblich hin wollte. Er hat sie wie ein dummes Schaf behandelt, und es kann durchaus sein, daß die Orte, über die
er gelogen hat, Handelsposten waren. Sie lagen fast alle in
Deutschland, und für Loricroft als international bekannten
Trainer gibt es kaum einen geeigneteren Ort, um unauffäl-
lig Geschäfte abzuschließen oder Informationen auszutauschen, als die Rennbahn.«

Ich sah auf meine Schuhe nieder, um mich ihrer Skepsis
und ihrem Unglauben nicht auszusetzen, aber für einen
Rückzieher war es jetzt zu spät.

»Ich habe Ihnen gesagt, ich hätte nur das Wort Hippostat
aus einem der Briefköpfe behalten, aber ich weiß noch eins.
Das fiel mir ein, als ich an nichts Bestimmtes dachte... es
kam so aus dem Unbewußten hoch.«

»Nämlich?« fragte Geist ungeduldig.

»Nun...«, ich blickte auf, »das deutsche Wort für Rennbahn. Rennbahn Baden-Baden.«

John Rupert lächelte lebhaft. »Und das ist eine Pferderennbahn?«

»Genau«, sagte ich. »Rennbahn Baden-Baden. Das stand
auf deutsch über einem Brief, der in einer mir unbekannten
anderen Sprache abgefaßt war.«

»Wir haben deutsche Wörterbücher unten und alles, was
es überhaupt an Wörterbüchern gibt«, sagte John Rupert.
»Meinen Sie, Ihnen fällt noch mehr ein, wenn Sie, ehm...
schmökern?«

»Ich weiß es nicht«, zweifelte ich.

»Wir können es versuchen.«

»Aber erst mal«, sagte Geist, »erzählen Sie uns bitte von den anderen beiden Tradern in Florida, Robin Darcys Kollegen.«

»Die sind auf den Cayman-Inseln, nicht in Florida«, erklärte ich und beschrieb Michael und Amy Ford. »Möglicherweise sind sie aus Idealismus oder aus politischen Motiven dabei... ich weiß es nicht, aber sie können auch die Firma mitgegründet haben. Jedenfalls dürften sie die Reichsten von der Bande sein.«

»Wie kommen Sie darauf?« wollte Geist wissen.

»Ich war bei ihnen zu Gast... und Amys Flugzeug, die Maschine, die wir in dem Hurrikan verloren haben, das war ein echtes Juwel. Angeblich hatte Amy es an Darcy verkauft.«

»Was Sie bezweifeln?« fragte John Rupert.

»Ja, schon. Das ist aber nur so ein Eindruck. Niemand schien sich über den Verlust groß aufzuregen. Ich weiß nicht, wie es mit der Versicherung stand. Davon war keine Rede.«

Es wurde still. Dann sagte John Rupert: »War es das?« und wollte aufstehen, aber ich meinte zögernd: »Eins vielleicht noch...«

»Ja?« Unvermindert aufmerksam lehnte er sich zurück.

Ich spielte mit meinen Fingern. »Also... mir fällt einfach auf, daß die Unified Trading Company keinen Chef hat. Da gibt es keine Rangordnung.«

»Sind Sie sicher?« fragte John Rupert zweifelnd. »Bis jetzt hat noch jede Organisation, die mir begegnet ist, eine Hierarchie gehabt.«

»Eben«, nickte ich. »In einer normalen Firma sind die

unteren Ränge den oberen unterstellt und erhalten Weisung von oben. Bei der Unified Trading Company hingegen handelt jeder nach seiner Fasson und teilt hinterher mit, was er getan hat. Sie handeln, bevor sie es den anderen sagen. Das führt dazu, daß sie manches doppelt moppeln und anderes dafür ganz vergessen, und das gibt ein Kuddelmuddel.«

John Rupert und Geist sahen immer skeptischer drein.

»Wenn Sie beide es seit langem gewohnt wären zu bestimmen«, sagte ich, »wer von Ihnen würde dann die Entscheidungen treffen?«

Prompt antworteten sie wie aus einem Mund: »Ich.«

»Wer?« fragte ich. »Wer von Ihnen würde befehlen?«

»Ich«, antworteten sie wieder einstimmig, wenn auch langsamer, und machten dann nachdenkliche Gesichter.

»Die bis jetzt bekannten Trader«, hielt ich fest, »haben alle eine eigene Firma betrieben und waren ihr eigener Chef. Michael Ford war Eigentümer und Betreiber einer Kette erfolgreicher Fitneßcenter. Seine Frau Amy hat ein Vermögen mit Videotheken verdient. Robin Darcy baut Rasen an, das ist in Florida, als ob man Gold pflanzt. Auch Caspar Harvey ist Farmer, aber daneben macht er Millionen mit Vogelfutter. George Loricroft und Oliver Quigley haben Rennställe und verstehen es, ihre Arbeitskräfte zu führen, nur deshalb sind sie erfolgreich. Alle sechs sind es gewohnt, Entscheidungen zu treffen, und nicht, daß ihnen jemand sagt, was zu tun ist. Sie lassen sich das auch gar nicht sagen, lieber tut jeder für sich, was er für richtig hält. Und aufs Ganze gesehen geht das schief.«

»Eine interessante Theorie«, meinte Geist.

»Zum Beispiel«, sagte ich, »nahm Robin Darcy an, Kris

käme problemlos an den Hefter heran, den er in einem Schreibtisch verwahrt hatte, aber jemand anders hatte ohne sein Wissen den Schreibtisch entfernt und einen Tresor aufgestellt, der sich mit Darcys privatem Kennwort öffnen ließ. Wie gesagt, es kommt zu Mißverständnissen, und deshalb konnte Kris den Hefter nicht finden.«

Ich fühlte mich plötzlich ausgepumpt, und meine geschundenen Rippen machten sich bemerkbar. Im Geiste schon draußen, sagte ich: »Kann ich sonst noch etwas für Sie tun? Wenn nicht...«

Sie schüttelten unschlüssig die Köpfe. »Höchstens die Wörterbücher«, aber nach einem kursorischen Blättern in fremden Wortschätzen, bei dem ich nichts mit Bestimmtheit wiedererkannte, raffte ich mich endlich auf zu gehen und traf mich mit Jett in ihrem knallroten Mantel zum Lunch.

»Du bist krank«, sagte sie, während wir unseren Eiersalat mit Curry aßen, und ich hatte nicht die Energie, es abzustreiten.

»An deiner Stelle würde ich krankfeiern.«

»Es sind doch nur die Rippen. Morgen geht's schon wieder.«

»Dann fahr ich dich aber morgen früh nach Newmarket.«

Ich hatte ihr gesagt, daß ich nach Newmarket wollte, um mir anzusehen, wie George Loricrofts Pferde eingesprungen wurden. Sie hatte ohnehin mitkommen wollen, und obwohl ich es unvorsichtig fand, nahm ich ihr Angebot dankend an.

Irgendwie überstand ich den Tag im Büro, aber als Jett am anderen Morgen um halb sieben vor meiner Tür stand, meinte sie, ich sei überhaupt nicht reisefähig und müsse zum Arzt gehen.

Wir hatten vereinbart, mit ihrem Auto zu fahren, da sie sich nicht so gern ans Steuer meiner kleinen Schachtel setzen wollte. Sie sagte, sie kenne einen guten Arzt, und ich sagte, nein, wir fahren nach Newmarket, und zum vielleicht letzten Mal ließ Miss van Els mir meinen Willen.

Bei George Loricroft zu Hause begrüßte mich Bell mit einem Kuß und blickte an mir vorbei, um zu sehen, wie Jett diese Zärtlichkeit aufnahm. Nichts da. Jett war cool.

Glenda schlang voll Überschwang die Arme um mich, so daß ihr Mund an meinem Ohr zu liegen kam.

»Sagen Sie George nichts...«, es war kaum mehr als ein Flüstern. Lauter schob sie nach: »Wundervoll, daß Sie gekommen sind, mein Lieber.« Und George selbst, dem ich so schnuppe war wie nur was, lebte richtig auf, als ihm Jett vorgestellt wurde. Ein ganz schön sexbewußter Begrüßungsreigen, dachte ich, und mir war so flau, daß ich beim Frühstück keinen Bissen hinunterbrachte.

Glenda und Bell feierten noch einmal die glückliche Landung von Kris am Samstag, und George, der ungeduldig auf die Uhr sah, meinte mürrisch, seiner Ansicht nach habe Kris vor lauter Eifer, noch im Hellen von Doncaster wegzukommen, den Ölmeßstab am Boden liegengelassen und die Motorhaube geschlossen, ohne ihn wieder einzudrehen.

»Alles schon vorgekommen«, sagte er. »Auf, Mädchen, es wird Zeit.« Und er stiefelte hinaus zu seinen Pferden, ohne sich noch einmal umzuschauen.

George schien mir in seiner ganzen Schroffheit von seiner Frau weit weg zu sein, und sie hatte ihm hin und wieder

Blicke zugeworfen, in denen sich Angst mit Bosheit mischte. Beide bemühten sich nicht einmal mehr, Zuneigung vorzutäuschen, so peinlich das für andere auch sein mochte.

Als ihr Mann einen Augenblick außer Sicht war, gab ich Glenda die Liste der Austragungsorte zurück, wo er den kalten Fakten zum Trotz gewesen sein wollte, und ich sah, wie sich ihre Wangen röteten – nicht nur, weil sie recht bekommen hatte, sondern, wie mir schien, auch vor Enttäuschung und Ernüchterung darüber, ihren Verdacht bestätigt zu sehen.

Bell legte einen Arm um Glendas absinkende Schultern und ging mit ihr ins Haus, kam allein wieder, bestieg im Stallhof ein Pferd, während Jett und ich uns in Georges Jeep setzten, um uns zu dem versprochenen Sprungtraining führen zu lassen. Ich war froh, daß Jett ehrlich interessiert zu sein schien und daß Bell, obwohl sie selbst einen hektischen Hitzkopf über drei klapprige Hürden bringen mußte, sich die Zeit nahm, mir und der belgischen Florence Nightingale alias Jett van Els, die einen graubraungrünen Hosenanzug zu dem weißen Pullover trug, vorweg den Trainingsablauf zu erklären. Jett und ich gingen von dem Jeep zu einem Beobachtungspunkt an den Hürden, um die Arbeit, die da mit vollem Einsatz geleistet wurde, hautnah mitzuerleben.

Nach dem Einspringen, noch ganz außer Atem von der Geschwindigkeit, kam Bell mit ihrem Pferd zu uns getrabt, sprang herunter und meinte überraschend, mit einem Lächeln: »Wir kennen uns zwar noch nicht lange, Perry, aber ich weiß, wann ich's mit einem klugen Kopf zu tun habe, und du und deine Jett van Els, ihr habt ganz schön was auf der Pfanne.«

Sie begann ihr Pferd ein paar Meter entfernt im Kreis zu führen, damit es sich abkühlte, und ich versuchte mit ihr Schritt zu halten und dabei zu reden.

»Wie Robin Darcy?« tippte ich an.

Zehn Sekunden lang durchforstete sie stumm ihr Gedächtnis, dann war ihr die Lunchparty ihres Vaters wieder präsent. »Ich sagte dir, du solltest dich von seinem gemütlichen Äußeren nicht täuschen lassen.«

»Ja.«

»Und ich wollte Kris klarmachen, daß Darcy ein paar Nummern zu groß für ihn ist, aber selbst wenn ich der Erzengel Gabriel gewesen wäre, hätte er an dem Tag nicht auf mich gehört.«

Kris hatte an dem Tag und seit dem Tag vor allem auf Robin gehört.

»Kris und Robin haben sich auch in Doncaster lange unterhalten«, sagte ich.

Bell nickte. »Sie sprachen miteinander, als ich zur Toilette ging. Darcy wollte, daß Kris noch mal bei ihm und Evelyn Urlaub macht und daß er mich mitbringt!«

»Zur Hochzeitsreise?«

»Manchmal glaube ich, aus unserer Hochzeit wird nie was.« Sie schien mir selbst unentschlossen und sagte dann ohne Überleitung: »Nimm mein Pferd am Halfter und bleib hier bei Jett, ich hole euch Georges Jeep. Ehrlich, du siehst ganz schön grau aus.«

Ich konnte mir das zwar nicht erklären, denn die gebrochenen Rippen von Wales hatten mir nur Unbehagen bereitet und keine Übelkeit verursacht, aber ich nahm Bells Angebot an und wartete bei ihrem dampfenden Pferd, freute mich an der Nähe dieses großen urtümlichen Geschöpfes unter dem weiten, kalten, wolkenlosen Himmel von New-market.

Sie kam mit dem Jeep, und wir tauschten die Transport-mittel; Bell ritt das Pferd, und ich fuhr mit Jett langsam zu Georges Hof zurück und fühlte mich gräßlich.

In der warmen Küche standen sich George und Glenda steif gegenüber und starrten sich so böse an, als wären sie zu allem fähig, und das Hinzukommen Dritter nahm dem Haß kaum etwas von seiner Schärfe.

George, Mitte Vierzig, wirkte immer ausgesprochen re-solut, aber in diesem Moment unterstrich die Eleganz der gutgeformten Schultern, des dichten, glattgekämmten dunk-len Haars, der schlanken, geschmeidig sich öffnenden und schließenden Finger nur seine offensichtliche Böswilligkeit.

Georges Zorn hätte sich wohl schon in Tätlichkeiten gegenüber seiner Frau entladen, dachte ich, wäre nicht der unsichtbare und undurchdringliche Panzer gewesen, den diese zu tragen schien.

Jett und ich zogen uns still zurück, und gleich versuchte Bell sich mit bedrückter Miene zu entschuldigen: »Es tut mir leid, wirklich...«

»Du kannst nichts dafür«, sagte ich, aber trösten konnte ich sie auch nicht, nicht mit ein paar kurzen Worten.

Wir gingen über den Parkplatz und blieben vor Jetts Wa-gen stehen. Ich drehte mich zu Loricrofts Villa um und sah nur Wohlstand und Frieden. Seidenpapier über einem Ab-grund, dachte ich.

»Bell...«, sagte ich besorgt, »geh weg aus Newmarket und zieh zu Kris nach London.«

Sie schüttelte den Kopf, bevor ich ausgeredet hatte.

»Ich kann nicht weg. Und wozu auch? Kris braucht mich nicht, das hat er mir gesagt.«

Weder Bell noch Jett spürten etwas von der Dringlichkeit, die mir die Eingeweide zusammenzog und mich kribbelig werden ließ. Meine Großmutter hätte dieses starke Unbehagen sicher als böse Vorahnung aufgefaßt, aber ich wußte nicht, ob mein Empfinden auf Vernunft oder Instinkt oder schlicht auf einem flauen Magen beruhte.

Ich sagte so eindringlich, wie ich es hinbekam: »Bell, es ist mir Ernst. Geh aus Newmarket weg. Ich habe ein ungutes Gefühl... eine Vorahnung, könnte man sagen... nenn es, wie du willst, aber geh weg von hier...«

Jett sagte: »Du bist krank.«

»Kann sein... Aber krank hin oder her, Bell, du mußt aus Newmarket weg.«

Zwar verstanden weder Bell noch Jett mein Drängen, doch beide wurden unsicher. Ich konnte Bell unmöglich erklären, daß ihr Vater und ihr Arbeitgeber und Quigley und Robin Darcy sich zusammengetan hatten, um an verschiedene Gruppen und Verbände in verschiedenen gesetzlosen Teilen der Welt Informationen zu liefern, die den Erwerb winziger Mengen hochgradig spaltbaren Materials für den Bau von Atomwaffen ermöglichten. Winzige Mengen, mit Fleiß zusammengetragen, ergaben eine Gefahr, ein Aggregat... eine Bombe.

Diese vier Männer, und zweifellos wußten sie es, machten Geschäfte mit dem Tod.

Einer oder zwei von ihnen waren selbst eine tödliche Gefahr.

Loricroft, der Sucher und Sammler des gewinnversprechenden Materials, der von seiner Überlegenheit so überzeugt war und dem seine Frau dennoch auf die Schliche zu kommen drohte, war sicher näher als alle anderen daran, zu explodieren.

Ich hielt ihn für gefährlich, traute ihm so gut wie irgendeinem seiner kaltblütigen Kunden zu, rücksichtslos zu wüten.

»Wenn Glenda weg möchte«, sagte ich zu Bell, »nimm sie mit.«

Bell schüttelte den Kopf.

»Ich komme in einer Stunde wieder«, sagte ich und bat Jett, mich mit ihrem Wagen ans andere Ende der Stadt zu fahren.

»Ins Krankenhaus?« fragte sie hoffnungsvoll.

»Fast«, sagte ich.

10

Das Krankenhaus, zu dem ich wollte, war eine Pferde-klinik.

Ich hatte vorher angerufen und wurde am Haupteingang des Instituts zur Erforschung von Pferdekrankheiten von einer Frau empfangen, die auf den Namen Zinnia hörte. In allen Sparten der tiermedizinischen Forschung zu Hause, stellte sie sich als Spezialistin für Giftpflanzen und davon verursachte Vergiftungserscheinungen bei Pferden vor.

In ihre Hände war das Leben von Caspar Harveys Stute gelegt worden, und sie sollte herausfinden, was dem Tier überhaupt fehlte.

Zinnia hatte die Fünfzig bereits überschritten, nahm ich an, und trug einen weißen Ärztekittel über einem grauen Flanellrock. Kein Hauch von Lippenstift zu ihrem blumi-gen Namen; sie hatte kurzes graues Haar, trug Schuhe mit flachen Absätzen und wirkte abgespannt, was aber, wie ich herausfinden sollte, eine persönliche Eigenart war und kein Ausdruck von Schlafmangel.

»Dr. Stuart?« Sie musterte mich unbeeindruckt von Kopf bis Fuß und sah mit hochgezogenen Augenbrauen zu Jett, die keine Lust gehabt hatte, draußen im Wagen zu warten. Mein Hinweis auf Jetts beruflichen Hintergrund ließ die Augenbrauen wieder sinken, und wir durften der Blume in

232

ein Labor folgen, das mit einer Phalanx von Mikroskopen, Zentrifugen, Meßgeräten und einem Gaschromatographen ausgestattet war. Wir setzten uns auf hochbeinige Laborstühle, und ich fühlte mich immer noch lausig.

»Mr. Harveys Stute«, sagte Zinnia mit gleichmütiger Stimme, »wurde mit Symptomen einer schweren Störung der Darmfunktionen hier eingeliefert. Als ich am späten Sonntagnachmittag hinzugezogen wurde, war sie zusammengebrochen.« Sie schilderte ihre damaligen Überlegungen und Maßnahmen, die – da Pferde von Natur aus über keine Antiperistaltik verfügen, oder einfacher gesagt, sich nicht übergeben können – hauptsächlich darin bestanden, der Stute Abführmittel zu geben und reichlich Wasser anzubieten, das sie zum Glück dann auch trank.

»Ich war mir sicher, sie müsse ein in gehäckselter Form unter ihr Heu gemischtes pflanzliches Gift gefressen haben, denn ganze Halme oder Stengel waren in dem Heunetz, das mit ihr kam, nicht zu finden. Ich nahm an, sie würde sterben, und dann hätte ich natürlich den Mageninhalt untersucht, aber da sie zäh am Leben festhielt, mußte ich mit dem anfallenden Mist vorliebnehmen. Ich hatte den Verdacht, sie könnte Jakobskraut verzehrt haben, das hochgiftig und für Pferde oft tödlich ist. Es greift die Leber an und führt meist zu chronischen Vergiftungen, aber auch akute Vergiftungserscheinungen wie bei Harveys Stute kommen vor.«

Sie schwieg, blickte von meinem zu Jetts Gesicht und sah in beiden bare Unkenntnis.

»Ist Ihnen *Senecio jacobaea* ein Begriff?« fragte sie.

»Ehm«, sagte ich. »Nein.«

»Besser bekannt als Jakobskraut.« Sie lächelte dünn. Es

gedeiht vorwiegend auf Brachland und gilt nach dem Wild-
pflanzengesetz von 1959 als schädlich, man muß es also aus-
reißen, wenn man es sieht.«

Wenn sie gesagt hätte, daß weder Jett noch ich eine Vorstellung davon hatten, wie das Kraut in freier Wildbahn
aussah, hätten wir ihr recht geben müssen. Wir fragten, und
sie beschrieb es uns.

»Es hat gelbe Blüten und gelappte Blätter...« Sie brach
ab. »Jakobskraut enthält zyklische Diester, das sind die
giftigsten pyrrolizidinen Alkaloide, und es ruft die bei der
Stute beobachteten Symptome hervor, die Störungen der
Verdauungsfunktion, die Leibschmerzen und die Ataxie,
also Koordinationsstörungen.«

Wir hörten respektvoll zu. Ich fragte mich, ob ich selbst
Jakobskraut gegessen hatte.

»Die Blätter können getrocknet werden und bewahren
ihren Giftgehalt leider eine Ewigkeit, so daß man sie um so
besser zerkleinern und mit anderem Trockenfutter mischen
kann wie etwa Heu.«

Jett sagte zu Zinnia: »Sie haben im Mist der Stute also Jakobskraut gefunden?«

Zinnia blickte von ihr zu mir. »Nein«, sagte sie ohne Um-
stände. »Im Kot der Stute ließ sich kein Jakobskraut nachweisen. Wir haben sie mit verschiedenen Antibiotika behandelt für den Fall, daß eine Infektion vorlag, und sie hat
sich nach und nach erholt. Dann haben wir sie im Auftrag
des Besitzers, Caspar Harvey, zu George Loricroft geschickt. Bei Oliver Quigley, wo die Stute vorher trainiert
worden war, haben wir das gesamte Personal befragt, zuallererst natürlich den Futtermeister, aber es wurde ent-

schieden bestritten, daß irgend jemand sich am Heunetz der Stute zu schaffen gemacht haben könnte. Kein anderes Pferd dort hat Symptome wie die Stute gezeigt, verstehen Sie?«

»Was fehlte ihr denn nun?« fragte Jett. »Haben Sie das herausbekommen?«

»Es gibt wohl andere Theorien«, sagte sie in einem Ton, als seien Theorien, die irgend jemand anderes vorbrachte, per se schon falsch. »Aber die Stute ist ja nicht mehr hier. Falls Sie das Blut auf Antikörper untersuchen lassen möchten, Dr. Stuart, dazu haben wir Caspar Harvey bereits geraten, doch bisher lehnt er das ab.«

Zinnia spielte auf ihre penible Art hier darauf an, daß einmal von einem Organismus zum Schutz gegen bestimmte Erreger oder Fremdstoffe gebildete Antikörper bei Pferden wie bei Menschen die Tendenz hatten, auf Dauer im Blut zu bleiben. Im Blut nachgewiesene Antikörper gegen bestimmte Krankheitserreger bewiesen also, daß der Organismus von dieser Krankheit befallen gewesen war.

»Um Antikörper geht's mir nicht«, sagte ich, »aber ... haben Sie noch etwas von dem Mist? Ist davon noch was hier im Labor?«

Zinnia sagte steif: »Ich kann Ihnen versichern, daß wir den Kot auf alle erdenklichen Erreger und Toxine untersucht haben, Dr. Stuart, und wir haben nichts gefunden.«

Schweiß stand mir auf der Stirn. Viel schlechter konnte es der Stute auch nicht gegangen sein. Noch nie hatte ich gehört, daß ein Rippenbruch jemandem so auf den Magen geschlagen war.

Zinnia sah mich verwundert an und gab widerwillig zu,

daß das Institut tatsächlich etwas von der fraglichen Substanz zurückbehalten habe, da das Rätsel um die Erkrankung der Stute noch nicht gelöst sei.

»Vielleicht besinnt sich Caspar Harvey ja noch«, sagte Zinnia.

Ich hielt es für äußerst unwahrscheinlich, daß Caspar Harvey Licht in das Leiden der Stute gebracht haben wollte, aber ohne Rücksicht auf seine Gefühle sagte ich zu Zinnia: »Ist das Institut zur Erforschung von Pferdekrankheiten zufällig auch mit einem Geigerzähler ausgestattet?«

»Einem Geiger…« Das Wort blieb Zinnia im Hals stecken.

»Ich habe gehört«, sagte ich ohne Nachdruck, »daß hier jemand glaubt, die Stute sei strahlenkrank.«

»Ach was!« Zinnia schüttelte entschieden den Kopf. »Dann wäre sie dahingesiecht und eingegangen, aber nach der antibiotischen Behandlung hat sie sich doch innerhalb von wenigen Tagen erholt. Die Strahlentheorie hat eine unserer Forscherinnen hier wohl hauptsächlich deshalb vertreten, weil der Stute die Haare ausgegangen sind. Aber um auf Ihre Frage zurückzukommen, wir haben auch einen Geigerzähler irgendwo, nur war bei der Stute kein erhöhter Wert festzustellen, als sie uns verlassen hat.«

Stille trat ein. Mir lag nichts daran, sie zu verärgern oder ihr zu widersprechen, und nach einer Weile schwang sie sich zu einem halbwegs freundlichen Lächeln auf und sagte, sie werde die betreffende Kollegin holen gehen. Innerhalb von fünf Minuten kam sie mit einer anderen weiß bekittelten Frau zurück, deren Wissen über Radioaktivität eine Auffrischung hätte vertragen können.

Ihr Name sei Vera, sagte sie; sie war ernst, kompetent und bei schweren Fällen von Kolik ein As mit dem Skalpell.

»Ich bin Tierchirurgin, keine Physikerin«, erklärte sie, »aber da Zinnia keine Spuren von Gift fand – und glauben Sie mir, wo sie nichts findet, findet keiner was –, habe ich andere Möglichkeiten in Betracht gezogen und die Strahlenkrankheit aufs Tapet gebracht – worauf natürlich gleich die Angst umging, aber wir haben einen Strahlenexperten herangezogen, und der hat Tests gemacht und uns beruhigt, die Stute sei weder strahlenkrank noch mit etwas Ansteckendem infiziert. Ich wünschte, ich wüßte noch, was er alles gesagt hat.«

»Dr. Stuart ist Physiker«, ließ Zinnia elegant einfließen.

»Er sagt im Fernsehen das Wetter an«, widersprach die Kollegin glatt und unbeeindruckt.

»Stimmt beides«, versicherte ihr Jett, »und Dozent ist er auch.«

Ich sah sie überrascht an.

»Das hat mir deine Großmutter erzählt«, lächelte sie. »Sie sagte, du hältst Vorträge über Physik im allgemeinen und Strahlung im besonderen. Hauptsächlich für junge Leute, Teenager und so.«

Vera, der zweite Weißkittel, zeigte nichts von Zinnias gleichbleibender Müdigkeit, ganz im Gegenteil. Auf einmal sah sie mich als anderen Menschen.

»Wenn Sie mir eine Kostprobe Ihrer Vortragskunst geben, leih ich Ihnen meine Unterlagen über den Stutenmist.«

»Das darf doch nicht wahr sein«, rügte Zinnia. »Das kommt überhaupt nicht in Frage.«

Ihre Freundin nickte unerschrocken.

»Versprochen?« sagte ich.

»Klar.«

Ich dachte, es würde mich vielleicht von meinem Magengrimmen ablenken, und griff auf einen Vortrag zurück, den ich so oft gehalten hatte, daß ich ihn auswendig konnte. »Da hätte ich was über Uran«, sagte ich. »Und zwar aus einem Vortrag, den ich normalerweise vor Sechzehn- bis Siebzehnjährigen halte.«

Der zweite Weißkittel war einverstanden. »Gut. Fangen Sie an.«

Im Gesprächston entsprach ich ihrer Bitte.

»Ein einziges Gramm Uranerz enthält mehr als zwei Trilliarden Atome; das ist eine Zwei mit einundzwanzig Nullen dahinter. Unvorstellbar viel. Natürliches Uran ist im Vergleich zu einigen wirklich gefährlichen anderen Stoffen gar nicht mal besonders radioaktiv, aber schon ein, zwei Gramm, es braucht noch kein halber Teelöffel voll zu sein, geben pro Sekunde etwa dreißigtausend Alphastrahlen ab und hören noch in Millionen Jahren nicht damit auf. Wenn man ein paar Tage lang eine Dosis von dreißigtausend Alphastrahlen pro Sekunde abbekäme, würde man sich definitiv krank fühlen, aber ich denke, man würde sich definitiv wieder davon erholen.«

Ich brach ab. Ich fühlte mich definitiv krank, aber soweit ich wußte, war ich nicht mit Uran in Berührung gekommen. Jett sah mich erschrocken an, und Vera, die meinen Teil des Handels offenbar als erfüllt betrachtete, verschwand kurz und kam mit einem lederbraunen Hefter wieder, der mir haargenau so aussah wie derjenige, der bei den Unified Tradern für Aufregung gesorgt hatte.

Sein Inhalt bestand jedoch nicht aus zwanzig brieflichen Kauf- oder Verkaufsangeboten für eine angereicherte Form des Erzes, von dem ich gerade gesprochen hatte, sondern aus einem wissenschaftlichen Gutachten inklusive Diagramm über die radioaktiven Ausscheidungen einer zweijährigen Stute während ihrer mehrtägigen Rekonvaleszenz.

Zu der Zeit, als Vera auf die Idee mit der Strahlenkrankheit kam, waren die Meßwerte bereits rückläufig. Den Auslöser hatte die Stute wahrscheinlich sehr früh ausgeschieden, vielleicht schon mit der Diarrhöe an jenem ersten Sonntagnachmittag, als sie stöhnend am Boden ihrer Box in Quigleys Stall lag.

Als liebenswürdige Geste überreichte Vera mir noch ein Päckchen von der Größe eines Schuhkartons, mit der Bitte, es nicht in kultivierter Gesellschaft zu öffnen. Zinnia wies immer noch mißbilligend darauf hin, daß der Kartoninhalt Eigentum des Forschungsinstituts oder allenfalls Caspar Harveys oder womöglich auch der Stute sei, auf keinen, auf gar keinen Fall aber mir gehöre.

Ich stand unvermittelt auf und fragte, wo es zur Toilette ging, hörte durch die hinter mir zufallende Tür, wie Jett den beiden Weißkitteln dankte und auf Wiedersehen sagte, und bald darauf saß ich immer noch mitgenommen neben ihr im Auto, auf der Rückfahrt zu Loricrofts Stall.

»Ist es das, was mit dir los ist?« fragte Jett besorgt.

»Strahlenkrankheit?«

»Du hast die Symptome.«

»Ich weiß es nicht.«

Sie hielt auf Loricrofts Kieseinfahrt. Es war niemand zu sehen.

»Keine Widerrede«, sagte sie. »Ich gehe mit dir ins Haus.«

Ich fühlte mich ohnehin zu mies, um Einwendungen zu machen. Jett und ich stiegen aus, gingen entschlossen über den Kies und tippten nur kurz an den Türklopfer, bevor wir in die Küche traten.

George Loricroft selbst war zu meiner großen Erleichterung nicht da. Ich hatte mich schon darauf eingestellt, mich körperlich mit ihm auseinandersetzen zu müssen, und von meiner schlauchenden, anhaltenden Übelkeit ganz abgesehen, war George größer, kräftiger und hatte schon einmal versucht, mich loszuwerden.

Die einzige Anwesende, Glenda, saß nervös zitternd an dem großen Eßtisch und war blaß und grau im Gesicht. Sie atmete sichtlich auf, als sie sah, wer gekommen war.

»George ist nicht da«, sagte sie. »Er wollte noch mit dem zweiten Lot zum Training auf die Heide.«

Ihre Stimme klang matt, leblos.

»Und Bell?« fragte ich.

Glenda saß regungslos da, nicht einmal ihre steifen Wimpern bewegten sich. Sie trug zwar noch die Sexfallenstaffage wie den zu engen Pullover, klappernde hohe Hacken und das voluminöse blonde Glitzerhaar, aber sie schien eine andere zu sein. Die Frau, die Oliver Quigley in Rage gebracht und ihm die Maske des Nervenbündels abgerissen hatte, hielt jetzt die Zügel in der Hand, nur war sie an die Rolle noch nicht ganz gewöhnt.

»Bell ist nach Hause, einen Koffer packen«, sagte sie schließlich. »Sie will dann wiederkommen und mich mitnehmen.«

Nach einer Pause fragte ich Glenda, ob sie mit George

über die frostigen Unstimmigkeiten auf meiner Liste gesprochen habe.

»Gesprochen!« Sie lachte beinah. »Das hatte überhaupt nichts mit Frauen zu tun, wissen Sie.« Laut und bitter, als wünschte sie, es wäre anders. »In Baden-Baden ist seit September kein Pferderennen abgehalten worden.«

Ich nickte. Ich hatte es nachgesehen.

»George hat sein Land verraten«, erklärte sie, und ich meinte leise: »Dramatisieren Sie da nicht ein wenig?«

»Er weiß, daß ich so denke. Ich fahre mit Bell nach London, weil ich nicht hier sein möchte, wenn er wiederkommt. Sie haben ganz recht, wenn Sie glauben, ich hätte Angst vor ihm, und jetzt erzähle ich Ihnen was, wovon ich nie gedacht hätte, daß es über meine Lippen kommt.«

Sie schluckte, schwieg, nahm ihren Mut zusammen.

»Er hat mich nicht in jeder Stadt mit einer Frau betrogen, sondern er hat Atomgeheimnisse gekauft und verkauft.« Fairerweise sei gesagt, daß sie sich ehrlich empört anhörte. »Und einmal«, noch entrüsteter, »einmal brachte er ein schweres kleines Päckchen mit nach Hause, und weil ich dachte, es sei Gold – Goldschmuck für eine Frau –, war ich außer mir...«

Sichtlich aufgebracht zog sie die Luft ein. »Wie konnte er nur... wir hatten immer guten Sex... Ich habe das Päckchen aus seiner Aktentasche genommen und aufgemacht, und es war nur ein schweres graues Kästchen drin. Das hab ich dann auch aufgemacht und unter lauter Styroporkugeln ein grobes graues Pulver entdeckt, ein winziges bißchen, aber es war in Seidenpapier eingeschlagen, und das hab ich nicht mehr so hingekriegt, wie es war, und dann kam George ins Zimmer.«

»Und er hat gemerkt, daß Sie an dem Päckchen gewesen waren?« fragte ich, als sie einen Moment Luft holte.

»Nein, aber ich hatte Angst, er würde es merken, weil er sich da rumdrückte, und das Zeug war noch nicht wieder im Kasten, also hab ich's schnell in meine Handtasche gesteckt, mit dem Seidenpapier, und da war es noch, als wir am Tag vor Caspar Harveys Lunch auf dem Weg zum Pferderennen in Nottingham bei Oliver Quigley vorbeifuhren. Das Seidenpapier… fiel mir aus der Tasche, als ich meinen Lippenstift suchte, und das Pulver landete in einem Futtermaß voll Hafer, das da für eins von Olivers Pferden am Boden bereitstand. Das war keine Absicht von mir, und ich wußte nicht, daß das Pferd davon krank wird. Aber ich hab George nichts gesagt, weil ich Angst vor ihm hatte. Ich hab das auf sich beruhen lassen.«

»Und«, fragte ich restlos verblüfft, aber überzeugt, daß sie die Wahrheit sagte, »haben Sie gesehen, welches Pferd das Maß bekam?«

Sie sah mich mit großen Augen an und sagte: »Nein.«

»Glenda!« protestierte ich.

»Na schön, Sie haben's erraten. Ich habe gesehen, an welche Box es ging, aber ich wußte nicht, daß es die Box von Caspar Harveys Stute war. Darauf kam ich erst, als Bell meinte, die Stute sei vielleicht strahlenkrank, und da ging mir dann auch auf, was George wahrscheinlich trieb auf seinen Reisen. Zeug zum Bombenbauen kaufte er, deshalb bat ich Sie zu prüfen, was an seinen Geschichten dran war. Und jetzt wünschte ich wirklich, Bell würde sich beeilen.«

Das wünschte ich auch.

»Wußte George in Doncaster, daß ich vorhatte, die Wetterdiskrepanzen zu prüfen?« fragte ich Glenda.

»Und ob. Das hatte ich ihm gesagt. Wenn er wußte, daß ihn noch jemand anders verraten konnte, war ich vor ihm sicher.«

Glenda war auch in der neuen, nicht so gelackten Version immer noch viel zu naiv. Ich verspürte immer weniger Lust, bei George im Haus zu sein, wenn er zurückkam, aber schließlich erschien Bell und sagte, sie habe gepackt, mit ihrem Vater gezankt und Kris per Anruf überredet, sie bei sich einziehen zu lassen.

Ohne Eile verfrachtete sie Glenda ins Auto und wunderte sich, warum wir eine solche Hast an den Tag legten.

»Damit es keine Szene gibt«, meinte ich nur, und endlich rollte die Zweiwagenkarawane los in Richtung London.

Jett warf mir einen Blick zu: »Wie geht's dir?«

»Frag nicht.«

»Ich hab nicht alles verstanden, was Glenda da gesagt hat.«

»Du bist erst mitten im Film dazugekommen.«

»War das Pulver Uran?«

»Wenn man davon ausgeht, daß es in Seidenpapier und Blei verpackt war – das schwere Kästchen hört sich nach Blei an –, dann würde ich mal an einfaches Uranerz denken, aber es könnte auch irgendein anderer radioaktiver Stoff gewesen sein, der Alphastrahlen abgibt.«

»Und George kauft und verkauft Uran?« fragte Jett. »Hat Glenda recht?«

»Halbwegs. Er bringt Leute, die wissen, wo man angereichertes Uran beziehen kann, mit Leuten zusammen, die

es kaufen wollen. Das graue Pulver war aber zum Bombenbauen nicht geeignet, da die Stute sich erholt hat.«

Ich erzählte Jett, wie die Unified-Trading-Leute die Bewohner von Trox verscheucht hatten, und sie meinte, nun
verstehe sie auch, wieso meine Großmutter neuerdings ihre
manikürten Nägel kaue.

»Dann wollen wir sie nicht noch mehr ängstigen… aber
was den Ölmeßstab angeht…« Ich zögerte und schwieg.

»Weißt du, wer ihn weggenommen hat?« fragte Jett.

»Erinnerst du dich, was George Loricroft beim Frühstück dazu meinte?«

Sie zog die Stirn in Falten. »Na ja, daß Kris den Stab
wahrscheinlich in Doncaster am Boden habe liegen lassen,
als er die hochgeklappte Motorhaube schloß.«

»Haargenau, aber Kris hat die Motorhaube weder geöffnet noch hochgeklappt, also kann George das auch nicht gesehen haben. Dazu kommen noch ein paar andere Sachen,
zum Beispiel, daß Georges Wagen in der Nähe von Kris'
Privatflugzeug stand. Glenda hatte ihm gerade gesagt, daß
ich Nachforschungen über ihn anstellen würde. Er wußte
zwar, daß ich auf Trox gewesen war, aber nicht, was ich da
herausgefunden hatte. Und er könnte gewußt haben, daß
Öl auf der Windschutzscheibe tödlich sein kann, denn so
ein Fall ging voriges Jahr hier durch die Zeitungen.«

»Erdrückende Argumente«, meinte Jett.

»Aber alles nur Indizien. Er könnte die Motorhaube auf-
geklappt und den Ölmeßstab herausgenommen haben. Aber
er muß nicht.«

Ein Weilchen später erst fragte ich, warum wir nicht auf
der richtigen Londoner Straße seien.

»Wart's ab«, antwortete Miss van Els gelassen, und bald darauf parkte sie den Wagen in einer Querstraße der breiten, belebten Marylebone Road.

»Folge mir ... in Krankheit und Gesundheit«, scherzte Jett, und ich landete im Wartezimmer eines Facharztes im Anbau einer kleinen Privatklinik, die ich mir gewiß nicht leisten konnte. Dem Türschild nach war der Arzt Dr. Ravi Chand, Bürger von Uttar Pradesh.

»Ich hab nicht viel Zeit«, gab ich zu bedenken. »Um halb drei muß ich im Studio sein.«

Jett antwortete nicht, beschwor aber anscheinend irgendwelche Zauberkräfte, denn kurz darauf sah ich mich von einem kompetenten indischen Arzt mit einem strahlenden Lächeln und fabelhaften Zähnen zügig abgetastet, abgehorcht und auf Herz und Nieren geprüft. Das überraschende Ergebnis wurde Jett als der mich begleitenden Pflegeperson in elegantem Neu-Delhi-Englisch mitgeteilt.

»Meine liebe Jett, Ihr ungeduldiger Dr. Stuart leidet mitnichten an Strahlenkrankheit oder an den Auswirkungen gebrochener Rippen. Er hat mit einem Ausschlag zu kämpfen, der noch unter der Haut liegt, aber in ein, zwei Tagen, vielleicht auch heute schon offen ausbrechen wird. Er hat sich eine Krankheit zugezogen, die ich so nicht bestimmen kann. Ich muß Kulturen anlegen und das Blut untersuchen. Vorerst sollte er nicht zur Arbeit gehen, aber ich kann ihm etwas verschreiben, das der Übelkeit ein wenig abhilft. Sie werden es vielleicht nicht gern hören, meine liebe Jett – wie nett es doch ist, Sie wiederzusehen –, aber ich würde Ihnen raten, nicht mit diesem jungen Mann zu schlafen, bis wir heraushaben, wie ansteckend die Sache ist.«

»Er hat mich noch nicht gefragt«, sagte sie züchtig.

»Das ist unfair«, widersprach ich. »Wer hat denn gesagt, wir sollten es langsam angehen? Betrachte dich als gefragt.« Ravi Chand lächelte, überlegte, inspizierte seine Fingernägel, die heller waren als das Braun seiner Haut, und empfahl mir, in der Klinik nebenan mindestens einen Tag (allein) das Bett zu hüten, bis er sagen könne, was mir fehlte.

»Das kann ich mir nicht leisten«, meinte ich, ein Argument, das Dr. Chand mit dem Hinweis, Gesundheit sei wichtiger als Geld, beiseite fegte. Er selbst rief bei der BBC an und stürzte sie in Sorge um mein Wohlergehen. So erlebte ich dann einen spritzen- und pillenreichen Nachmittag mit Röntgenaufnahmen, CTs, peinlichen inneren Untersuchungen und notierte auf einem Blatt Papier, wo ich mich in den vergangenen zwei Monaten aufgehalten hatte. Mitten bei dieser Aufzählung dämmerte mir, was mir fehlen könnte, und mein indischer Befrager war über den Verdacht, den ich ihm mitteilte, reinweg entzückt.

»Kühe!« rief er aus. »Dachte ich's mir doch. Unpasteurisierte Milch! Paratuberkulose!« Er legte die Stirn in Falten. »Eine echte Tb haben Sie aber nicht. Das konnte ich nach den ersten Tests schon ausschließen.«

Er hastete davon, mager, gutgelaunt, ein Rätsellöser aus Passion.

In einem Zimmer, dessen Komfort einem Hotel zur Ehre gereicht hätte, schaute ich mir an, wie jemand anders im Fernsehen kaltes Regenwetter für den nächsten Tag ankündigte, und registrierte dankbar, daß ich nicht mehr auf dem Zahnfleisch ging und mich schon deutlich besser fühlte. Jett, die mich am Abend kurz besuchte, trug einen antisepti-

schen Mundschutz, und nachdem sie mich unvorsichtiger-
weise gefragt hatte, was sie für mich tun könne, verzog sie
das Gesicht über die lange Liste meiner Wünsche.

»In Krankheit und Gesundheit«, erinnerte ich sie nek-
kend.

»In guten und in schlechten Zeiten«, nickte sie. »Ich habe
Ravi versprochen, deine Rechnung hier zu bezahlen, Punkt
eins auf der Liste, ›Bring mir meine Kreditkarten‹, kannst
du also streichen. Die brauchst du nicht.«

»Soweit kommt's noch«, sagte ich. »Bring sie mir bitte
mit.«

»Ich zahle deine Rechnung von dem Geld, das ich mit der
Pflege deiner Großmutter verdient habe. Und das«, erklärte
Jett, »stammt doch aus deinem BBC-Gehalt, oder? Ich weiß
es.«

Ich schüttelte den Kopf. »Nach den gräßlichen Untersuchungen heute mußt du mir wenigstens ein bißchen von
meinem Stolz lassen.«

»Ach so.« Sie kniff die Augen zusammen. »Männer wie
dich bin ich nicht gewohnt. Überlebenskünstler, die für sich
selber sorgen, kenne ich nicht. Ich bin erwachsene kleine Jungen gewohnt, die tapfer sind, aber Unterstützung brauchen.
Trost brauchen. Jemanden, der Händchen hält. Warum
brauchst du das nicht?«

Ich werd's irgendwann mal ausprobieren, dachte ich.

»Bring mir bitte meine Karten mit«, sagte ich einst-
weilen.

Der Spiegel bestätigte am Donnerstagmorgen die Prognose
des Arztes. Ich hatte drei rötliche Knötchen am Mund, und

mehrere kleine Vorposten des gleichen Übels verteilten sich zwischen Stirn und Kinn, Kinn und Hüfte und auch noch andernorts. Der findige Mann aus Neu-Delhi schien davon aber ganz angetan und schickte mir gutgeschützte, behandschuhte Schwestern mit diversen Tabletten, Spritzen und Tupfern vorbei.

Gegen Mittag, um die Essenszeit, wenn mir danach gewesen wäre, platzte er selbst herein und rasselte mit sichtlichem Vergnügen seine Diagnose herunter.

»Die gute Nachricht ist und bleibt, daß Sie, wie wir gestern schon feststellen konnten, keine richtiggehende Tuberkulose haben«, sagte er. »Die andere Nachricht ist, mein lieber Dr. Stuart, daß wir bei Ihnen eine Variante einer an sich schon seltenen, komplizierten Mycobacterium-paratuberculosis-Infektion festgestellt haben.«

Er wartete verschmitzt auf eine Reaktion von mir, aber ich dachte nur dumpf, daß die große Zeit der langen, unverständlichen medizinischen Termini und sonstigen Unwörter für mich gekommen zu sein schien.

»Die Sache ist die«, vertraute mir Chand mit wohlartikulierten Worten an, »daß man für eine ganz schlüssige Kultur vielleicht Wochen braucht, denn dieses Bakterium läßt sich nur schwer in einer Petrischale ziehen.«

»Ich kann nicht wochenlang krankfeiern«, sagte ich entsetzt.

»Nein, nein, natürlich nicht. Wir haben Sie ja schon auf Antibiotika gesetzt, und wie es bis jetzt aussieht, haben Sie weder den Morbus Crohn – sehr gut – noch die Johnesche Krankheit – auch gut –, die bei Rindern mehr oder minder endemisch auftritt. Die beste Nachricht überhaupt ist die, daß Sie sich nach dem derzeitigen Stand wieder vollständig erholen dürften.« Er schwieg nachdenklich und meinte dann: »Die Infektion, die Sie da haben, diese unge- wöhnliche Variante des Mycobacterium paratuberculosis, die stammt von Kulturen, die ursprünglich entwickelt wur- den, um festzustellen, wie viel oder wie wenig Wärme erfor- derlich ist, damit es trotz Pasteurisierung zu einer Infektion kommt. Ich würde sagen, Sie haben vielleicht rohe Milch von einer Kuh mit einer ganz neuen Variante getrunken...« Er brach ab und fuhr dann fort: »Ich sehe, Sie verstehen, was ich sage.«

Eine Versuchsherde, dachte ich. Eine gemischte Herde, mit Vertretern verschiedener Rassen: Charolais, Hereford, Angus, Brahman... Schwarzbunt...

Eine auf einer Insel isolierte Herde von Tieren, die sich nur untereinander paarten ... Plötzlich lagen Sinn und Zweck der Rinder auf Trox klar auf der Hand.

»Über Paratuberkulose beim Menschen ist nur wenig be- kannt«, sagte der Inder vergnügt. »Wenn Sie wollen, bringe ich Ihnen ein paar Infohefte. Dafür könnten Sie mir viel- leicht erzählen, wo ich diese Kühe finde.«

»Danke... ja, okay. Wann kann ich hier raus?«

Er sah auf seine Uhr, zerschlug aber meine Hoffnungen.

»Sonntag«, sagte er. »Vielleicht. Vor Sonntag früh sind meine Tests nicht schlüssig, und dabei forciere ich das schon.« Er lächelte ein wenig. »Ich gedenke meine Ergeb- nisse zu veröffentlichen. Bis es soweit ist, werde ich meine Be- funde streng unter Verschluß halten, und sogar Sie, fürchte ich, werden alles erst genau erfahren, wenn mein Buch er- scheint...«

»Wollen Sie damit sagen«, fragte ich langsam, »daß Sie Ihre Erkenntnisse erst einmal in einem Tresor verwahren?«

»Natürlich. In der Forschung herrscht ein wilder Wettstreit. Ich kann mir meinen Knüller doch nicht von der Konkurrenz wegschnappen lassen, oder?«

Das Wort »Knüller« kam ihm humorvoll über die Lippen, es erklärte aber den Zweck des Tresors auf Trox. Die aus der Versuchsherde gewonnenen Erkenntnisse konnten Ruhm und Anerkennung fürs ganze Leben bedeuten. Ich war diesen Kühen dankbar gewesen. Zu spät, mir zu wünschen, ich wäre verhungert.

»Bin ich noch ansteckend für andere?« fragte ich.

Diesmal antwortete er nicht so schnell. »Tja, wenn wir das wüßten. Bei Rindern überträgt sich die Johnesche Krankheit, von der Sie eine Variante haben, nur durch den Verzehr von Kot oder infizierter Milch.« Er grinste breit. »Da dürften Sie aus dem Schneider sein. Man kann Sie besuchen, ohne einen Mundschutz zu tragen.«

Jett kam oft und brachte als Geschenk meiner Großmutter meistens ein Buch mit, das man gut lesen konnte, wenn man im Rollstuhl oder im Bett saß, sich bei einem Gin-Tonic entspannte oder Rippenbrüche auskurierte. Ich war auf den Beinen und konnte in gepflegter Umgebung herumlaufen, und doch bekam ich von Mittwoch bis Sonntag ein ungefähres Bild von der eingeschränkten Lebensweise meiner Großmutter.

Am Donnerstag sprach ich mit ihr am Telefon, und ich schickte ihr eine Schale Christrosen und ein Parfumspray.

Freitag früh riefen Arbeitskollegen an, um mich zur baldestmöglichen Rückkehr zu drängen, da ich offenbar im großen Preisausschreiben des Wetteramts in Bracknell mit dem Tip, am 1. September würde dort auf dem Dach die höchste Temperatur des Jahres gemessen, richtig gelegen hatte und sie den ausgeschriebenen Preis, eine Flasche Schampus, mit mir teilen wollten.

Kaum hatte ich lächelnd aufgelegt, als auch schon der nächste Anruf kam und eine hocherregte, kaum zu verstehende Bell mir eine Katastrophe ersten Ranges in die Ohren schrie.

»Beruhige dich, liebste Bell«, bat ich und hoffte, daß von dem, was sie mir gerade ziemlich hysterisch erzählt hatte, höchstens die Hälfte stimmte. »Was war das mit Glenda?«

»Hab ich doch gesagt«, fuhr sie auf. »Hörst du denn nicht zu? Kris ist außer sich. Sie hat ihm die Züge geklaut.«

»Bell! Beruhige dich.«

»Sie hat sich vor einen Zug geworfen.« Die Worte kamen immer noch hervorgesprudelt.

»Glenda?«

»Natürlich Glenda. Sei doch nicht so schwer von Begriff. Vor eine U-Bahn. Vergangene Nacht. Heute morgen war die Polizei hier. Sie muß schrecklich... sie ist tot. Die Polizei ist noch nicht lange weg.«

Bell schluckte wiederholt, um die Worte herauszubringen, weinte aber dennoch. »Ich habe mit Dad gesprochen...«

»Bell...« Endlich ging mir ein, was sie sagte, und ich war bestürzt. »Wo bist du? Ist jemand bei dir? Kris? Jett könnte zu dir kommen. Ich kann auch kommen.«

»Nein, kannst du nicht, du bist im Krankenhaus. Glenda hat am Mittwoch auf dem ganzen Weg nach London herumgejammert, und ehrlich gesagt, ich war sie leid – Herrgott...« Sie schluckte, aber die Tränen hörten nicht auf. »Ich wünschte, ich wäre netter zu ihr gewesen, aber ich konnte sie nie so richtig leiden... Ich habe mich bemüht, solange ich bei George war, habe mich aber schon nach einer anderen Stelle umgesehen – aber das ist erst die halbe Geschichte, und was jetzt kommt, ist noch schlimmer.«

Viel schlimmer konnte es nicht kommen, dachte ich, und natürlich lag ich falsch.

Bell sagte: »Glenda hat unentwegt geschimpft, George sei ein Verräter. Sie habe es nicht ertragen können, mit einem Verräter verheiratet zu sein. Sie hätte dir alles erzählt, sagte sie, und du wüßtest, daß es stimmt – und sie würde vor Scham vergehen, wenn es zum Prozeß käme. Mit der Schmach könne sie nicht leben ... und ich dachte ... ich dachte, sie übertreibt. Du weißt ja, wie sie immer plappert und mit den Armen fuchtelt... ach herrje. Herrje...«

Ich hatte bei Kris daheim mehrmals vergeblich angerufen, deshalb fragte ich in die nächsten Schluchzer hinein noch einmal: »Bell, wo bist du jetzt?«

»In deiner Mansarde.« Sachlich festgestellt, als hätte ich von selbst darauf kommen können. »Gestern abend sind wir hergefahren. Kris hatte einen Schlüssel«, setzte sie hinzu. »Er meinte, du hättest nichts dagegen. Wir waren so bedient von Glenda und ihrer Schimpferei, daß wir, als sie endlich verschwand, schnell zu dir sind, um von ihr wegzukommen, und natürlich hätten wir uns nicht träumen lassen...«

Das hemmungslose Schluchzen, dachte ich, enthielt vielleicht auch ein gewisses Schuldbewußtsein.

»Als Glenda bei euch war«, sagte ich, »konntet ihr da

nichts tun, damit sie das mit George etwas gelassener hätte sehen können?«

»Perry«, Bells Stimme am Telefon war ein Jammerschrei, »du verstehst nicht. Die Newmarketer Polizei wollte George von Glendas Tod benachrichtigen. Sie hat ein paar Leute hingeschickt, aber nicht, um ihn zu verhaften. Die sind nur wegen Glenda hin...« Bell verfiel in ein Schweigen, das keine Tränen mehr zuließ.

»Und?« fragte ich. »Was hat George gesagt?«

»Er war tot«, erwiderte Bell.

»Tot?«

»Er lag oben in seinem Zimmer«, stieß Bell hervor. »Er hatte einen Schlag auf den Hinterkopf bekommen. Sein Schädel war eingedrückt. Die Polizei kam dann zu Dad, weil ich bei George angestellt war, und sagte ihm, daß George tot sei...« Sie weinte. »Dad sagte der Polizei, sie sollten uns hier suchen, weil ich nicht bei Kris war...«

»Soll das heißen«, fragte ich rundheraus, »als Glenda in Newmarket in ihrer Küche saß und Jett und mir erzählt hat, wie die Stute durch sie strahlenkrank geworden war, lag George tot im oberen Stockwerk?«

»Ja.« In Bells Kummer schwang eine gehörige Portion Entsetzen mit. »Es sieht ganz so aus. Als du und Jett zu dem Forschungsinstitut gefahren seid und ich nach Hause bin, um zu packen, hatten sie eine Mordswut aufeinander... In der Zeit, als wir nicht da waren, muß sie ihn umgebracht haben. Dann hat sie ein paar Sachen gepackt, ist runter und hat auf uns gewartet.« Bell bekam ihre Stimme noch immer nicht ganz unter Kontrolle. »Kris nimmt an, sie habe George gesagt, sie würde nach oben gehen und ihre Sachen

253

packen, denn sie werde ihn verlassen und seine Urangeschäfte publik machen, und er ist dann hinter ihr her, um sie aufzuhalten...«

Man konnte sich vorstellen, wie sich George wutentbrannt über Glendas Koffer beugte, um ihn auszuräumen... und man konnte sich vorstellen, wie Glenda nach einem schweren Gegenstand griff...

»Womit hat sie ihn erschlagen?« fragte ich.

»Das weiß ich nicht. Mensch, Perry, was liegt daran? Ich kenn ihr Schlafzimmer kaum ... sie haben eine schwere Messinguhr ... modern...« Ihre Stimme versagte, und Jett wäre sicher der Meinung gewesen, sie brauche ein Beruhigungsmittel, oder besser noch jemanden, der sie in den Arm nahm.

»Ist Kris jetzt bei dir?« fragte ich.

»Er kauft was zu essen.«

»Dann iß auch was.«

»Glenda!« sagte sie unglücklich. »Und George!«

Sie kam nicht darüber weg, und sie litt mehr Kummer um die Toten, als sie Zuneigung für die Lebenden empfunden hatte.

Ihr zu sagen, sie solle aufhören, daran zu denken, wäre sinnlos gewesen. Sie hatte die beiden fast ihr Leben lang gekannt.

Ich dachte selbst an sie zurück, wie ich sie bei Caspar Harveys Lunch kennengelernt hatte, nicht seltsamer als andere verzankte Ehepaare, und ich stellte mir vor, wie der innere Kern, der sie zusammenhielt, seitdem immer mehr geschmolzen war, bis in beiden der Grundcharakter zutage trat.

Der Schurke in George hatte den ehrbaren Trainer soweit verdrängt, daß er imstande war, einen Mordanschlag mit blindmachendem Öl zu begehen. Glenda mit ihren unbegründeten Seitensprungverdächtigungen hatte nicht den Ehebrecher, sondern den Verräter in ihrem Haus entlarvt und aus Scham und Ernüchterung ihn und sich selbst getötet.

Ich dachte an den lebhaften Zerstörungswillen, der mir dort in der Küche an ihnen aufgefallen war. Nichts anderes als der blutige Urtrieb der Natur hatte sich an jenem Mittwochmorgen gezeigt – mit Zähnen und Klauen.

Ob tief in uns allen ein Mörder steckte?

11

Gegen Mittag holte ich die liebe arglose Melanie ans andere Ende der Leitung und fragte, ob ich meinen Ghostwriter wegen des Unwetterbuchs sprechen könne. »Klar«, meinte sie fröhlich, und schon sagte Geist selbst zu mir: »Ich dachte, Sie hätten den Grind.«

»Vom Grind wird man nicht stumm.«

»Dann nehme ich an, Sie wollen reden.«

»Über aktuelle und kommende Unwetter«, sagte ich. »Es gibt einiges, das Sie wissen sollten.«

»Schon unterwegs.«

Sie kamen beide, der lange John Rupert und der schmächtige Geist. Ich lud sie ein, Platz zu nehmen, und entschuldigte mich für die imitierten Masern, auf die ich gern verzichtet hätte. Ravi Chand nahm an, der Ausschlag würde bis Sonntag weggehen, aber bis Sonntag schien es lange hin. Ich sah schlimm aus.

»Was haben Sie?« fragte John Rupert.

»Mycobacterium-paratuberculosis-Infektion Variante X.«

»Aha«, sagte der eine und »Ah ja« der andere. Beide hatten so etwas noch nie gesehen, aber das galt auch für den Rest der Menschheit.

»Vergangene Nacht«, sagte ich, bemüht, es möglichst sachlich vorzubringen, »hat Glenda, die Frau von George

Loricroft, sich vor eine U-Bahn geworfen.« Sprachlos rissen sie den Mund auf. »Anscheinend hatte sie am Mittwoch morgen ihrem Mann den Schädel eingeschlagen. Er lag unentdeckt in seinem Schlafzimmer, bis die Polizei heute früh zu ihm nach Hause kam, um ihm mitzuteilen, daß seine Frau sich umgebracht hatte.«

John Rupert und Geist atmeten wieder, und ich sagte: »Ehe Sie fragen – die Belegschaft seines Rennstalls hat ihn nicht weiter vermißt, da er ständig ins Ausland reiste, ohne zu sagen, wohin. Mittwoch früh hat er noch ein Training geleitet; ich war selbst dabei. Ebenso Belladonna Harvey, seine Assistentin, aber als gestern und heute weder sie noch George noch Georges Frau erschienen, hat der Futtermeister einfach wie schon bei früheren Gelegenheiten alles nach Schema F gemacht.«

Sie hörten aufmerksam zu, während ich ihnen von Glenda, der Stute, dem radioaktiven Pulver und dem Bleikasten erzählte. Danach fragte ich sie, ob sie befugt seien, bei Loricroft eine Haussuchung vorzunehmen. Die Antwort lag offenbar irgendwo zwischen »Nein«, »Kommt drauf an« und »Das ist eine Sache der Polizei von Newmarket«. Es gab kein schlichtes Ja.

»Von allen Unified Tradern«, bemerkte ich, »war George Loricroft am ehesten der Mann für die Bearbeitung von Auslandsaufträgen, aber er ist schon zwei Tage tot...«

John Rupert nickte. »Seine Kollegen haben die Leiche sicherlich gesäubert. Aber was hätten Sie sich denn von einer Haussuchung erhofft? Er war bestimmt vorsichtig. Das sind sie immer. Die wichtigste Frage ist, wer nimmt jetzt seinen Platz ein?«

Ein nachdenkliches Schweigen folgte. Glendas falsche Schneefälle, meinte Geist, hätten nicht nur ihren Mann außer Gefecht gesetzt. Die Trader müßten sich jetzt neu gruppieren. Das seien unsichere Zeiten für sie.

John Rupert fragte mich noch einmal: »Was sollte eine Haussuchung bei Loricroft denn bringen?«

»Namen und Adressen dürfte man sich vielleicht noch erhoffen«, sagte ich. »Vielleicht hat sogar Glenda schon alles offensichtlich Belastende vernichtet. Zeit dazu hatte sie. Aber wie wär's zum Beispiel mit einem Ölmeßstab im Kofferraum seines Autos und Ölspuren daran, die dem Öl aus dem ramponierten Flugzeug entsprechen? Was ist mit Bankauszügen, Telefonrechnungen... einer Papierspur?«

Sie schüttelten die Köpfe, nachdenklich und bedrückt. John Rupert sagte: »Das sind zwar keine hundertprozentigen Profis, aber Loricroft wird schon so schlau gewesen sein, keinen belastenden Papierkram herumliegen zu lassen.«

Geist stimmte zu. »Wissen Sie, was ich denke?« sagte er. »Ich könnte mir wirklich vorstellen, daß sie im Moment unentschlossen sind und nicht wissen, wie es weitergehen soll, aber das wird nicht lange dauern. Wir brauchen also ein paar zündende Ideen. Fruchtbare Ideen. Genie ist gefragt.«

John Rupert lächelte schief. »Wir brauchen jemanden, bei dem sie nie auf den Gedanken kämen, daß er gegen sie arbeitet.«

Ich sah, wie beide Besucher die Köpfe drehten, bis ihre Augen auf mein Gesicht gerichtet waren, und ich dachte, wenn es ihnen um Einfälle ging, dann waren sie bei mir an der falschen Adresse.

»Ich bin doch derjenige, der sich hilfesuchend an Sie ge-
wandt hat«, stellte ich klar. »Ich verdiene mein Brot mit der
Vorhersage von Wind, Regen und Sonnenschein, nicht als
Ideengeber für die Terrorabwehr. Sie müssen besser als ich
wissen, wie man sich den Tod eines Traders zunutze machen kann.«

Ich wartete eine ganze Weile vergebens auf Vorschläge
auch nur der fruchtbaren Art, von genialen nicht zu reden,
und erkannte mit Besorgnis, daß sie inzwischen eher ge-
neigt waren, sich bei mir Rat zu holen, als mir welchen zu
geben.

»Ich brauche ein paar Antworten«, sagte ich zögernd. Es
war schon verrückt, auf was ich mich da eingelassen hatte,
aber bevor ich wußte, wohin die Reise ging, war ich nicht
bereit, noch einen Schritt zu tun. Nur ein Idiot zog ohne
Karte los.

»Vor allem«, sagte ich, »möchte ich eine Antwort auf die
Frage, was Sie eigentlich von mir erwarten. Und ich wüßte
gern... ob Sie einer größeren Organisation angehören. Geben Sie an Dritte weiter, was ich Ihnen erzähle? Wer ist
›wir‹? Bin ich Ihnen nützlich, oder soll ich lieber meinen
Ausschlag auskurieren und die Unified Trading Company
vergessen?«

Ich beobachtete ihre wechselnden Gesichtsausdrücke und
merkte, daß ich sie effektiv vor die für sie schwierigste Ent-
scheidung gestellt hatte, die Frage nämlich, was ich wissen
durfte und was nicht.

John Rupert warf Geist einen Blick zu und erhob sich
langsam. Geist folgte ihm stumm zur Tür.

»Wir bereden uns«, sagten sie. »Wir kommen wieder.«

Das Leben wäre einfacher, dachte ich, wenn sie wegblieben. So viel einfacher, wenn ich mich von der ganzen Geschichte lossagen könnte. Noch viel einfacher, wenn ich gar nicht erst nach Kensington gegangen wäre. Was wollte ich denn jetzt? Mich herauswinden oder mich hineinwerfen?

Ich trat ans Fenster und sah auf die Straße hinunter, die an dem Gebäude entlangführte. Dort hielten zwar öfter Taxis, um Kunden abzusetzen oder aufzunehmen, aber ich war doch verblüfft, als John Rupert und Geist plötzlich über den Gehsteig liefen, das erste Taxi anhielten, das vorbeikam, und mit unbekanntem Ziel davonfuhren. Geists weiße Haare, drei Stock tiefer, waren unverwechselbar gewesen, und John Ruperts lange Schritte ließen ihn noch storchenbeiniger aussehen.

Kaum war ihr Taxi um die nächste Ecke gebogen, kam Jett ins Krankenzimmer. »Hast du schon gehört?« sagte sie, und mit weit aufgerissenen Augen, ungläubig: »George Loricroft lag tot im ersten Stock...«

Sie hatte ein an die Klinik gerichtetes Fax von der BBC dabei, in dem es hieß, da Dr. Chand um acht Tage Frist zur Untersuchung meiner Tuberkulose-Infektion gebeten habe, würde ich erst wieder im Studio erwartet, wenn ich vollständig genesen sei.

»Machen Sie sich bitte keine Gedanken«, beruhigte Ravi Chand, der eben hinzukam, seinen aufbegehrenden Patienten. »Sie werden uns schon am Sonntag verlassen können, aber Sie brauchen offensichtlich Ruhe. Ihre starke Konstitution in Ehren, Sie wissen nicht, wann Sie Gefahr laufen, sich zu übernehmen. Solche Krankheiten gehen an die Substanz, glauben Sie mir.«

Flott wie immer, mit wehendem weißen Kittel winkte er Jett zu und rauschte wieder hinaus.

»Du kennst ihn gut«, bemerkte ich und fügte in seinem flötenden Akzent hinzu: »Meine liebe Jett.«

»Ich habe schon mehrere Patienten von ihm in der Nachsorge betreut«, sagte Jett lächelnd im Gedanken an unvergessene Momente. »Ravi genießt hohes Ansehen. Ich habe dich hierhergebracht, weil er ein As auf dem Gebiet der Strahlenkrankheit ist, und ich dachte, so einen brauchtest du, aber er freut sich irrsinnig, daß du etwas hast, was ihm noch nie untergekommen ist. Weißt du, daß er vorhat, über deinen Fall zu schreiben?«

Sie blieb und leistete mir gute Gesellschaft, bis John Rupert und Geist zurückkehrten, dann ging sie und sagte, sie werde am Abend noch einmal vorbeikommen.

Die beiden Männer brachten kalte Novemberluft mit, aber wenig an fruchtbaren Entscheidungshilfen.

Geist betrachtete seine Schuhspitzen, fuhr sich mit der Hand übers Haar und tat sein Bestes. »Wir haben mit unserem – ehm – Dienstvorgesetzten gesprochen und sollen Ihnen antworten wie folgt...« Er zögerte immer noch, als sei Geheimhaltung für ihn zu einer schier unüberwindbaren Gewohnheit geworden. »Die Antworten sind...« Er zog ein kleines, feines Blatt Papier aus seiner Brusttasche und las mit halb erstickter Stimme ab: »Ja, Sie sind uns nützlich, ja, Ihre Auskünfte werden weitergegeben, und was unser eigentliches Ziel betrifft...«, hier zögerte er erneut, und ich wartete in stiller Aufmerksamkeit, bis er die Kurve bekam. Er sah auf den Zettel und las ab: »Wir möchten der Unified Trading Company das Handwerk legen, aber nicht nur das, sondern wir möchten auch die Dahinterstehenden, die unbekannten, vorwiegend ausländischen Gruppen, die ständig an der atomaren Bedrohung basteln und feilen, kriegen. Wir möchten wie beim Unterwandern eines Rauschgiftrings über die Dealer an die Hauptlieferanten herankommen.«

»Nur daß Ihre Lieferanten«, meinte ich trocken, »mit angereichertem Uran und Plutonium handeln statt mit vergleichsweise harmlosem Zeug wie Kokain.«

Geist wand sich auf seinem Sessel und las wieder direkt vom Blatt.

»Da Dr. Stuart in erster Linie Meteorologe ist, erwartet niemand von ihm, daß er sich weiter mit der Angelegenheit befaßt.« Er faltete das Blatt zusammen und steckte es ein. »Mehr hab ich nicht«, sagte er und seufzte. »John Rupert hat noch eine kürzere Nachricht.«

Ich wandte mich an John Rupert, der, ebenfalls zögernd, eine viel knappere Weisung vorlas. Sie lautete: »Kommen Sie in aller Ruhe zum Ziel. Sehen Sie sich das, was Sie herausbekommen, von der Seite an. Sie haben mein Vertrauen. Wer durch einen Hurrikan schwimmen kann, findet auch den Weg durch ein Labyrinth.«

Ich sagte: »Ist das der genaue Wortlaut?«

John Rupert nickte. »Als ich ihn fragte, was das heißen soll, meinte er, Sie würden schon verstehen.«

Er sah unsicher aus, und ich begriff, daß es selbst für »die Zuständigen« weite Bereiche gab, in die sie nicht eingeweiht wurden. So war den beiden hier anscheinend die Identität ihres Dienstvorgesetzten nicht bekannt. Ich fragte, wer er sei. Sie schüttelten matt die Köpfe und behaupteten, es nicht zu wissen, doch in Anbetracht ihres durch und durch geheimen Metiers war ich mir nicht sicher, ob ich ihnen glauben sollte.

Beide nahmen an – und sagten es auch –, daß ich nach den wenig zufriedenstellenden Antworten, die ich auf meine Fragen bekommen hatte, sofort das Feld räumen würde; aber ich löste für mein Leben gern Kreuzworträtsel, und da ich aufgefordert worden war, einen Weg durch ein vielleicht gar nicht existierendes Labyrinth zu finden, dachte ich, es könnte nicht schaden, mir mehr Einblick in geheimdienstliches Denken zu verschaffen. Zur gelinden Überraschung von Verleger und Ghostwriter brachte ich das Gespräch auf Bücher.

Geist wußte kaum genug von Stürmen, um den Flaum einer Pusteblume wegzublasen, meinte aber, wenn ich frei von der Leber weg auf Band spreche, das Thema angehe wie bei unseren Plaudereien im Verlag, nur mit möglichst viel Dramatik, dann ließe sich sogar ein Bestseller daraus machen, und John Rupert berechnete gutgelaunt, wieviel Tonnen Papier dazu nötig wären. Die Idee zum Buch, das eigentlich nur Tarnung sein sollte, schlug unvermutet Funken.

Im Lauf der nächsten Stunde erfuhr ich von meinen zunehmend entspannten, auftauenden Besuchern, daß die »zuständige« Dame vom Technischen Überwachungsverein, über die ich zuerst nach Kensington gekommen war, mich an keine besonders hohe Sprosse auf der Antiterrorleiter verwiesen hatte. John Rupert aber war durchaus guter Mittelrang, mit Zugang zu höheren Ebenen, und hatte mir jetzt einen Weg eröffnet, wenn ich ihn denn gehen wollte.

»Wie haben Sie sich entschieden?« fragte er.

»Muß nachdenken«, sagte ich.

Als er und Geist gegangen waren, setzte ich mich im Dämmerlicht in einen Sessel und überdachte noch einmal die Antworten, die ich erhalten hatte, bis mir ihre Bedeutung klarer wurde.

Zunächst einmal war mir ganz nebenbei mitgeteilt worden, daß ich die Person, die auf der nächsthöheren Sprosse der Leiter stand, möglicherweise vom Sehen kannte. Der Nächsthöhere hatte sehr wahrscheinlich, wie ich selbst, ein bekanntes Gesicht. Vielleicht war der Nächsthöhere ein Politiker.

Weit davon entfernt, mich abzuschreiben, hatte der Nächsthöhere mich mehr oder weniger dazu gedrängt weiterzumachen. Im Kern hieß seine Nachricht: »Machen Sie die Geschäfte der Trader zunichte, aber ohne daß die Trader merken, wie Sie es angestellt haben.«

Ich kam von der möglichen Zukunft zurück auf die unerwartete Vergangenheit und schaute in aller Ruhe, ob da vielleicht ein Muster zutage trat, dem ich trauen konnte, wie wenn man scheinbar willkürlich Fäden miteinander verwebt, bis das Geflecht plötzlich eine dreidimensionale Struktur bekommt. Es hatte einmal einen Boom von derartigen »Illusionsbildern« gegeben, Bildern, die sich, wenn man hinter das Naheliegende und Offensichtliche schaute, in Szenarien von räumlicher Tiefe verwandelten. Wettervorhersagen beruhten zu einem großen Teil auf Luftdruckbildern von nahen und entfernten Fronten, dreidimensional und immer in Bewegung.

Das Naheliegende und Offensichtliche bei Unified Trading – so sah ich jetzt, wo es zu spät war – war George Lori-

croft mit seinen zahlreichen Kontakten auf den Rennbahnen Europas gewesen.

Als Trader würde ich mir jetzt einen korrupten Physiker
oder Sprachkundler suchen, am besten beides in einer Person. George Loricroft war aber weder das eine noch das andere gewesen... vielleicht ersetzte ihn also auch wieder ein
Trainer. Vielleicht waren die Trader wirklich nur Mittelsleute, und George hatte gegen die eherne Betriebsvorschrift
verstoßen, niemals Ware mit nach Hause zu nehmen, schon
gar nicht, wenn dort eine eifersüchtige Frau wartete.

Jett kam, als ich an diesem unergiebigen Punkt angelangt
war, knipste die klinisch helle Beleuchtung an und fragte,
warum ich da im Dunkeln saß.

Ich sitze da nicht nur, ich tappe, dachte ich, sagte aber
lediglich »Hallo« und »Kennst du diese Kreuzworträtsel,
die keine schwarzen Felder und noch nicht mal schwarze
Linien haben?«

»Die sind unmöglich«, meinte Jett. »Krieg ich nicht hin.«
»Dafür brauche ich manchmal eine ganze Woche und
eine Handbibliothek.«

»Um was geht's eigentlich?«

»Mir geht's darum, wo Eins waagerecht ist.«

»Heißt das, du weißt nicht, wo du anfangen sollst?«

»So ist es, liebste Jett. Wo in aller Welt würdest du nach
einem Hefter mit Aufträgen und Rechnungen suchen? Wo
würdest du ihn aufbewahren, wenn er dir gehörte?«

Jett sagte, sie wisse es nicht, fragte aber, ob ich Veras Hefter aus dem Forschungsinstitut mit den Unterlagen über
Harveys Stute meinte. Dieser Hefter und die Schachtel mit
der Duftprobe seien noch in ihrem Wagen.

»Nein«, sagte ich, so ähnlich sich die beiden Hefter auch waren. »Der, den ich meine, ist zuletzt auf Trox in ein Flugzeug geschafft worden. Wo mag er jetzt sein?«

»Noch im Flugzeug?« Sie war verwirrt.

Ich schüttelte den Kopf. »Das Flugzeug war gemietet, da ist vor dem nächsten Start sicher alles ausgeräumt worden. Ich nehme mal an, daß einer der Trader den Hefter noch hat. Alles andere ist abwegig, es sei denn –«, ich unterbrach mich mitten im Satz, und erst als mein Atem sich beruhigt hatte, sagte ich: »Rufen wir Kris an.«

»Jetzt komme ich nicht mehr mit«, sagte Jett, aber immerhin erreichten wir Kris. Er und Bell aßen bei ihm zu Hause Thai-Reis und bliesen Trübsal.

Sie waren für den vorgeschlagenen kleinen Krankenbesuch sofort zu haben und rückten mit einem Sechserpack Bier an. Die lebhaften Erinnerungen an George und Glenda, die zwangsläufig im Raum hingen, ließen allerdings wenig Gelächter aufkommen.

Bell hatte auf meinen Wunsch Glendas Koffer mitgebracht, und Bell war es auch, die ihn öffnete, doch er enthielt nur ein wenig Kleidung zum Wechseln und keinen Hefter. Gut gedacht, aber Fehlanzeige.

»Komisch, daß du nach einem Hefter fragst«, sagte Bell. »Weil, ich habe Dad heute morgen wegen Glenda angerufen – und ich war so fertig, ich habe an einem Stück geheult –, tja, und Dad rief zurück und wollte wissen, ob in Glendas Gepäck ein Hefter sei, er hat mich förmlich angefleht, sofort nachzusehen –«

»Und war der Hefter da?« unterbrach ich.

»Du bist genauso schlimm wie Dad. Er war furchtbar aufgeregt. Und wenn du's wissen willst, sie hat praktisch nur mitgenommen, was in dem Koffer ist, also wirklich nicht viel, aber sie hatte ja auch gerade George umgebracht... Ach herrje...« Unaufhaltsam stiegen ihr Tränen in die Augen.

»Du hast ihn noch nicht mal gemocht«, sagte Kris mürrisch und hielt ihr Papiertaschentücher hin.

Kris mochte Robin Darcy.

»War Robin Darcy nicht in Newmarket?« fragte ich Bell.

»Doch«, sagte sie, »aber er ist wieder zurück nach Florida.«

»Wann?«

»Frag Kris.«

»Dienstag«, sagte Kris und hörte sich gelangweilt an. »Lange bevor Glenda den Hefter stibitzt hat.«

»Warum macht ihr bloß so ein Trara um einen Hefter?« fragte Bell gereizt. »Man könnte meinen, da seien die Kronjuwelen drin gewesen. Dabei waren es nur Bestellungen, weiter nichts, aber die meisten waren auf deutsch oder in so einer Sprache.« Sie schien nicht zu bemerken, daß mir die Luft wegblieb, und redete munter weiter. »Dad ist praktisch aus der Haut gefahren, aber er kam dann wieder auf den Teppich, als ich ihm sagte, daß der Hefter zurück nach Newmarket gegangen und in Sicherheit ist.«

Ich atmete tief durch und fragte mehr oder weniger ruhig, wer ihn zurück nach Newmarket geschafft habe.

»So ein Motorradbote«, sagte sie. »Ein Kurier.«

»Und... ehm«, fragte ich, »wem hat er ihn gebracht?«

»Das war ein bißchen merkwürdig«, sagte Bell, »wo sie ihm in Doncaster beim Pferderennen doch fast die Augen ausgekratzt hat.«

»Oliver Quigley?« stieß ich ahnungsvoll, aber entsetzt hervor.

Bell nickte. »Genau. Der Kurier kam heute morgen mit einem großen leeren Umschlag an, und alles war vorausbezahlt, da hat Kris natürlich den Hefter in das Kuvert gesteckt, es zugeklebt und ab die Post. Bis jetzt hab ich gar nicht mehr daran gedacht. Der Kurier kam, ehe wir das mit George erfuhren. Wir wußten noch nicht, daß er tot war. Als wir das hörten, war alles andere wie weggewischt.«

»Ehm...«, fragte ich vorsichtig, »hat Glenda selbst davon gesprochen, daß sie Oliver Quigley einen Hefter schicken wollte?«

»Das war so ziemlich das einzige, womit sie uns nicht in den Ohren gelegen hat, aber doch, sie hat mit Oliver gesprochen, wenn auch nicht lange. Gesprochen ist gut – gefetzt haben die sich –, aber sie sagte uns, wenn der Kurier komme, sollten wir ihm den Hefter mitgeben, und dann ging sie an die frische Luft ... und ach herrje, die arme Glenda... Sie ist nicht wiedergekommen...«

Kris verdrehte die Augen zum Himmel und offerierte Papiertaschentücher. Er sagte: »Der Kurier stand bei mir auf der Matte, als wir von dir zurückkamen. Er hätte schon eine Ewigkeit gewartet, sagte er. Seine Laune war nicht die beste, aber wir haben ihm Kaffee und Toast und so was vorgesetzt, und ich habe ihm ein dickes Trinkgeld gegeben, weil er mich erkannt hat, da ist er ganz zufrieden wieder weg.«

»Wir waren froh, etwas für Glenda getan zu haben«, sagte Bell. Sie meinte das ernst, doch Kris verbarg ein Kichern.

»Trink noch was«, sagte ich zu ihm, doch er überließ Bell seine zweite Dose Bier.

Er hockte auf der Fensterbank, lang, hellhäutig und unglaublich klar im Kopf. Seit er in Luton knapp dem Tod entronnen war und Glenda ihm vorgemacht hatte, wie man den Plan zum Selbstmord in die Tat umsetzt, hatte sich der chaotische Teil seines Wesens erstaunlicherweise beruhigt, und so war es Kris, der mich nachdenklich ansah und meinte: »Eins nach dem anderen, Junge, dann finden wir deine Papiere schon. Du erklärst uns, was dich daran interessiert, und ich geb sie Bells Papa, damit er seinen Schwiegersohn ein bißchen schätzen lernt.«

»Die Hochzeit steht also?« fragte ich.

»Im Moment«, bejahte Bell.

»Hefter«, kam Kris sofort auf das Wesentliche zurück. »Glenda hatte einen in ihrem Koffer, und wegen des Tohuwabohus da vermute ich, sie hatte ihn gestohlen. Wie hört sich das an?«

»Super«, sagte ich.

»Wie steht's denn dann damit? In dem Koffer waren Sachen, von denen sie wußte, Oliver Quigley würde sie zurückhaben wollen...« Kris schwieg, kratzte sich am Kopf und redete zweifelnd weiter. »Sie haben sich am Telefon beschimpft, bis Glenda nachgab und sich bereit erklärte, Oliver den Hefter per Kurier zurückzuschicken, wenn sie ihn nur in einen Freiumschlag zu stecken brauchte, und den hat er ihr dann auch geschickt, aber der armen Glenda war das inzwischen alles zuviel geworden.«

Bell und Jett nickten, während ich mich fragte, ob Kris wirklich an seine Darstellung der Dinge glaubte oder bewußt versuchte, uns in die Irre zu führen ... und ich bedauerte, wie mißtrauisch ich nach gerade mal vier Stunden als nichtamtlicher Schnüffler geworden war.

Gegen neun hatten sich meine drei Besucher unterhaltsameren Zeitvertreiben als der Ausschlagbeschau zugewandt, und gegen zwölf merkte ich, eine wie einsame Beschäftigung das Problemlösen sein konnte, wenn der Erfolg davon abhing, daß niemand von dem bestehenden Problem etwas ahnte.

Ein Hautfleckencheck am Samstagmorgen überzeugte mich davon, daß eine Besserung eingetreten war, wenn auch der Ausschlag jetzt unter einem Dreitagebart juckte. Eine Woche nach Luton hatte ich immer noch blaue Flecke auf dem Brustkorb und spürte meine Rippen schmerzhaft, wenn ich vergaß, mich langsam zu bewegen. Eindeutig gebessert hatte sich nur die Erbrechensquote. Von Jetts fröhlichen Besuchen einmal abgesehen, hatte ich keine besonders tolle Woche hinter mir. Eher einen langen Anschauungsunterricht in der Lebensphilosophie meiner Großmutter: Wenn du's nicht ändern kannst, denk an was anderes.

Den größten Teil des Samstagmorgens verbrachte ich mit der Unsummen an Krankenhaus-Telefongebühren verschlingenden Suche nach einem Motorradfahrer, der am Donnerstag einen dicken Briefumschlag zu Oliver Quigley nach Newmarket gebracht hatte, doch als ich endlich einen Kurierdienst fand, dem Oliver Quigley wenigstens ein Begriff war, stellte sich heraus, daß dem Kurier jetzt vorgeworfen wurde, er habe die Bestellung nicht ausgeliefert, obwohl der Empfang des Päckchens ordnungsgemäß quittiert worden war.

Der Mann vom Kurierdienst war aufgebracht und in seinem Zorn manchmal kaum zu verstehen. Ich bat ihn, sich zu beruhigen und noch einmal der Reihe nach zu erzählen.

Na gut, sagte der Mann von Zipalong Couriers. Ja, sie seien beauftragt worden, das von mir beschriebene Päckchen abzuholen und zu überbringen, und ihr Bote habe leider einen beträchtlichen Aufpreis für seine lange Wartezeit verlangen müssen. Mr. Ironside habe ihn aber voll entschädigt. Ja, der Bote sei nach Newmarket zu Mr. Quigleys Adresse gefahren, und jawohl, ein Mr. Quigley habe die Sendung angenommen und den Empfang quittiert, und sie könnten nichts dafür, daß Mr. Quigley jetzt behaupte, der Zipalong-Bote sei nicht vorbeigekommen und er, Quigley, sei zum Zeitpunkt der Zustellung beim Pferderennen in Cheltenham gewesen.

»Um welche Zeit war das?« fragte ich.

»Mittags.«

Bis dem Mann einfiel, mich zu fragen, warum ich das alles wissen wollte, hatte ich genug über die Standesregeln der Kuriere erfahren, um Geist einen Selbstlernkurs in die Feder zu diktieren.

Ich verabschiedete mich mit tausend Dank von Zipalong und rief die Handynummer von Oliver Quigley an, dem feinnervigen Trainer, dessen zapplig-zittriges Alltags-Ich jetzt ganz wiederhergestellt schien.

Als ich mit ihm Verbindung bekam, war er wieder auf der Rennbahn von Cheltenham, draußen vor der Golden Miller Bar. Er legte eine stammlige Begrüßung hin, die außer acht ließ, daß ich ihn in Doncaster ohne Maske erlebt hatte.

»Eigentlich«, sagte ich, »wollte ich Sie mal fragen, was mit Zipalong Couriers passiert ist.«

Die stottrige Antwort entbehrte nicht der gröbsten Rennstallflüche, lief im wesentlichen aber darauf hinaus, daß Oliver Quigley am gestrigen Freitag gegen Mittag, als er angeblich in Newmarket den Empfang einer Kuriersendung quittierte, auf der Rennbahn in Cheltenham ein Pferd für das Hürdenrennen der Dreijährigen gesattelt hatte. Und zwar ohne Erfolg, da das betreffende Pferd nur eine Gangart kannte – die langsame – und auch dann nicht gesiegt hätte, wenn Perry Stuart da gewesen wäre, wo er hingehörte, nämlich vor den Kameras im Wetterstudio, anstatt wegen ein paar blauer Flecke das Krankenhaus zu bemühen.

Als ich zum dritten Mal »Mr. Quigley?« einwarf, bremste er sich und sagte: »Was – was?« Wenn er in Cheltenham war, fragte ich, wer hatte dann Glendas Päckchen quittiert?

Mißgestimmt, wie er war, fand Oliver, das gehe mich nichts an. Er könne auch gern weiterhin Tips über die Bodenbeschaffenheit von mir bekommen, murmelte ich. Na ja, dann… Oliver Quigley nahm an, der Bote sei, als er schon wieder niemanden antraf, so (Zitat) stinkig gewesen, daß er selbst als Quigley unterschrieben, das Päckchen wieder mitgenommen und es in den nächsten Graben geworfen habe.

»Meinen Sie wirklich?« fragte ich.

»Und ob ich das meine«, das Handy klapperte gegen Olivers Zähne, »die haben das Päckchen nicht zugestellt, und ich zerre sie vor den Kadi, bis ich's wiederhabe.«

»Viel Glück«, sagte ich.

»Der verdammten Glenda könnte ich den Hals umdre-

hen«, sagte er. »Wäre sie nicht schon tot, würde ich sie umbringen. Wenn Zipalong mein Päckchen nicht bald findet,
lohnt sich der Prozeß nicht mehr ... aber ich verklage sie
trotzdem. Dieser Dieb von einem Motorradkurier gehört
aus dem Verkehr gezogen.«

Während ich mir sein endloses Gemecker anhörte, war
ich froh, gut hundert Meilen westlich von der Rennbahn
Cheltenham zu sein.

Nach dem Gespräch mit Oliver ließ ich mir ein, zwei
Stunden Zeit, während mit sanftem Klicken wie bei einem
Geldautomaten die Rädchen in meinem Kopf einrasteten,
und dann erst führte ich weitere zwei Telefongespräche,
eins mit dem Bedford Hotel in Newmarket und eins mit
dem Wetteramt in Bracknell.

John Rupert und Geist hatten recht gehabt. Die Ermor-
dung eines der Trader trieb die anderen auseinander.

Da John Rupert mir »für alle Fälle« seine Handynummer
gegeben hatte, rief ich ihn mitten in einer Golfpartie an, die
er ohne zu murren unterbrach.

»Es geht Ihnen hoffentlich nicht schlechter«, sagte er.

»Nein, im Gegenteil. Darf ich Sie etwas fragen?«

»Jederzeit.«

»Gut, wie ernst ist es Ihnen mit dem Buch über Sturmwinde?«

»Oh!« Jetzt hatte ich ihn wirklich überrascht. »Wieso?«
sagte er vorsichtig.

»Weil ich einen Vertrag brauche«, antwortete ich frei heraus. »Eigentlich keinen Vertrag, sondern einen Vorschuß.«

»Einen Vorschuß ... für etwas Bestimmtes? Ich meine, ist
es eilig? Wir haben Samstag nachmittag.«

»Ich glaube, ich kann Ihnen noch einen Trader liefern, aber dafür brauche ich ein Ticket nach Miami.«

Er benötigte ganze zehn Sekunden, um sich zu entscheiden.

»Bis morgen?« sagte er.

Am Sonntag (»morgen«) gegen Mittag betrachtete Ravi Chand meinen zurückgehenden Ausschlag durch ein Vergrößerungsglas, mit heller Lampe und enttäuschter Miene.

»Was ist los?« fragte ich besorgt.

»Aus Ihrer Sicht gar nichts. Aber mir läuft mein Versuchstier davon, obwohl meine Untersuchungen erst zur Hälfte abgeschlossen sind.« Er seufzte. »Jett hat versprochen, daß sie einmal die Woche zur Weiterbehandlung mit Ihnen vorbeikommt. Ich werde publizieren, sobald ich kann.«

»Was ist denn mit den Eigentümern der Herde, bei der ich mich angesteckt habe?« fragte ich schüchtern. »Gehört mein Ausschlag nicht denen?«

»Wer immer die Eigentümer sind, sie benutzen die Herde als lebendes Labor, völlig isoliert von äußeren Einflüssen. Ideal. Sie könnten Millionen mit neuen Pasteurisierungsmethoden verdienen.«

»Wie das?« fragte ich.

»Nach den bestehenden Gesetzen ist Kuhmilch zu pasteurisieren, indem man sie mindestens fünfzehn Sekunden lang auf 71,7 Grad Celsius oder 161 Grad Fahrenheit erhitzt. Mit einem Patent für ein neues Verfahren, das eine geringere Temperatur oder Erhitzungsdauer erfordert, also Energie spart, ließen sich Millionen machen. Darauf sind die aus. Sie haben kein Interesse an einer neuen, für Menschen ansteckenden Krankheit und machen keine Experimente damit. Sonst hätte ein Krankheitsbild wie das Ihre die größte Aufmerksamkeit erregen müssen. Aber der Krankheitsverlauf hat niemanden interessiert. Kurze Inkubationszeit, plötzlicher Ausbruch, schnelle Genesung, das ist schlüssig. Die Krankheit ist neu. Anders. Sie sind ein Fall für sich. Übrigens habe ich Ihre Krankheit uns beiden zu Ehren Mycobacterium paratuberculosis Chand-Stuart X genannt.«

Er drückte mir herzlich die Hand. »Ich kann Sie nicht zu meinen Notizen in den Safe sperren, aber bitte, bitte, lieber Doktor Stuart, lieber Perry, bleiben Sie am Leben, bis ich mein Buch herausbringe.«

Jett holte mich mit ihrem Wagen ab, und Ravi Chand in seinem weißen Kittel stand an der Tür und winkte uns traurig zum Abschied auf Zeit. Bis jetzt war ich nur von Mittwoch bis Sonntag in seiner Obhut gewesen, aber die schnelle (Gott sei Dank heilbare) Chand-Stuart-Infektion harrte bereits in vielen Petrischalen in seinem Labor der weltweiten Anerkennung.

Jett fuhr mich zur Wohnung meiner Großmutter, wo sie vom nächsten Tag an wieder Dienst hatte. Sie schien sich darauf zu freuen, aber für mich bedeutete das das Ende der nun eine Woche lang erlebten Nähe. Jett war mir eindeutig tief unter die wenig anziehende Haut gegangen.

Meine Großmutter, die sich darüber entsetzte, wie dünn ich geworden war, erfreute sich der Gesellschaft von John Rupert, der meinetwegen noch eine Golfpartie verschoben hatte und dabei war, Unwetteranbahnungsverträge im ganzen Zimmer zu verteilen.

Als alles unterschrieben war, gab er meiner Großmutter

die Hand und mir einen auf den Namen einer Kreditkartengesellschaft ausgestellten Riesenscheck für entstehende Unkosten.

»Gültig ab sofort, und es kommt noch mehr«, versprach er, »sobald Geist sich an die erste Seite setzt.«

Als er gegangen war, bat meine Großmutter das diensttuende »liebe Kind«, ihr das Päckchen zu geben, das der Briefträger gestern morgen für mich gebracht hatte. Dem Poststempel nach kam es aus Miami, und dort hatte ich nur einem Menschen die Adresse meiner Großmutter gegeben.

Unwin mit dem gelbzahnigen Grinsen schickte mir das denkbar schönste Geschenk, denn als ich mich durch Meter von Luftpolsterfolie gewühlt hatte, fand ich eine Frischhaltetüte mit einem Brief daran und meiner altvertrauten, verdreckten kleinen Kamera im Innern. Freudig überrascht las ich die beiliegende Notiz:

> Perry,
>   ich habe einen Schwung Leute nach Trox geflogen. Der Boss war eine Frau. Sie sagt, die Insel gehöre ihr. Sie war zum Kotzen. Aber Ihre Kamera hing da, wo Sie gesagt hatten. Da die Fuhre den ganzen Tag so verdammt unhöflich gewesen war, habe ich von dem Fund nichts erzählt.
>
> Alles Gute
> Unwin

Ich erklärte den anderen, woher die Kamera kam, steckte sie zufrieden ein und machte mich daran, telefonisch Kris und Bell aufzuspüren. Ergebnis: Bell war heim nach Newmarket gefahren, wo sie und ihr Vater derzeit inoffiziell den Stallbetrieb bei Loricroft leiteten.

»Es ist alles so furchtbar«, sagte Bell, Tränen zurückdrängend. »Oliver Quigley und Dad haben nur diesen blöden Hefter im Kopf, der noch immer nicht aufgetaucht ist. Heute sind sie beide wieder nach Cheltenham gefahren, während ich hier aufpassen darf. Dad ist halb verrückt vor Aufregung und sagt mir nicht, warum.«

»Wo ist Kris?« fragte ich mitfühlend und erfuhr, er sei im Studio, da er bis Mitternacht das Wetter im Rundfunk ansagen müsse; soviel sie wußte, hatte er vor, in seiner Wohnung zu übernachten.

»Geht's dir besser?« erkundigte sie sich verspätet, und ich dankte ihr und sagte, ich sei als geheilt entlassen worden.

»Was meint er mit Fuhre?« fragte Jett, die Unwins Brief las.

»Die Passagiere«, sagte meine überaus flugerfahrene Großmutter. »Und Perry, wenn wir uns aus dem Take-away etwas zum Abendbrot geholt haben und du unserer lieben Jett van Els nachher gute Nacht gesagt hast, kannst du ruhig hierbleiben und dich auf dem Sofa einmal richtig ausschlafen. Du brauchst nicht nach Hause. Du siehst viel zu tatterig aus für die vielen steilen Treppen.«

Ich widersetzte mich ihr niemals direkt, wußte aber immer die Bedingungen zurechtzubiegen, so daß sie, als ich sie bat, mir ihren warmen edwardianischen Sherlock-Holmes-Umhang mit den tiefen Taschen auszuleihen, lediglich sagte: »Zieh Handschuhe an!« und: »Komm gesund wieder.« Von bösen Vorahnungen war zu meiner Erleichterung keine Rede.

Müde wie sie selbst küßte ich sie auf die Stirn und ließ mich von Jett zur Paddington Station fahren, Ausgangspunkt für die Züge nach Westen, Tummelplatz manisch-depressiver Selbstmordkandidaten (wenn auch nicht Glendas Wahl) und Standort eines guten alten Münzfotokopierers.

Nach einer langen und ergreifenden Gutenachtszene wie aus Romeo und Julia bekannte Jett, noch einmal Ravi Chands ärztliche Meinung eingeholt zu haben, Stand vom Sonntagmorgen.

»Was meint er denn?«

»Noch acht Tage warten.«

Ich hatte schon zu lange gewartet.

»Nach so einem langen Anlauf«, sagte ich, »dürfte unsere Entlobung mindestens fünfzig Jahre dauern.«

Lächelnd, mit glänzenden Augen half sie mir, Veras Laborbefunde zu fotokopieren, und als wir uns zwei kurze Straßen weiter endgültig trennten, hatte ich einen gelbbraunen Hefter mit Vera-Kopien in einer der tiefen Taschen des Umhangs und Veras Originale, von einer Büroklammer zusammengehalten, in der anderen.

Gegen Mitternacht oder kurz danach stand ich bei Kris auf der Matte und wartete wie der Zipalong-Kurier auf die Heimkehr des Wetterpropheten.

Den Schlüssel in der Hand blieb er stehen, überrascht, mich um die Zeit dort zu sehen.

»Ich habe mich ausgesperrt«, sagte ich achselzuckend. »Kann ich bei dir übernachten?«

Er sah auf seine Uhr. »Okay«, meinte er ohne große Begeisterung, aber er hatte oft genug um Mitternacht bei mir vor der Tür gestanden.

»Komm rein«, sagte er. »Zieh die Joppe aus. Du siehst miserabel aus. Tee oder Kaffee?«

Ich sagte, mir sei zu kalt, um den Mantel abzulegen. Er setzte Wasser auf und klapperte mit den Tassen.

»Was immer du dem Zipalong-Kurier nach Newmarket mitgegeben hast«, sagte ich ein wenig lächelnd, »es war nicht das, was Glenda George gestohlen hat.«

Er machte große Augen. »Woher zum Teufel weißt du das?«

»Nun, wer außer dir hätte dafür sorgen können, daß der Motorradkurier zur rechten Zeit bei Quigley ankam? Du hast den armen Mann mit Toast gefüttert und ihn sonstwie aufgehalten, bis du sicher warst, daß er erst ankam, wenn Quigley unterwegs nach Cheltenham war.«

»Ich wollte dem alten Hektiker nur einen Streich spielen«, meinte Kris lachend.

Ich nickte. »Er fordert den Spott heraus.«

»Glenda«, sagte Kris, »hat uns den ganzen Donnerstag damit verrückt gemacht, daß sie einen Stoß Unterlagen von George hätte, die bewiesen, daß er ein elender Verräter sei. Wir konnten es nicht mehr hören. Dann rief Oliver an, und er und Glenda haben sich fürchterlich gezankt. Sie hätte da eine Liste von Pferden mitgehen lassen, die in Deutschland laufen sollten, sagte er, und die Liste gehöre ihm, Oliver, und er wolle sie zurückhaben.«

»Aber du hast sie ihm nicht zurückgeschickt«, sagte ich.

»Hm, stimmt.« Er grinste. »Deswegen ist er ganz schön ausgeflippt, der gute Oliver.«

»Was hast du den Kurier denn nach Newmarket bringen lassen?«

»Eine Pferdeliste. Zusammengestellt aus Zeitungsausschnitten. Was sonst?«

»Hast du die Liste gelesen, die du ihm eigentlich schikken solltest?«

»Woher denn?« sagte Kris. »Die ist ganz auf deutsch.«

»Zeig mal«, bat ich ihn.

Er nickte, ging bereitwillig in sein spartanisches Schlafzimmer, öffnete eine Schublade und zog einen gewöhnlichen gelbbraunen Hefter unter seinen Socken hervor. Völlig unbefangen gab er ihn mir, und ein kurzer Blick hinein bestätigte meine Vermutung. Andere Briefe als in dem Hefter auf Trox, aber zu demselben Zweck.

»Bitte sehr«, sagte Kris, »Liebesbriefe, dachte Glenda. Aber es sind wirklich nur Aufstellungen von Pferden. Siehst du das Wort da?« Er zeigte hin. »Das heißt Rennpferde.«

Das deutsche Wort, auf das er zeigte, war Pferderennbahn.

»Fast«, widersprach ich mild; »es heißt Rennbahn.«

»So? Na und?«

»Und, ehm«, sagte ich, »wer hat denn bei Oliver auf den Kurier gewartet, um das Päckchen in Empfang zu nehmen?«

»Rate mal.«

»Wenn ich raten muß ... Robin Darcy?«

»Du bist schlauer, als gut für dich ist.«

»Du und Robin seid Freunde, und er hat im Bedford Hotel gewohnt, das, wie ich hörte, keine hundert Meter von Quigleys Stall entfernt ist. Wer käme also eher in Frage? Das war nicht schlau, sondern naheliegend.«

»Na klar ... also, das sollte nur ein Streich sein. Wie bist du drauf gekommen?«

»Du hast uns erzählt, Robin sei am Dienstag zurück nach Miami... Zufällig hab ich mit dem Hotel telefoniert, und sie sagten mir, er sei gestern abgereist. Egal. Was hältst du davon, wenn wir die Briefe aus Deutschland fotokopieren? Hier im Bahnhof Paddington geht das im Nu, und wenn du Oliver dann zeigst, daß seine kostbare Liste gerettet ist, sollst du mal sehen, was er für ein Gesicht macht. Kopien anzufertigen empfiehlt sich immer. Wenn Oliver dich wegen des Verlusts der Originale verklagen würde, wäre das katastrophal.«

Kris gähnte, seufzte und stimmte zu.

»Ich tu das für dich, wenn du willst«, sagte ich.

»Es ist wohl besser, wenn ich mitkomme. Los, bringen wir es hinter uns.«

»Gut.«

Ich nahm den Hefter, raffte mehr Kräfte zusammen, als ich zu haben meinte, trat aus Kris' Schlafzimmer, ging den Flur entlang und zur Haustür hinaus, ohne mich umzudrehen, und summte ein fröhliches Marschlied, als wäre das Ganze ein Spaziergang.

Hinter mir hörte ich Kris unschlüssig »hm« sagen, aber es war nicht weit, und mein Schwung trug uns bis zum Bahnhof hin.

Während Kris auf meine Bitte Kleingeld für den Apparat besorgte, machte ich schnell meine Kopien und legte für jedermann und insbesondere für Kris gut sichtbar ein deutsch beschriebenes Blatt obenauf. Auf dem Rückweg zu seiner Wohnung hielt ich unter Großmutters Umhang einen Hefter in der Hand, und Kris hielt Glendas Hefter an seine Brust gedrückt.

Der Schwung verließ uns beide, und wir froren plötzlich in der Nacht, als Kris unsicher sagte: »Hoffentlich hat Robin nichts gegen die Kopien. Jedenfalls kommt er den Hefter gleich abholen. Nach eins, hat er gesagt, wenn ich vom Dienst zurück bin.«

»Ich denke, er ist in Miami«, sagte ich, nun meinerseits unsicher.

»Nein, er fliegt morgen. Ich glaube, er hat umdisponiert.« Er sah erneut auf seine Armbanduhr. »Er wird wohl bald hier sein.«

»Wirklich?«

Das gefiel mir nicht. Ich brauchte einen geordneten Rückzug und wollte in Frieden gehen.

Kris lief vor mir her und schien plötzlich stärkere Zweifel zu haben, machte dann aber ebenso plötzlich ein paar schnelle Schritte und sagte: »Ich weiß nicht...«, dann rief er erfreut: »Da ist er ja!« und zeigte mit dem Finger nach vorn. »Sagen wir ihm Bescheid...«

Ich blieb stehen, hörte nicht mehr zu, drehte mich auf dem Absatz um und eilte in paratuberkulös gebremstem Laufschritt zurück in Richtung Bahnhof.

Es war wieder einmal an der Zeit, eins von meinen neunundzwanzig Leben zu opfern.

Kris konnte zwar immer schon schneller laufen als ich, aber nicht so schnell wie ein daherkommendes Taxi, dessen Fahrer in der Überzeugung anhielt, einen Passanten vor Straßenräubern retten zu müssen. Als ich mich holterdipolter in seinen Wagen gezwängt hatte, bog er auf zwei Reifen in eine Querstraße ein, und wir sahen noch, wie die beiden Männer aufhörten, mir nachzulaufen, kurz vor Kris'

Wohnung stehenblieben, die Arme in die Hüften stemmten und, ihrer Beute beraubt, hinter mir her schauten. Unter der Straßenbeleuchtung blitzte das dicke dunkle Brillengestell im runden Gesicht des unverwechselbaren, gedrungenen Robin. Hinter ihm stand die große blonde, gefrustete nordische Göttergestalt.

Kris hielt immer noch Glendas lederbraunen Hefter, nur daß der jetzt keine gefährlichen Bestellungen auf deutsch mehr enthielt, sondern die mit Jetts Hilfe verfertigten Kopien von Veras Bericht über die strahlenkranke Stute im Institut zur Erforschung von Krankheiten beim Pferd.

In einer Manteltasche trug ich wie gehabt Veras Originale, und in der anderen ein echtes Geschenk der Unified Trading an die Menschheit, Loricrofts Vermächtnis über das Wo, Wann, Wieviel und Wie stark von erhältlichem U-235 und Pu-239.

Der Taxifahrer fragte mich, wo ich hin wollte, was ich nicht wörtlich nahm, sonst hätte ich antworten müssen, ins Bett mit Jett, warm, lieb und gesund. Statt dessen ließ ich mich einmal um den Block und zurück zum Bahnhof fahren, wo es immerhin so warme Plätzchen gab, daß man nicht völlig zu verzweifeln brauchte.

Ich setzte mich auf eine Bank im Wartesaal, teilte die Vorhölle mit normalen Reisenden und unbehausten Hungerleidern.

Meine unbedachte Reaktion, vor Kris und Robin wegzulaufen, war bei näherer Betrachtung dumm und ließ sich kaum jemals angemessen erklären oder entschuldigen. Die Flucht war ein Kurzschluß gewesen. Sicher, ich hatte ungesetzliche Angebote und Bestellungen in der Tasche, vernichtendes Beweismaterial, aber Beweise gegen wen? Wem sollte ich den Hefter geben? Jemandem, der eine Sprosse über John Rupert stand? Wie kam ich denn an den heran? Und wer mochte das sein?

Lange dachte ich über die Rätselsprüche nach, die mir übermittelt worden waren.

Kommen Sie in aller Ruhe zum Ziel.

Sehen Sie sich, was Sie herausbekommen, von der Seite an.

Ich hatte beides nicht getan.

Wenn es einen Weg durchs Labyrinth gab – wenn es ein Labyrinth gab –, lag des Rätsels Lösung darin, daß man hinaustrat oder daß man tiefer hineintauchte?

Der Hefter mit den Vera-Kopien hätte sich als Versuch, Oliver Quigley noch etwas mehr zu ärgern, erklären lassen. Ich hatte das mit Lachen abtun wollen und hätte es damit abtun können. Warum war ich vor Robin weggelaufen?

Schließlich führte ich die Flucht auf einen Fiebertraum zurück, in dem Robin und Kris Hand in Hand beieinanderstanden und mich auf Schußweite heranwinkten, um meinem Leben ein Ende zu setzen. Unbewußt hatte ich sie von da an als Verbündete betrachtet, ohne jedoch Kris wirklich ruchloser Verbrechen für fähig zu halten. Aber daß man zwei gegensätzliche Ansichten zugleich hegt, ist natürlich gang und gäbe, man denke nur an Leute, die über die Reichen schimpfen, aber jede Woche Lotto spielen in der Hoffnung, das zu werden, was sie angeblich verabscheuen.

Die Dinge von der Seite betrachten... Was hieß das nun?

Ich versuchte es mit einem Seitenblick auf Trox. Auf Pilze, Vieh und internationale Anarchie.

Betrachtete Odin von der Seite...

Schlief ein.

Als ich gegen sechs aufwachte, stellte ich fest, daß mein schlummernder Verstand ergründet hatte, was mit dem Seitenblick gemeint war. Von der Seite, dachte ich gähnend, hieß im Schlaf.

Niemand hatte mich während der vier oder fünf Stunden, die ich in meiner Kuschelecke verbrachte, gestört, aber ein kurzer Blick in einen als Bierreklame verkleideten Spiegel an der Wand zeigte mir, daß zwar der Ausschlag in meinem Gesicht auf braunrosa Flecke reduziert war, aber dafür sahen meine verquollenen Augen wie Zwiebeln aus und mein unrasiertes Kinn wie ein Stoppelfeld in Schwarz. In der Annahme, niemand würde meine gepflegte Person mit diesem Wrack in Verbindung bringen, ließ ich alles so und sah die Taschen des Sherlock-Holmes-Capes meiner Großmutter durch, die ich am Abend vorher vollgestopft hatte.

Neben dem Hefter mit Loricrofts deutschen Briefen und den Kopien enthielten sie vor allem Veras Originale, meine Kamera und meine Brieftasche. Die Kamera war troxverdreckt, aber in der Brieftasche steckten immerhin Paß, Kreditkarten, Schecks, Telefonkarte, ein internationaler Führerschein und ein Batzen Geld, das ich von Jett geborgt hatte.

Ein Fotogeschäft in der Nähe brüstete sich, ab acht Uhr »Paßfotos sofort« zu liefern. Sowie dort das Licht anging, klopfte ich an, und der vergammelte Teenager hinter der Theke, dem ich nicht allzuviel zutraute, überraschte mich damit, daß sein Interesse sichtlich erwachte, als ich ihn fragte, wo man um diese Zeit schon Tüftelarbeit erledigen lassen könne. Er sah auf die Kamera und betrachtete mich dann näher.

»Mann, sind Sie nicht Perry Stuart?« sagte er. »Mit Ihrem Gesicht stimmt was nicht, oder?«

»Das wird schon wieder«, sagte ich.

»Ich kann Ihnen einen Rasierer leihen«, bot er an, während er zerstreut mit einem Bleistift an dem Fotoapparat herumbohrte. »Wollen Sie wissen, ob unter dem Siff noch brauchbare Aufnahmen sind?«

»Kennen Sie jemanden, der das nachsehen kann?«

»Ich bitte Sie!« Er faßte die Frage als Kränkung auf. »Vier Jahre Abendschule hab ich gemacht, um den Beruf zu lernen. Kommen Sie in einer Stunde wieder. Ist mir eine Ehre, für Sie zu arbeiten, Mr. Stuart. Ich werde mein Bestes tun.«

Meine Erwartungen sanken. Nachlässige Sprache, große Sprüche. Ich wünschte, ich wäre woanders hingegangen.

Aber ein bekanntes Gesicht bringt mehr Vorteile als Nachteile mit sich. Als ich nach einer Stunde wiederkam, erwartete mich ein mit Tuch ausgelegtes Tablett mit einer Kanne Kaffee, einem Korb warmer Brötchen und vielen anderen Annehmlichkeiten. Sogar ein sauberer Rasierapparat in einer zur Manschette gefalteten Papierserviette war dabei. Ich dankte dem Verkäufer für sein Entgegenkommen und bekam dann in allen Einzelheiten erzählt, wie man Negative aus einem Kuhfladengrab rettet.

Ich aß, rasierte mich, bewunderte aufrichtig sein Geschick. Ich sah ihm zu, wie er meisterhafte Farbabzüge anfertigte, und ich schrieb ihm Autogramme im Dutzend, da er keine andere Bezahlung annehmen wollte. Er heiße Jason Wells, sagte er. Sprachlos gab ich ihm die Hand und bat um ein Kärtchen mit seiner Adresse.

»Der Laden gehört meinem Onkel«, sagte er. »Irgendwann zieh ich selber einen auf. Darf ich ein Foto von Ihnen machen, damit ich es an die Wand hängen kann?«

Er knipste drauflos, und das genügte ihm offenbar völlig als Lohn für die sechsunddreißig sauberen Negative und die herrlichen Vergrößerungen, die ich schließlich mitnahm.

12

Irgendwie weckten die Schwärmerei und der Respekt, die sich auf Jason Wells' unfertigem Gesicht spiegelten, zusammen mit seiner professionellen und selbstvergessenen Arbeitsweise in mir wieder das Selbstwertgefühl, das während der fürchterlich kräftezehrenden Krankheit so am Boden gelegen hatte, daß mein an zehntausend Umdrehungen pro Minute gewohnter Verstand Tage und Wochen damit vergeudet hatte, nach Eins waagerecht zu suchen.

Jason Wells fand für sich ein vergammeltes Aussehen vielleicht ganz in Ordnung, aber zu meiner gewohnten Bildschirmpersönlichkeit paßte es nicht. Zeit, daß diese Bildschirmpersönlichkeit das Heft in die Hand nahm, entschied ich.

Der großartige Tweedumhang meiner Großmutter war nicht nur edwardianisch, er war klasse; er hatte Format. Mein glattrasiertes Kinn sah schon viel besser aus. Meine gekämmten Haare fielen ganz von selbst nach ihrer aus dem Fernsehen bekannten Fasson. In einer Drogerie kaufte ich Kosmetika und bei einem Herrenausstatter Hemd, Schlips und Hose, um gebügelt auszusehen. Ich kaufte eine Businesstasche, in die alles reinging, und bei Jason Wells noch Filme, eine neue Kamera und einen Satz Batterien.

Danach brauchte ich mich nur noch gerade hinzustellen,

288

meinen Namen zu nennen, meine Wünsche zu äußern und bitte zu sagen. Auch wenn ich mich dabei noch unangenehm schlapp fühlte. In den zermürbenden letzten Wochen hatte ich vergessen, wie weit mein Arm reichte.

»Ich brauche einen Zug zum Flughafen Heathrow«, sagte ich.

»Selbstverständlich, Dr. Stuart, bitte hier entlang. Der Heathrow Express fährt von hier ohne Zwischenhalt direkt zum Flughafen und ist in fünfzehn Minuten dort.«

»Ich möchte nach Miami fliegen.«

»Selbstverständlich, Dr. Stuart. First class doch sicher?«

»Ich muß diesen Scheck bei meiner Kreditkartenfirma einreichen, damit ich bis zu meiner Rückkehr bei Kasse bin.«

»Selbstverständlich, Dr. Stuart, die Kreditkartenfirma wird umgehend jemanden in die First-class-Lounge schicken, um das zu regeln. Und natürlich brauchen Sie auch ein paar Dollar.«

»Ich würde gern vor dem Abflug duschen.«

»Selbstverständlich, Dr. Stuart. Unsere Sonderservice-Abteilung wird sich um alle Ihre Wünsche kümmern.«

»Ich muß meinen Verleger in Kensington anrufen und möchte gern einen Raum für eine geschäftliche Verabredung reservieren.«

»Überhaupt kein Problem, Dr. Stuart. Unser Konferenzzentrum ist in der Executive Club Lounge.«

Verwöhnt in jeder Hinsicht, landete ich unweigerlich vor einem Fernseher. Und natürlich, wie konnte es anders sein, hatte jemand einen Sender eingestellt, der zeigte, welches Wetter auf der anderen Seite des Atlantiks bevorstand.

»In Miami wird's wohl stürmisch, Dr. Stuart«, sagte man mir fröhlich nickend. Es wurde als selbstverständlich angesehen, daß schlechtes Wetter der Grund für meine Reise war, dabei hatte ich erst durch meinen letzten Anruf beim Wetteramt erfahren, daß in den nächsten fünf Tagen mit Problemen zu rechnen war.

Heathrows aktuellstem und genauestem Wetterbericht konnte ich entnehmen, daß sich in der Karibik so spät in der Saison möglicherweise noch ein schwaches Tief ausbildete. Entwickelte es sich wirklich, würde es als tropischer Sturm Sheila bezeichnet werden.

Nach dem momentanen Luftdruckstand von 1002 Millibar sah es aus, als würde das Ganze verpuffen, aber das war vor gar nicht langer Zeit auch bei Odin so gewesen.

Ein Ansager erklärte gerade, wie die modernen Methoden der Unwettervorhersage Geld sparen und Leben retten halfen. Bereitschaft könne zwar einen Sturm nicht abwenden, aber doch die Auswirkungen lindern. Voraussicht sei von unschätzbarem Wert.

Ein weltmüder Geschäftsmann, Gin-Glas mit Eis in der Hand, beäugte zynisch die echten Errungenschaften der Wetterbeobachtung und meinte gelangweilt: »Sonst was Neues?«

Doppler-Radar war neu, dachte ich, und neue Satelliten waren entwickelt worden, und Computer erstellten 3-D-Modelle... und es gab närrische Hurrikanflieger, die in das Auge des Wirbelsturms vorstießen und dabei fast ertranken. All diese enormen Anstrengungen waren unternommen worden, damit gelangweilte, zynische Geschäftsleute im Trockenen ihren Gin-Tonic trinken konnten.

Der Sonderservice holte mich ab, offerierte Sessel, Eß-
bares, Zeitungen mit Kreuzworträtseln, Anrufe ins Londoner Stadtgebiet. Ich drückte die Telefonnummer meiner
Großmutter und bekam, fast hatte ich es gehofft, Jett an den
Apparat, die für eine Woche wieder dort war und erleichtert schien, meine Stimme zu hören.

»Wo bist du gestern abend hin?« fragte sie besorgt. »Kris
sagt, er hat dich überall gesucht. Ich habe vor zehn Minuten noch mit ihm telefoniert. Er dachte, du seist vielleicht
hier.«

»Und er war bestimmt nicht gut auf mich zu sprechen«,
meinte ich bedauernd.

»Ich hätte es dir nicht gesagt, aber es stimmt, er war sehr,
sehr verärgert. Wo bist du denn jetzt?«

Ich dachte: Wenn ich durch einen Hurrikan schwimmen
kann, finde ich auch einen Weg durchs Labyrinth. Mir
dämmerte langsam, wo der Weg hinführte, und ich fühlte
mich zu jeder Schandtat bereit und leicht im Kopf.

»Wart auf mich«, sagte ich lächelnd, »laß alle anderen
sausen...«

»Sehen wir mal.«

»Bleib mir treu.« Was zum Teufel, dachte ich, hab ich
denn jetzt gesagt?

»Solange wir leben? Weißt du, woraus du da zitierst?«

Diesmal antwortete ich ihr voll Überzeugung: »In guten
wie in schlechten Tagen.«

»Ehrlich?« fragte sie unsicher. »Oder ist das nur ein
Scherz?«

»Montagmorgens macht man keine Witze übers Heiraten. Nein oder ja?«

»Wenn das so ist... ja.«

»Gut! Sag meiner Großmutter, daß es für immer ist... und, ehm... wenn ich das Kreuzworträtsel löse, komme ich im Lauf der Woche zurück.«

»Perry! War das alles? So geht das nicht.«

»Paßt auf euch auf, ihr beiden«, sagte ich und legte den Hörer auf, als sie protestierend »Perry!« sagte, weil sie noch reden wollte.

War es mir ernst damit? überlegte ich wirr. Konnte man wirklich hingehen und montagmorgens einfach so um die Hand einer Frau anhalten? War das eine dumme Laune oder etwas Endgültiges? Solche Launen, die scheinbar aus dem Nichts kamen, sagte ich mir, waren in Wirklichkeit gar keine Launen, sondern bereits getroffene Entscheidungen, die auf eine Gelegenheit warteten, ausgesprochen zu werden.

Während ich einer Morgenphantasie mit Jett nachhing, kamen John Rupert und Geist nach Heathrow, fanden mich im Konferenzzentrum und waren, nach ihren Gesichtern zu urteilen, weder auf die Klasse von Großmutters Umhang gefaßt noch auf die Präsentabilität, Entschlossenheit und neubelebte Willenskraft von Stuart, P.

Ich lächelte. Was glaubten sie denn, wie ich die Karriereleiter emporgestiegen war? Und à propos Leitern, waren mein Verleger und mein Ghostwriter auf dem Weg nach oben oder nach unten?

Am Telefon hatte ich ihnen interessantes Material versprochen, wenn sie zum Terminal 4 kämen, und als sie eintrafen, gab ich ihnen die deutschen Bestellungen und Rechnungen sowie Kopien davon, die ich auf den Apparaten ringsherum frisch angefertigt hatte.

Ich sagte: »Mit den Fotokopien allein könnte man Oliver Quigley und Caspar Harvey, die Trader, die Tag und Nacht nach dem Material suchen, zur Raserei bringen. Die Originale sind die gesammelten Werke des verblichenen Traders George Loricroft. Es handelt sich um Bestellungen, die er vorwiegend auf deutschen Rennbahnen von Kunden entgegengenommen hat, mit denen er zu diesem Zweck dort verabredet war. Wäre er nicht gestorben, hätte er die Bestellungen der Reihe nach Personen zugeleitet, die sie entweder selbst ausführen oder zur Ausführung an Dritte weitergeben konnten. Ich nehme an, der Inhalt dieser Hefter ändert sich ständig – manchmal wird die Ware knapp sein, aber hier haben wir immerhin vierzehn Bestellungen.« Ich hielt kurz inne. »Belladonna Harvey«, sagte ich, »weiß nicht, was da gespielt wird. Auch mein Arbeitskollege Kris Ironside nicht. Wenn Sie Einfluß haben auf diejenigen, deren Sache es ist, den Trader-Ring zu zerschlagen, sorgen Sie nach Möglichkeit bitte dafür, daß die beiden keine Schwierigkeiten bekommen.«

Meine »Kontakte« sagten, sie würden es versuchen, aber ich nahm an, selbst wenn es ihnen gelang, hatte ich ein für allemal zwei Freunde verloren.

Ich betrachtete John Rupert und Geist mit Respekt und wachsender Zuneigung. Nur wenige Menschen opferten ihre Zeit wie sie, indem sie unbemerkt ein Doppelleben führten. Als hegte er ähnliche Gefühle auch für mich, sagte Geist auf einmal, er hoffe, wir kämen eines Tages wirklich dazu, das Unwetterbuch zu schreiben.

»Das solltet ihr auch, bei dem Riesenvorschuß«, meinte John Rupert ironisch.

Aus einem plötzlichen Drang heraus brach Geist alle Regeln der Geheimhaltung. »Perry«, sagte er, sein Gesicht voll persönlicher Sympathie und beruflicher Indiskretion, »machen Sie sich keine Gedanken. Ihre Freunde werden sehr wahrscheinlich nicht belangt. Auch Harvey und Quigley nicht, es sei denn, sie machen eine Dummheit. Unser Dienstvorgesetzter hat beschlossen, die beiden zwecks Neuanfang zu lassen, wo sie sind. Eigentlich geht es uns bei der Trading Company um das, was Sie uns hier geliefert haben, die schriftlichen Aufstellungen des Materials, für das sie Anbieter oder Kunden haben. Bekommen wir eine solche Liste in die Hand – Ihre hier ist reines Gold –, dann leiten wir die einzelnen Bestellungen, die Bestandteile des Pakets an unsere Kollegen in Deutschland weiter oder wo die Sache nun läuft, und die schlagen zu, lassen den Laden hochgehen oder tun, was immer sie für richtig halten. Wir, John Rupert und ich und einige andere, sehen es als unsere Aufgabe an, Trader (oder wie sie sich dieser Tage gerade nennen) zu identifizieren und ihnen, wenn sie identifiziert sind, ihre Bestellungen oder Kopien davon abzuluchsen, nach Möglichkeit, ohne daß sie es merken. Sehr oft lassen wir die Mittler unbehelligt, damit wir uns noch einmal an sie halten können. Die deutschen Briefe, die Sie da entdeckt haben, werden ihre Schreiber, die Anbieter und Kaufinteressenten, vor Gericht bringen oder aus dem Geschäft werfen, zum Teil auch gewaltsam, und das angebotene Material kommt unter Verschluß. Belege zu sammeln wie die, die Sie uns hier überlassen haben, das ist unser Job. So vereiteln wir Waffengewalt schon im Stadium der Planung. Man kann keine Atombombe bauen, wenn man nicht an die heiße Ware herankommt.«

Er schwieg, aber nicht aus Bedauern darüber, daß er geredet hatte, eher aus Befriedigung.

John Rupert, von dem ich eigentlich erwartet hätte, er würde eine solche Offenherzigkeit mißbilligen oder versuchen, sie mit dem Hinweis auf die Geheimhaltungspflicht zu unterbinden – sogar John Rupert nickte beifällig.

»Sie sehen also, daß wir mehr über Uran und das alles wissen, als wir zugeben«, gestand er. »Wir schützen uns durch vorgeschützte Unkenntnis. Wir wollten Sie schon am Freitag im Krankenhaus einweihen. Unser Dienstvorgesetzter wird nicht darüber erbaut sein, daß wir es getan haben.«

»Verschweigen Sie es ihm«, sagte ich.

Ich drückte ihnen nacheinander die Hand, warm und verbindlich.

John Rupert sagte: »Was uns immer interessiert, sind brandheiße Briefe wie die in dem Hefter, der Sie damals zu uns geführt hat. Die vielen fremden Sprachen!«

»Diese Briefe sind unseres Wissens noch nicht wiederaufgetaucht«, sagte Geist. »Die müssen so heikel sein, daß sie jemand unter Verschluß hält. Würde mich nicht wundern, wenn die genau wieder da wären, wo sie gewesen sind.«

John Rupert konnte darüber nicht lachen. Ohne darauf einzugehen, sagte er: »Die Regierungen in Rußland, Deutschland und natürlich noch in vielen anderen Ländern haben mit dem internationalen Terrorismus zu kämpfen, und sie verurteilen den Staatsterrorismus. Die Informationen, die wir ihnen schicken, sind ihnen willkommen. Wir wissen nie genau, welche Sabotage, welche Erpressung wir damit verhindern, doch man weiß sich bei uns zu bedanken.«

»Aber«, wandte Geist ein, »erinnern Sie sich an den Mann in den Everglades, von dem wir Ihnen erzählt haben...«

»Der erschossen wurde, weil er zu viel gesehen hatte?«

»Genau«, sagte Geist. »Den kannten wir. Seien Sie also auf der Hut, Perry. Die Mittelsleute sind zwar nicht immer gefährlich, wie Sie wissen, aber die eigentlichen Bombenhändler, diejenigen, die das angereicherte Uran selbst anfordern, die sind es fast immer.«

Bevor ich irgend etwas versprechen konnte, holte mich netterweise der Mann vom Sonderservice ab, trug im Laufschritt meine Reisetasche vor mir her und sagte, außer mir seien bereits alle Passagiere an Bord des Flugzeugs.

Ich winkte John Rupert und meinem Ghostwriter kurz zu. Sie hatten meine Vermutungen voll und ganz bestätigt. Die Trader waren Mittelsleute, und Leute wie John Rupert und Geist hatten die Aufgabe, an die Mittelsleute heranzukommen. Ich tauchte in das brummende Motorengeräusch des beinah vollbesetzten Flugzeugs ein, sah die vielsagenden Blicke, die Rippenstöße, die umgingen, und fragte mich, wieviel Millionen Jahre wohl die Halbwertzeit eines Mittelsleutejägers betrug.

Der Sonderservice hatte sich selbst übertroffen, indem er dafür sorgte, daß in Miami ein Mietwagen für mich bereitstand, und der hatte als zusätzliches unverhofftes Plus dann auch noch ein sprechendes Navigationssystem. »An der nächsten Kreuzung geht es links ab zum Federal Highway nach Sand Dollar Beach...«

Ich spielte an den Knöpfen des Radios und fand einen Sender, der mit dem kommenden Wetter befaßt war.

Unerhört schnell ratterte der Sprecher drauflos: »Ein Nachlassen und eine Richtungsänderung der Höhenwinde über der westlichen Karibik haben zu einer Stärkung des weiter östlich liegenden Tiefs geführt, das, wie wir soeben erfahren, jetzt offiziell als tropischer Sturm Sheila bezeichnet wird, mit Durchschnittswinden von über achtzig Stundenkilometern. Die Koordinaten von Sheila waren heute nachmittag um 16 Uhr östlicher Standardzeit 16 Grad Nord, 78 West; sie zieht mit etwa 15 Kilometern die Stunde in nordwestlicher Richtung. Nach diesem Überblick nun zum Regionalwetter...«

Es hörte sich an, als wollte der Sprecher den Wetterbericht möglichst rasch hinter sich bringen, um wieder zur Werbung zu gelangen, die als Einnahmequelle des Senders freilich wichtiger war als das Aufziehen irgendwelcher Sturmböen.

Nach den genannten Koordinaten lag Sheila gut 600 Kilometer südöstlich von Grand Cayman; da brauchten Michael und Amy Ford noch keine Sperrholzplatten zur Seewasserabwehr an ihr Riesenhaus zu nageln.

Ich schaltete zurück.

»Bleiben Sie auf dem Federal Highway bis zur nächsten Kreuzung, und biegen Sie an der ersten Ausfahrt dahinter links ab...«

Der Wagen brachte mich zur richtigen Straße, und mein Zahlengedächtnis brachte mich zu Robin Darcys feudalem Haus.

Inzwischen war es dunkel. Ich drückte auf die Klingel mit dem Gefühl, in einen Abgrund zu springen.

Nicht Robin kam an die mittelalterlich massive Haustür.

Es war Evelyn, die – schlank in bodenlangem Schwarz und mit langen farbigen und weißen Perlenketten geschmückt – offensichtlich jemand anders erwartet hatte. Ihr Begrüßungslächeln gefror zu einem scharfen Blick, mit dem sie mich vom Scheitel bis zur Sohle musterte, während sie sich widerwillig eingestand, daß sie wußte, wer ich war, und daß sie mich vor drei Wochen in ihrem Haus zu Gast gehabt hatte, so leid ihr das jetzt tat. »Perry Stuart«, sagte sie vorwurfsvoll, »weshalb sind Sie hier? Robin erwartet Sie doch sicher nicht.«

Robin selbst erschien, eingerahmt von einer Flügeltür, auf der anderen Seite der marmorgefliesten Diele. Er war ganz ruhig, keine Spur von der Aufregung, mit der man einen gerngesehenen Gast empfängt.

»Ja«, sagte er leise. »Perry Stuart. Doch, ich habe Sie erwartet. Vielleicht nicht heute abend, vielleicht morgen, aber erwartet schon. Wie sind Sie hergekommen?«

»British Airways und Hertz«, sagte ich. »Und Sie?«

Er lächelte schwach. »Kommen Sie herein«, sagte er. »American Airlines und Frau.«

Ich trat in die Mitte der Diele und blieb unter dem brennenden Kronleuchter stehen. Geradeaus lag, wie ich mich erinnerte, das Wohnzimmer, dahinter die Terrasse, wo wir abends gesessen hatten, und dahinter der Pool. Das Zimmer, in dem ich geschlafen hatte, lag rechts von mir. Robin und Evelyn bewohnten unbekannte Regionen auf der linken Seite, wo sich auch die überdimensionale Küche befand und ganz am Ende das Zimmer von Kris.

»Also?« fragte Darcy.

Hinter mir entsicherte Evelyn unüberhörbar eine Pistole.

298

»Erschieß ihn nicht«, sagte Darcy seelenruhig. »Das wäre unklug.«

»Aber ist er nicht der – ?«

»Ist er, aber tot nützt er uns nicht viel.«

Ich trug das neue weiße Hemd und dunkelgraue Hosen, aber nicht den edwardianischen Mantel und sah alles in allem so aus wie bei Caspar Harveys Sonntagsessen.

Robin wiederum, bürgerlich, rundlich, unscheinbar, Robin mit den schwachen Augen hinter der eulenhaften Brille sah aus, als wäre der gewerbliche Anbau von Rasenflächen, den er betrieb, sein ganzer Lebensinhalt.

Ich stand still unter dem Kronleuchter und dachte bei mir, wenn seine Neugier nicht so stark sein sollte, daß er mich am Leben ließ, hätte ich mich bös verrechnet. Nach einigen angespannten Augenblicken ging er an mir vorbei zu seiner Frau, und wenn ich auch ein unfreiwilliges Schlucken nicht ganz vermeiden konnte, gelang es mir doch, stillzuhalten und zu schweigen.

»Hm«, meinte er. »Unbeeindruckt von Schußwaffen.« Er stellte sich vor mich hin, hielt die Pistole locker in der Hand und nahm das Magazin heraus. »Was geht in Ihnen vor«, fragte er sichtlich interessiert, »wenn Sie nicht sicher sind, ob der nächste Augenblick vielleicht Ihr letzter ist? Ich habe Sie schon zweimal so regungslos erlebt.«

»Versteinerung«, sagte ich. »Furcht.«

Er zuckte mit den Lippen und schüttelte den Kopf. »Für mich nicht. Was zu trinken?«

Evelyn machte eine abwehrende Geste, aber Robin drehte sich um und ging ins Wohnzimmer, wo eine geöffnete Flasche Champagner neben vier Kristallgläsern stand.

»Da Sie gestern nacht in London vor mir weggelaufen sind«, sagte er zu mir, als ich hinter ihm her kam, »oder vielmehr heute früh, darf ich wohl annehmen, daß Sie gekommen sind, um sich zu entschuldigen und das herauszurücken, was Kris mir geben wollte.«

Ich kostete den Champagner, trocken, aber zu prickelnd. Ich setzte das Sektglas ab. »Davon sollten Sie vielleicht nicht ausgehen.«

»Er muß weg«, drängte Evelyn mit einem Blick auf ihre Armbanduhr.

Robin sah ebenfalls auf die Uhr und sagte mit einem Nicken zu Evelyn: »Klar, Liebes, du hast recht«, und zu mir: »Können Sie morgen wiederkommen, um die gleiche Zeit?«

Es hörte sich nach einer ganz normalen Einladung an. Ich fragte mich, wer von uns beiden mehr hinterm Berg hielt und gutgläubiger aussah.

Evelyn komplimentierte mich sogleich zur Haustür. Robin, nach dem ich mich umdrehte, beobachtete meinen Abgang mit ausdruckslosen Augen. Was immer er mir sagen wollte, es ging nicht im Beisein seiner Frau.

Als die Tür hinter mir ins Schloß gefallen war, stieg ich draußen an der warmen Nachtluft wieder in den Mietwagen, fuhr damit zum nächsten noch belebten Einkaufszentrum, stellte ihn vor einem Großkino ab und ging zu Fuß das kurze Stück zurück zum Haus der Darcys.

Helles Licht beschien jetzt die Einfahrt und die massive Tür. Ich wartete versteckt im dichten Grün auf der anderen Straßenseite, so nah wie möglich am Haus, und wußte, die erwarteten Gäste konnten Fremde sein, hoffte aber, nachdem Evelyn so gedrängt hatte, auf das Gegenteil.

Evelyn die Perlige hatte mit ihrer Armbanduhr wunderbar deutliche Signale gesetzt, und Robin mit den vier Sektgläsern hatte ihr darin nicht nachgestanden, doch sie hatten nur die halbe Geschichte erzählt. Als die Gäste kamen, empfingen Evelyn und Robin sie gemeinsam an der hell erleuchteten Tür.

Die Gäste, ein unverwechselbares Paar, waren Michael Ford und Amy. Evelyn und Robin begrüßten sie überschwenglich, und ihr Fahrer, ein Mann mit schwarzer Baseballmütze, stieg lautlos aus der langen Limousine, um nicht weit von da, wo ich mich versteckt hielt, ins Gebüsch zu tauchen und später dann zwischen den streifigen Schatten der Palmwedel umherzustreichen, ein Bodyguard, der zur Sicherheit seiner Arbeitgeber patrouillierte.

Der einzige Unterschied zwischen ihm und mir war, daß er bewaffnet war und ich nicht.

Der Bodyguard und Fahrer beendete einen seiner weitgehend unsichtbaren Rundgänge und blieb vor Darcys Einfahrt an der Straße stehen, direkt gegenüber meinem Versteck. Im hellen Sternenlicht lehnte er sich gegen einen Baum und steckte sich eine Zigarette an, und so hielt er dann durch nichts und niemanden beunruhigt Wache, und der süßliche Geruch brennenden Tabaks, der herüberwehte, war sein einziger Beitrag zur Abendunterhaltung.

Er und ich warteten zweieinhalb Stunden, bis Michael und Amy wieder herauskamen. Der Chauffeur setzte sich sogleich in Bewegung, um ihnen die Wagentüren zu öffnen und loszufahren, und ich, der immer noch mit steifen Gliedern dahockte, wollte gerade über die Straße zu Robin gehen, der von der Tür aus dem entschwindenden Wagen seiner Gäste nachblickte, da erschien Evelyn hinter ihm, legte ihm bittend die Hand auf die Schulter und zog ihn ins Haus.

Die Lichter drinnen erloschen nach und nach, bis es nur noch im Schlafzimmer hell war, und ich rechnete mir keine Chance aus, Robin in dieser Nacht noch allein zu erwischen. Evelyn war hinderlich und lästig.

Ihretwegen hatte ich viel Zeit damit vergeudet, mir die Blattformen Deckung bietender Sträucher Floridas einzuprägen, um dann lediglich das Kennzeichen des Besucherwagens mitzubekommen, der, was mich nicht weiter überraschte, auf Florida zugelassen war. Für Michael und Amy war die Villa auf Grand Cayman, wie ich später erfuhr, nur ein Wochenendhaus. Sie wohnten in einer ebenso großzügigen Villa nördlich von Miami.

Bis zu meinem Mietwagen war es zu weit, als daß ich Michael und Amy hätte verfolgen können, selbst wenn ich das gewollt hätte, aber ich brauchte Robin allein. Ich hatte nicht gewußt, daß Michael und Amy nicht in ihrem Haus auf Grand Cayman sein würden, und sie waren nirgends zu sehen, als ich zu dem eine Straße vom Strand entfernten Mittelklassehotel zurückkehrte, das ich mir als anonyme Bleibe ausgesucht hatte.

In dem einfachen, aber doch recht gemütlichen Zimmer dort schrieb ich einen langen Brief an Jett, in dem ich all die liebevollen Dinge zu Papier brachte, die ihr direkt zu sagen mir schwerfiel. Meine liebe Großmutter hätte ihr vielleicht zu bedenken geben können, daß ich mich schon dreimal verliebt und entliebt hatte, aber Jett war etwas Besonderes – und um diese Besonderheit zu definieren, sei nur gesagt, daß jemand, der Mycobacterium paratuberculosis Chand-Stuart X lieben konnte, so besonders war wie Pu-239.

Der Fernseher in meinem Zimmer sagte dem tropischen Sturm Sheila, der jetzt bei 16 Grad Nord, 79 Grad West über dem offenen Meer lag und weiterhin mit fünfzehn Stundenkilometern nach Nordwesten zog, ein kurzes Leben voraus. Eine Landkarte kam auf den Bildschirm, und für einen Ort namens Rosalind Bank wurde Sturmwarnung gegeben.

Am anderen Morgen regnete es zwar auf der armen Rosalind Bank, aber der tropische Sturm Sheila ließ, auch wenn er jetzt mit hundert Stundenkilometer schnellen Winden wirbelte, kaum Anzeichen dafür erkennen, daß er sich weiter aufbaute, und zog in nördliche Richtung.

Im Kopf gerechnet, lag der tropische Sturm Sheila etwa tausend Kilometer von Sand Dollar Beach. Behielt Sheila ihren jetzigen Kurs bei (was kaum anzunehmen war), dann würde sie in rund sechzig Stunden, also in zweieinhalb Tagen, am Donnerstagabend gegen neun auf das Haus der Darcys treffen.

Als machte sie es extra, drehte Sheila wieder nach Nordwesten ab, legte Tempo zu und erlangte den Status eines Hurrikans der Kategorie 1.

Ich ging im noch immer ruhigen und blauen Atlantik schwimmen, kaufte mir dann eine dicke Rennsportzeitung für Florida und nutzte viele Stunden des Tages so sinnvoll wie möglich, indem ich aufschlußreiche Listen daraus zusammenstellte. Ich schickte eine Kopie meiner Ausgrabungen per Kurier nach Kensington, dann raffte ich in Ruhe meine Sachen und meine Gedanken zusammen und fand noch Zeit genug für einen Anruf bei Will vom Hurricane

Center in Miami (Sheila legte tüchtig zu) und bei Unwin, dem ich für die Kamera danken wollte.

Unwins Antwortdienst teilte mir mit, er sei vorübergehend nicht erreichbar, aber bei meinem dritten Anruf nahm er dann den Hörer ab und meinte nach dem überraschten »Hallo!« und »Guten Tag«, er freue sich zu hören, daß ich dem kleinen Dreckkasten noch Bilder abgerungen hatte.

Ich fragte ihn, wie denn der Tag mit Amy auf Trox genau gewesen sei, und lernte ein paar neue Kraftausdrücke kennen. Nie wieder, sagte Unwin, werde er diese Frau irgendwohin fliegen. Und jawohl, stimmte er zu, sie habe den Tresor geöffnet und wieder geschlossen und niemand anderen da herangelassen.

Er lauschte aufmerksam dem neuen Plan, den ich ihm darlegte, und nachdem er eine Weile durch seine langen gelben Zähne die Luft eingesogen und alles bedacht hatte, sagte er, das ließe sich schon machen, er werde mich zurückrufen.

Eigentlich wollte ich das Hotel längst verlassen haben, als er sich endlich meldete, aber die Wartezeit hatte sich gelohnt. Morgen sei alles unter Dach und Fach. Er habe den Papierkram erledigt.

»Schlafen Sie gut, Perry«, sagte er.

Ich fuhr wieder an denselben Ort wie am Abend vorher, ging zu Robin Darcys Haus und klingelte.

Diesmal öffnete Robin Darcy selbst sofort die Tür, als habe er dort gewartet, und stand regungslos vor mir im Gegenlicht, das seine ganze Gestalt zum Schattenriß formte.

Er sah nicht direkt tödlich aus, aber unbedingt bedrohlich.

Umgekehrt erblickte er frontal beleuchtet vor dunklem Hintergrund einen Mann, der größer, jünger und schlanker war als er und zweifellos bessere Augen hatte, aber nur über einen Bruchteil der Information und Erfahrung verfügte, die er gebraucht hätte.

Darcy bat mich nicht hinein. Er sagte: »Wo sind George Loricrofts Briefe?«

»In Deutschland«, erwiderte ich knapp.

»Zu wessen Nutzen?«

»Wenn Sie das nicht wissen«, sagte ich, »fahre ich nach Hause.«

Eine Stimme mit dem Einschlag von West Berkshire schnarrte plötzlich triumphierend hinter mir: »Sie fahren nirgendwohin, Kumpel. Und das Eisen, das Ihnen da in die Nieren drückt, ist kein Spielzeug, es bläst Löcher in dumme Jungs.«

Ich meinte leichthin zu Robin Darcy: »Haben Sie einen endlosen Vorrat von den Dingern?« und sah hinter den Brillengläsern ein Blitzen, das vielleicht als Warnung gedacht war. Jedenfalls drehte er sich auf dem Absatz um, bedeutete mir mit dem Kopf, ihm zu folgen, und ging in seinen Filzpantoffeln leise über den Marmor der großen Diele ins Wohnzimmer.

Man brauchte mir nicht zu sagen, daß es Michael Fords Schuhe waren, die hinter mir her knarrten, und Amys Sandalen, die wie ein Echo von Glenda Loricrofts Stöckelschuhen neben ihm her klapperten.

»Stehenbleiben und umdrehen«, befahl Michael, und der

besorgte Ausdruck, den ich, als ich dem Befehl gehorchte, kurz auf Darcys Gesicht sah, erinnerte mich unangenehm an Alligatoren.

Michael trug knielange khakifarbene Shorts und ein kurz-ärmeliges weißes Hemd, das seine Hantelstemmermuskeln voll zur Geltung brachte. Die leicht nach außen gebogenen Beine vermittelten wieder den Eindruck, als drückten ihm die muskulösen Schultern arg auf die Knie, und der dicke Nacken legte nahe, daß es eher zwecklos war, sich ihm ent-gegenzustellen.

Amy, deren feinknochiges Magermilchgesicht befriedigt lächelte, hielt mich offensichtlich für einen Vollidioten, weil ich in einen so plumpen Hinterhalt getappt war. Sie trug hellbraune Hosen und ein weißes Hemd wie Michael und hielt genau wie er eine Pistole in der Hand.

Ich ignorierte das Schießeisen, als wäre es unsichtbar, und sagte freudestrahlend zu ihr: »Tag, Amy, schön, Sie zu se-hen! Es ist ja schon richtig lange her, seit ich nach meiner Rettung auf Trox bei Ihnen übernachtet habe.«

Meine Absicht dabei war lediglich, die Atmosphäre ein wenig zu entschärfen, doch Amy legte die Stirn in Falten und wies mich schroff zurecht: »Sie sind nie auf Trox gewe-sen!« Als hätte sie mich damit nicht schon genug verblüfft, fügte sie hinzu: »Trox gehört mir, und seit Hurrikan Odin hat niemand Anspruch auf irgend etwas, das sich dort befindet. Sie sind, ich wiederhole, nie da gewesen. Sie müs-sen auf einer anderen Insel geborgen worden sein. Da brin-gen Sie was durcheinander.«

Michael nickte zustimmend mit wachsamen Augen und sagte: »Alles auf Trox gehört Amy. Wenn Sie da nie gewesen sind, und das sind Sie nun mal nicht, dann können Sie auch keinen Anspruch auf die Insel oder auf irgend etwas, was sich dort befindet, erheben.«

»Kris…«, setzte ich an.

»Ihr Freund Kris bestätigt, daß auch er nie da gewesen ist.«

Mein Freund Unwin würde wohl etwas anderes erzählen, dachte ich und legte Trox erst mal auf Eis. Die Lage war kritisch. Ich wollte Darcy immer noch allein.

Michael, Amy und Robin Darcy, dachte ich zur Klärung: drei aktive Trader. Dazu kamen mindestens drei weitere Mittelsleute. Einmal Evelyn, dann der Mann, der am Abend vorher als Bodyguard fungiert hatte, geduldig, loyal und bewaffnet. Der sechste war vielleicht der Pilot der Chartermaschine, in der ich mit verbundenen Augen gesessen hatte.

Sie alle waren immer bewaffnet gewesen, aber Evelyn, die Durchgestylte und Geschmückte mit den starken Ansichten, schien mir die Schießfreudigste zu sein. Sie hatte ich von allen am wenigsten gern im Rücken.

Ich drehte mich im Wohnzimmer zu Michael um und sagte: »Wozu die Artillerie? Was soll das?«

»Deutsche Briefe.«

Ich sagte: »Was für Briefe?«

Nicht einmal Robin Darcy, sah ich, wußte es genau. Hätte Kris ihm nicht von dem Streich erzählt, den er Oliver Quigley spielen wollte, hätten die anderen mit aller Wahrscheinlichkeit gar nicht gewußt, daß die deutschen Briefe existierten.

Mit aller Wahrscheinlichkeit… aber sicher war in dieser chaotischen Welt gar nichts.

Michael sagte: »An wen haben Sie die Briefe verkauft?«

Scheiße, dachte ich. »Was für Briefe?« fragte ich noch einmal.

»Es ist besser für Sie, wenn Sie es ihm sagen«, riet mir Darcy.

Ich dachte nur, daß das Gespräch, wenn man es so nennen konnte, auf vielen Ebenen unbefriedigend verlief. Sie wollten eine Sache, ich eine andere. Jetzt war ich dran: Spring!

Ich sagte zu Amy: »Wie ist denn Ihr Pferd am Samstag in Calder gelaufen?«

Es war, als hätte ich eine Bombe geworfen. Druckwellen liefen sichtbar an Amys Schießarm hinunter, bis das schwarze runde Loch am Ende des Laufs auf den Fußboden statt auf meinen Nabel zielte. Ihre starke Reaktion bewies mir hinreichend, daß auch sie Rennbahnen als Handelsposten benutzte. Die lange Liste, die ich nach Kensington geschickt hatte, enthielt Daten und Orte, für die Amys Besitzerstatus als Tarnung dienen konnte. Ich hatte die Liste als Möglichkeit betrachtet, die zu beweisen war, und ich fand, jetzt hatten John Rupert und Geist einen guten Anhaltspunkt, wo sie suchen mußten.

Robin Darcy erstarrte.

Michael Ford ließ seine furchterregenden Muskeln spielen.

Evelyn kam mit dem uniformierten Bodyguard, Fahrer, Läufer und Springer herein. Niemand stellte ihn mir vor, aber die anderen nannten ihn Arnold. Er trug nicht mehr die Baseballmütze und benahm sich kein bißchen wie ein Bediensteter, und ich hätte ihn kaum erkannt, wenn ich ihm nicht dabei zugesehen hätte, wie er in knapp zwei Stunden ein Päckchen Zigaretten verqualmte.

Arnold hatte ein schwarzes Hemd an und trug seine Pistole in einem Schulterholster mit schweren Gurten unter der linken Achsel.

Als Kind einer Kultur mit strengen Waffengesetzen hatte ich nie einen Schuß abgefeuert und das auch noch nie bedauert, aber bei den Darcys fühlte ich mich nackt. Wer hier mit bloßen Händen kämpfte, war auf dem besten Weg zur Leichenhalle.

Evelyn hatte ihrer Pistole sicher wieder das Magazin eingesetzt. Von ihr zu erwarten, daß sie die wachsende Spannung im Raum dämpfte, war zwecklos, mit ihrer lauten Drohstimme schürte sie eher noch das Feuer.

Nur Robin Darcy, im Augenblick unbewaffnet, war sichtlich um Verständigung bemüht.

Michael Fords zu Anfang gezeigte Aggressivität verstärkte sich wie in Eigendynamik. Immer wieder spannte er die Muskeln an, bis es aussah, als hätte er sie sich nur zugelegt, um besser explodieren zu können. Das anschauliche Wort ›Streitlust‹ flackerte mir durch den friedliebenden Sinn, und unwillkürlich suchte ich nach einer Körpersprache, die ihm die Lust nehmen würde.

Der Perry Stuart des großmütterlichen Umhangs hielt jedoch nicht viel von Demutsgesten. Was immer Michael an ungewolltem Trotz in meinem Gesicht sah, es brachte ihn nur noch mehr in Fahrt.

Amy, für die ihr Mann ein ebenso offenes Buch war wie der Rennkalender, setzte ihr Geld offensichtlich auf den Champion. Nicht nur darauf, daß er siegte, sondern

daß er mir jeden Gedanken an eine etwaige Revanche aus-
trieb. Sie lächelte. Sie mag es, wenn er sich schlägt, dachte
ich. Es erregt sie. Im Kolosseum hätte sie nach Blut ge-
schrien.

»Los, Michael«, drängte sie ihn, »er soll dir sagen, was er
wirklich mit den deutschen Bestellungen gemacht hat. Laß
dir nichts von ihm erzählen. Gib's ihm, Michael!«

Außer Robin Darcy zeigte sich keiner von ihnen gewillt
oder auch nur in der Lage, anders als mit vorgehaltener
Pistole über die deutschen Briefe oder sonst etwas mit mir
zu reden. Sie übertrafen einander mit finsteren Drohungen
(Alligatoren wurden nicht genannt), bis Michael, bestärkt
und angestachelt durch den Lärm und das Geschrei der anderen, seiner inneren Gesetzlosigkeit freien Lauf ließ, die
einer Lawine gleich erst langsam, dann immer schneller ins
Rollen kam, bis sie durch nichts mehr aufzuhalten war.

Auf Michael Ford übertragen hieß das: massiver Angriff
mit geballten Fäusten und Emporheben des Opfers in die
Luft, um es unter den anfeuernden Rufen der Gemahlin gegen die ungepolsterte Einrichtung zu schleudern.

Evelyn und Arnold klatschten Beifall.

Nur mein Gastgeber war still.

Meine Bemühungen, Michaels Attacke abzuwehren, indem ich trat, auswich oder zuschlug, wo ich konnte, und
seinen Kopf gegen die Wand zu knallen versuchte, reichten
nicht aus. Selbst in Bestform hätte ich gegen einen Profi wie
ihn keine Chance gehabt.

Er ließ sich Zeit. Er bewies Übersicht. Jeder seiner
Schläge saß.

Als ich ihm dann gerade einmal entwischt war und er

einen Moment verschnaufte, warf ich mich auf Evelyns besten Teppich und riß Darcy die Füße unterm Körper weg. Ich zog ihn an den Haaren zu mir herüber, brachte meinen Mund an sein Ohr und flüsterte ebenso eindringlich wie deutlich in nicht geringer Verzweiflung: »Machen Sie die Terrassentür auf und gehen Sie schlafen.«

Ich sah noch seine verblüfft aufgerissenen Augen, bevor Michael seine Verschnaufpause beendete und heranstürmte, um unter dem zunehmend hirnlosen Drängen seiner Anhänger erneut die zerstörende Kraft seiner Muskeln vorzuführen, und mir schien, daß er deshalb so in die vollen ging, weil er im grauen Alltag nur selten dazu kam.

Die Niederlage aus Erschöpfung war zum Greifen nah, und ich lag buchstäblich und bildlich auf den Knien, als Darcy die schwere gläserne Schiebetür zur Terrasse erreichte. Ich selbst hätte die Tür inzwischen kaum noch aufbekommen, aber als ich sah, wie Robin Darcy die große Glasscheibe mit einem Ruck zur Seite schob, als ich das Grummeln der Gleitrollen und dann den Wellenschlag draußen vom Strand hörte und das Salzwasser roch, als sich mir eine Möglichkeit auftat, den Prügeln lebend zu entkommen, machte ich jede Energiereserve locker, die mir die Mycobakterien gelassen hatten, und ich wälzte mich von Michaels stampfenden Füßen weg, kroch einen Meter wie ein Säugling, spannte jede geschwächte Sehne zum Verzweiflungsakt... und ich war zur Glastür hinaus und halb über die Terrasse, bevor sie brüllend hinter mir herjagten.

Ich torkelte wie besoffen die Steintreppe von der Terrasse zum Pool hinunter und platschte ungeschickt ins Wasser, statt hineinzutauchen, entsetzt darüber, daß ich mich vor

Schwäche selbst in meinem liebsten Element nicht einmal halb so schnell wie sonst bewegen konnte.

Wenn ich gehofft hatte, der einseitige Kampf wäre damit zu Ende, so hatte ich mich geirrt. Michael Ford verlegte sich nur auf eine andere Technik. Statt mir in voller Montur ins Wasser zu folgen, nahm er Amy seine Knarre wieder ab und schoß auf mich, so daß die Kugeln viel zu nah und sengend heiß an mir vorbeispritzten. Die Vorstellung vom bekannten Meteorologen, der tot in einem privaten Swimmingpool schwamm, noch dazu gespickt mit Kugeln aus einer registrierten Schußwaffe, schien Michael nichts auszumachen – und seine Anhänger wollten offensichtlich nicht kapieren, daß ihnen Gefängnis drohte, wenn er zum Erfolg kam.

Ich versuchte nicht mehr, mich aus seiner Schußlinie zu halten, indem ich schnell im Kreis schwamm. Ich konnte keine Brechungswinkel mehr berechnen. Ich hielt einfach lappenschlaff den Handlauf am Beckeninnenrand gepackt und drückte mich in den viel zu kleinen Schatten des gekachelten Überhangs, während Michael unvermindert blutrünstig seinen Kriegstanz fortführte und als er sah, daß er schlecht postiert war, ums Becken wetzte, um mich von der anderen Seite zu erwischen.

Das Wasser bremste die Geschwindigkeit der Kugeln, aber nicht genug. Die optische Brechung funktioniert als Schutzschild um so besser, je tiefer das Ziel unter Wasser ist, denn um so falscher ist das Bild, das die gebrochenen Lichtstrahlen abgeben. Schießt man dahin, wo das Ziel zu sein scheint, verfehlt man es. Tiefes Wasser ... ich schnappte nach Luft und tauchte, und die Schüsse gingen vorbei – wie bei Odin wurde meinen Lungen mal wieder zugesetzt.

Diesmal schien es eine Ewigkeit zu dauern, bis sich das Flutlicht über die Terrasse und den Pool ergoß, bis mit Sirenen und Lautsprechern, mit Gebrüll und gezückten Kanonen der Schwarm marineblauer Uniformen durch das Gebüsch brach. Irgendwie kannte ich es schon, daß ich mit vorgehaltener Pistole barsch aufgefordert wurde, aus dem Wasser zu kommen und mich hinzuknien, daß eine schwere Hand im Nacken mich nach unten drückte, daß man mir unverständliches Zeug ins Ohr brüllte und mir mit Handschellen die Hände auf den Rücken band.

Es waren nicht die gleichen Polizisten wie beim letzten Mal. Diese hier hatten höchstens noch mehr Angst und waren um so ruppiger. Da ich sie praktisch herbeigerufen hatte, um meine Haut zu retten, konnte ich mich nicht beschweren.

Auf der anderen Seite des Pools versuchte Michael, gleichfalls in die Knie gezwungen, sich herauszureden. »Ein kleiner Jux, Officer, bloß ein Spiel«, und er behauptete, mit dem Polizeihauptmann und sogar mit dem Chef der Polizei befreundet zu sein.

Arnold hatte ebensowenig Verständnis wie Evelyn und Amy für die Art, wie sie hier behandelt wurden. Es war empörend. Das ganze Überfallkommando konnte sich auf seine Degradierung gefaßt machen.

»Was kriegen Sie netto?« fragte Michael gerade. »Ich lege Ihnen das noch mal drauf.«

In diese hochdramatische Szene schlenderte gähnend und in einen seidenen Morgenmantel gehüllt Robin Darcy hinein, wandte sich an den ranghöchsten Polizeibeamten und bat um Entschuldigung dafür, daß seine Gäste den Einbrecheralarm ausgelöst hatten. »Tut mir sehr leid, Lieutenant. Der Alarm, der Sie automatisch ruft, wird über einen Zeitschalter aktiviert.« Darcy versprach, es werde keinen falschen Alarm mehr geben. Seine Gäste hätten wohl etwas wilde Partyspiele gespielt. Es sei allein seine Schuld, daß er vergessen habe, die Anlage auszuschalten. Natürlich werde er gern auch dieses Jahr wieder für den Polizeiball spenden.

Dann führte Robin Darcy mit kleinen, nervös wirkenden Schritten den Lieutenant herum, und ein enttäuschter Polizist folgte ihnen mit dem Schlüssel für die Handschellen. Sie befreiten zuerst die wutschäumende Amy, dann die Galle speiende Evelyn (in meinem eigenen Haus!) und den kehlig knurrenden Arnold.

Michael wurde, obwohl er heftig jedermann mit unbestimmter Rache drohte, ebenfalls befreit.

»Wenn wir Ihre Gäste nicht wegen ungebührlichen Benehmens drankriegen«, sagte der Ranghöchste und steckte Notizbuch und Stift weg, »dann bedanken Sie sich bei Sheila.«

Darcy erinnerte ihn daran, daß ich immer noch geduldig auf den Knien lag, wobei meine Geduld mindestens zur Hälfte darin bestand, daß ich zu fertig war, um etwas anderes zu tun.

»Wer ist Sheila?« fragte Darcy.

Der blau Uniformierte zog die Brauen hoch. »Hurrikan«, sagte er knapp. »Da wollen wir nicht die Zellen voller Schickis haben.«

Sein Helfer nahm mir die Handschellen ab, doch Michael hatte mein Standvermögen fürs erste ruiniert. Der Lieutenant, dem das nicht entging, sagte warnend, wenn es noch mehr Ärger gebe, werde Mr. Ford trotz des Hurrikans in Haft genommen.

Nach getaner Arbeit steckten die Polizisten ihre Waffen wieder ein und gingen, und Evelyn, ganz der Hausdrachen, scheuchte ihre Gäste inklusive Michael zurück in die Villa. Mir warf sie lediglich einen wütenden Blick zu und sperrte mich aus.

Ich setzte mich in einen der Stühle am Pool und sah in den friedlichen Himmel.

Das Unbehagen, das in Wellen durch meinen geschundenen Körper schwappte, ließ sich aushalten; es ließ sich besser aushalten, wenn irgend etwas erreicht worden war, aber das mußte sich erst noch herausstellen.

Irgendwo hinten im Haus klingelte ein Telefon, und jemand ging dran. Der Wachdienst, fiel mir ein, rief ja zur Kontrolle immer noch mal an, wenn es zu einem Polizeieinsatz ohne Festnahme gekommen war.

Wegen Sheila war niemand festgenommen worden.

Robin Darcy kam allein von der Terrasse herunter und setzte sich in den Stuhl neben mir.

»Danke«, sagte ich, und er nickte.

Er saß eine Weile schweigend da und betrachtete mich, als wäre ich eine Art Käfer. Wahrscheinlich sah er nicht viel, außer daß ich voll blauer Flecke war und mich kaum bewegen konnte, das Vermächtnis von Michaels rasenden Fäusten und Füßen.

Ich fragte, ob Michael noch da sei, und Darcy verneinte; nach der Verwarnung durch die Polizei habe er sich verzogen und sei mit Amy zu ihrem Haus nördlich von Miami gefahren.

Wie ein gefütterter Löwe, dachte ich. Satt.

»Er kann brutal sein, wenn er in Rage kommt«, sagte Darcy.

»Ja.«

Minuten vergingen.

Ich sagte: »Fliegen Sie morgen mit mir nach Trox?«

Er stand abrupt auf, als hätte ich ein Messer gezogen, und ging mit unsicheren Schritten einmal um den Pool herum. Als er zurückkam, setzte er sich wieder und fragte zu meiner Überraschung: »Wie sehen Sie mich?«

Ich lächelte unwillkürlich. »Als ich an dem Sonntag bei Caspar Harvey essen war«, sagte ich, »meinte Bell Harvey zu mir, Sie seien ein kluger Kopf und ich solle mich von Ihrem gemütlichen Aussehen nicht täuschen lassen.«

»Bella! So einen Scharfblick hätte ich ihr nicht zugetraut.« Das schien ihn zu ärgern.

»Ich habe auf sie gehört«, sagte ich, »aber an dem Tag kam es mir nicht so vor, als müßte ich auf ihre Worte allzuviel geben.«

»Und ich dachte, für Ihren Beruf hätten Sie gar nicht genug auf dem Kasten.«

Er hörte sich plötzlich geknickt an, unerwartet traurig, als hätte er ein wichtiges Spiel verloren. Er war zu sehr von sich überzeugt gewesen, dachte ich.

»Ich habe auf Bell gehört«, sagte ich, »und während unseres Aufenthalts bei Ihnen und bei Michael und Amy, besonders nach unserem Fiasko mit Odin, als ich von der Unified Trading Company erfuhr, wurde mir klar, daß

Sie wissen, wie man sein Ziel erreicht, und weil ich Sie mochte, tat es mir sehr leid, daß Sie mit tödlichen Metallen handeln.«

»Und jetzt glauben Sie nicht mehr, daß ich damit handle?«

»O doch«, sagte ich. »Da bin ich mir sicher.«

»Ich verstehe Sie nicht.«

Ich sagte: »Sie bezwecken aber das Gegenteil.«

»Perry...« Er war zapplig. »Sie sprechen in Rätseln.«

»Sie doch auch. Sie haben mir ausrichten lassen, ich solle mir einen Weg durchs Labyrinth suchen, und – na ja, das habe ich getan.«

Robin Darcy sah wie vor den Kopf geschlagen aus.

Ich sagte: »Sie sind John Ruperts Dienstvorgesetzter.«

Ich wartete darauf, daß er es leugnete, aber er ließ es stehen. Er sah blaß aus. Geschlagen. Entsetzt.

»John Rupert und Geist besprechen sich mit Ihnen«, fuhr ich fort, »und Sie sagen ihnen, was zu tun ist. Die beiden sind Teil einer Hierarchie, an deren Spitze Sie stehen.«

Robin Darcy starrte mich an, blinzelte, nahm seine Eulenbrille ab, putzte sie unnötig, setzte sie wieder auf, räusperte sich und fragte, wie ich zu einem solchen Schluß gekommen sei.

Ich sagte nur, daß ich an diesem Morgen verstanden hätte, wie Instinkt und Neigung funktionierten. »Und mir kam einfach der Gedanke«, sagte ich, »daß Sie, wenn ich dem guten Gefühl, das ich Ihnen gegenüber habe, vertraue, nicht schlecht sein können, und wenn Sie nicht schlecht sind, dann schachern Sie auch nicht mit dem Tod. Dann bekämpfen Sie eher diejenigen, die das tun. So gesehen heißt das, wenn Sie die Fäden zu x tödlichen Geschäften in der Hand halten, können Sie die schlimmsten verhindern und das eine oder andere unter den Tisch fallen lassen, aber von seiten Ihrer Partner fällt kein Verdacht auf Sie. Sie führen ein sehr gefährliches Doppelleben. Michael würde Sie wahrscheinlich umbringen, wenn er dahinterkäme. Deshalb brauchten Sie mich – oder jemanden wie mich –, der, ohne es zu ahnen, für Sie die Augen offenhält. Alles, was ich John Rupert und Geist erzählt habe, ist direkt an Sie weitergegangen.« Ich lächelte kläglich. »Wir wären besser klargekommen, hätten wir offen miteinander gesprochen.«

Robin war geschockt. »Das hätte ich nicht machen können.«

»Wider das Geheimhaltungsgebot?« tippte ich an.

Er hörte zwar meine Ironie, aber er wanderte schon sehr lange auf dem schmalen Grat, wo Geheimhaltung lebenswichtig war.

»Kommen Sie also mit nach Trox?« fragte ich noch einmal.

»Was ist mit Sheila?«

»Es kann schon sein, daß sie mit von der Partie ist.«

»Und wer noch?« fragte er.

»Sie, ich und der Pilot.«

»Was für ein Pilot? Doch nicht Kris?«

»Nicht Kris«, stimmte ich bei.

Wieder schwieg er eine ganze Weile, dann sagte er: »Sie sind nicht in der Verfassung zu fliegen. Warum sollten wir da hin?«

»Hoffnung«, sagte ich nur, aber früh am nächsten Morgen fand er sich wie vereinbart auf dem Miami Airport ein.

Ich machte ihn mit Unwin bekannt und erneuerte seine Bekanntschaft mit dem Flugzeug, derselben Maschine, gechartert von Downsouth, mit der er schon einmal nach Trox geflogen war.

Unwin grinste mich breit an und klopfte Robin Darcy auf den Rücken. Belustigt über den zwiespältigen Gesichtsausdruck, den diese kleine Anmaßung hervorrief, verstaute ich meine Tasche in der Kabine und fragte unseren Piloten noch einmal nach dem Flugwetter.

»Die gute Sheila«, sagte er, »hat über Nacht die Röcke gerafft und Kurs nach Nordosten genommen. Sie ist jetzt Kategorie 2 und kommt, und wenn ich auf Grand Cayman wohnte, würde ich mich heute morgen von mir persönlich rausfliegen lassen.«

Seit langen Jahren Profi, ging Unwin kurz um die Maschine und ließ nichts aus. Für mich war Kris ein guter Pilot, aber Unwin flog mit seidenen Händen. Trox erschien pünktlich genau da, wo es sein sollte, und der planierte Grasstreifen empfing die gemietete zweimotorige Turbopropmaschine glatt und sanft. Als wir nicht weit von der zerstörten Kirche zum Stehen kamen, stieg Unwin allein aus und ging auf die Überreste des Dorfs zu.

Für mich war es ein seltsames Gefühl, wieder auf der Insel zu sein, und ein noch seltsameres, Robin Darcy neben mir zu haben. Während wir auf unseren Plätzen hinter der Kanzel warteten, fragte ich Robin: »Wissen Sie, daß Amy sagt, die Insel gehört ihr?«

Er nickte. »Sie erhebt Anspruch darauf, weil sie monatelang von keinem anderen betreten worden sei. Irgendein altes Gesetz, soviel ich weiß.«

»Sie sagt, ich sei nie hier gewesen.«

»Ja«, erklärte Robin, »sie will nicht, daß ihr jemand ihren Anspruch streitig macht.«

»Ich nehme an, Sie wissen«, sagte ich zu Darcy, »daß sie Hunderttausende mit Pasteurisierungstechniken verdienen kann, wenn es ihr gelingt, die Kühe hier isoliert zu halten. Das wissen Sie sogar bestimmt, Sie haben ihr ja geholfen, mit Ihren radioaktiven Pilzen die ganze Bewohnerschaft zu vertreiben. Und an dem Tag, als Sie mich mit verbundenen Augen nach Grand Cayman geschafft haben, waren Sie noch mal mit Strahlenschutzanzügen hier, um die Herde zu untersuchen. Die Herde ist aber nicht verstrahlt, und sie könnte – könnte – ein Vermögen wert sein.«

»Was heißt, könnte?«

»Ich habe die Milch dieser Kühe getrunken«, sagte ich resigniert, »und mir damit eine neuartige Krankheit eingefangen, die jetzt Mycobacterium paratuberculosis Chand-Stuart X heißt.«

Er sagte verstehend: »Also deshalb waren Sie im Krankenhaus! Aber Sie haben sie offensichtlich überwunden. Das beweist also nicht, daß Sie auf der Insel waren.«

»Die Antikörper beweisen es.«

»Oh«, sagte er, und dann noch einmal: »Oh. Und sicher noch etliche Kulturen dazu.«

»Die auch.«

»Sie können also nachweisen, daß Sie auf der Insel waren.«

»Nicht nur das«, sagte ich. »Amy wird auch die Krankheit nicht gefallen, die man kriegen kann, wenn beim Pasteurisieren was schiefgeht. Die haut bös rein und hält lange

320

nach. Bis ich kuriert bin, muß ich anscheinend noch über Wochen behandelt werden.«

Ich hatte keine Lust, daran zu denken, und um das Thema zu wechseln, fragte ich Robin: »Was ist denn eigentlich aus dem Hefter voll fremdsprachiger Briefe hier geworden?«

»Sie meinen den, den Sie aus dem Tresor geholt haben?«

»Genau.«

»Ich war verblüfft, als John Rupert erzählte, Sie hätten den gesehen.«

»Aber Sie haben ihn dann mitgenommen«, sagte ich. »Und zwar an dem Tag, als Sie mich mit verbundenen Augen nach Cayman brachten – und dafür bin ich Ihnen dankbar.«

Er lächelte. »Über uns getäuscht hat Sie das aber nicht.«

»Nur vor einem nassen Grab bewahrt.«

»Michael war der Meinung, wir sollten Sie abknallen«, nickte Robin und fuhr düster fort: »Und nach all den Verzögerungen der letzten Zeit war er so scharf darauf, die Bestellungen in dem Hefter zu versilbern, daß er ihn heimlich an sich genommen hat.«

Die Neigung der Trader, nach eigenem Gutdünken zu handeln, war für Robin oft ein Problem gewesen. »Erst gestern abend«, sagte er, »hat Michael mir erzählt, daß er mit den vielen fremdsprachigen Briefen nicht klarkam und den Hefter Amy überlassen hat, damit sie ihn bei ihren Rinderunterlagen auf Trox im Tresor verwahrt, bis er einen Plan gefaßt hat, und soviel ich weiß, ist der Hefter noch hier. Das wird mit ein Grund sein, warum Michael blind auf jeden losgeht – er hat sich zum Narren gemacht.«

321

»Hätten Sie den Hefter gern?« fragte ich.

»Natürlich. Aber der Tresor geht nicht auf.«

»Wer sagt das?« fragte ich.

»Amy sagt, er läßt sich nicht öffnen, damit niemand die Unterlagen über ihre Rinder stehlen kann.«

»Vielleicht geht's auch so«, sagte ich. Ich nahm den Umschlag mit den von Jason Wells sorgfältig abgezogenen Fotos aus meiner Reisetasche. »Die Aufnahmen habe ich alle hier auf der Insel gemacht«, sagte ich. »Die ersten zeigen die leergeräumten Pilzhäuser vor dem Hurrikan, das Dorf und das Vieh vor dem Hurrikan, und das letzte Herdenbild und die drei fotografierten Auslandsbriefe sind nachher entstanden.«

Robin betrachtete fasziniert die Aufnahmen.

»Die kann ich gebrauchen«, sagte er. »Besser als nichts.«

Ich öffnete die Tür hinten im Flugzeug und ging, vom Wind zur Seite gedrückt, die Trittstufen hinunter, in Kleidern und Schuhen und ohne Augenbinde, doch Robin blieb zögernd oben stehen und hielt sich am Handlauf fest.

»Kommen Sie«, redete ich ihm zu. »Hier gibt es keine gefährliche Strahlung. Die Bewohner haben sich von etwas Ähnlichem wie George Loricrofts Alphateilchenprobe ins Bockshorn jagen lassen, die eine Menge Lärm gemacht, aber niemandem geschadet hat.«

Robin zuckte die Achseln und folgte mir die Gangway hinab, und gemeinsam gingen wir in dem böigen Wind auf Bunker Nummer zwei zu.

Bullen liefen in dem zerstörten Dorf herum, und die Schwarzbuntkühe muhten und rieben sich an mir, als ich sie, obwohl sie mir so übel mitgespielt hatten, liebevoll streichelte. Schließlich waren sie die weltweit einzigen Träger von Mycobacterium paratuberculosis Chand-Stuart X.

Robin und ich gingen in den Bunker, und geschützt vor dem aufkommenden Sturm sahen wir uns den Tresor an.

Robin stellte 4373 3673 (HERE FORD) ein, und nichts geschah.

»Amy hatte recht«, meinte er frustriert. »Er geht nicht auf.«

»Versuchen Sie's mit 3673 4373«, sagte ich, »FORD HERE.«

Robin warf mir einen Blick von vernichtender Skepsis zu, drückte aber die Ziffern. Immer noch nichts, die Tür blieb zu.

»Aussichtslos«, sagte Robin. »Amy hatte recht.«

»Amy hatte recht«, stimmte ich bei. »Amy kennt sich mit Videotheken aus und vielleicht auch mit Pasteurisierung, und sie kennt sich mit Tresoren aus.«

»Was wollen Sie damit sagen?«

»Es gibt keinen Strom auf der Insel«, sagte ich.

»Das weiß ich...«

»Wie funktioniert dann die Tresortür?«

Robin, in allem bewandert außer in den Grundlagen der Naturwissenschaft, runzelte die Stirn und schwieg.

»Mit Batterien«, sagte ich.

Ich schob die kleine Metallplatte unter der Buchstaben- und Zahlenanzeige nach unten, und da steckten drei ganz normale AA-Batterien nebeneinander.

»Aber«, wandte Robin ein, »es sind doch Batterien drin, und sie geht trotzdem nicht auf.«

»Drei sind drin«, sagte ich, »aber es ist Platz für vier.« Ich griff in meine Reisetasche, holte das unangebrochene Viererpäckchen AA-Batterien heraus, das ich zusammen mit meiner Kamera gekauft hatte, legte sie anstelle der drei alten in das Batteriefach und schloß es.

Ich stellte 4373 3673 ein, hörte das scharfe Klicken, zog den Griff nach oben und öffnete die Tür.

Drinnen waren Amys gesammelte Rinder-Akten und ein gelbbrauner Hefter, wie ich ihn kannte. Ich nahm ihn raus, schaute hinein und überreichte ihn mit einer etwas feierlichen Geste Robin.

Erstaunt sagte er: »Woher wußten Sie denn, wie der Tresor aufgeht?«

»Ich habe vier Tage allein auf der Insel verbracht«, antwortete ich ihm. »Daher kenne ich den Tresor gut. Ich habe sein Kennwort herausgefunden. Ich habe mir seine Batterien angesehen. Nur die Briefe konnte ich nicht entziffern.«

»Darum kümmere ich mich«, sagte Robin. »Sie werden sehen, nichts von Ihrer Mühe war umsonst.«

Epilog

Unwin flog durch Hurrikan Sheila.

Er flog in zehntausend Fuß Höhe dreimal in gerader Linie durch das Auge und schaltete ganz selbstverständlich die Tankleitung um. In seinen Händen nahm die zweimotorige Turboprop von Downsouth den Luftdruck und die Windgeschwindigkeiten der Kategorie 3 lediglich als Zahlen zur Kenntnis, die er mir diktierte.

Ich vergoß keine Tränen im Auge des Sturms. Die Messungen waren korrekt, aber das Herzblut fehlte.

Robin sah nachdenklich drein und war luftkrank.

Ich nahm den wiedergefundenen Hefter in der Reisetasche mit, und ein paar Wochen darauf zeigte mir Robin mehrere handgeschriebene kurze Briefe auf hebräisch, griechisch, russisch und arabisch.

»Man bedankt sich«, sagte er.

Da war ich inzwischen wieder bei der BBC und kultivierte den Winter hindurch das Selbstbild, das ich mit dem Sherlock-Holmes-Mantel verband, und drüben in Kensington teilte mir ein freudig überraschter John Rupert mit, daß sein Dienstvorgesetzter mich in den Insiderstatus zu erheben gedachte.

Ich und Geist, der dürre, weißhaarige Greis, packten wilde junge Stürme in interessante und spannende Handbücher, und zu gegebener Zeit signierte ich sie zu Hunderten in Schulen und danach zu Fünfhunderten in Buchhandlungen.

Kris sah ich nur noch selten. Eine schmutzige Anekdote zuviel kostete ihn schließlich den Job beim Wetter, trotz seiner an nordische Götter erinnernden Ausstrahlung. Er hörte auf, von Zügen zu reden, nutzte die Entschädigung aus dem Unfall in Luton, um Schauspielunterricht zu nehmen, und ließ seiner Exzentrik freien Lauf, indem er den Superhelden spielte.

Bell, die mich oft anrief, um brüderlichen Rat einzuholen, schwankte wie eh und je zwischen Liebe und Verdruß – ja zur Hochzeit, nein zur Hochzeit, jein zur Hochzeit wie gehabt.

Hinter meinem Rücken tat sich meine treue Jett van Els mit meiner Großmutter zusammen, um mich auf meine Montagmorgenregung festzunageln, aber schließlich sagten wir beide gern ja zueinander, und ich gab ihr einen Ring und ein Versprechen.

Nach außen erfolgreich, schmerzte mich immer noch die Erinnerung an die Verletzungen, die Michael Ford mir beigebracht hatte, sosehr ich das auch zu verdrängen suchte. Wenn ein Schläger dich handlungsunfähig haut, sagte ich mir, dann ist das keine furchtbare Blamage, sondern eine der kleinen Widrigkeiten des Lebens. Da konnte ich mir viel erzählen!

Aus Robins gefährlichem Doppelleben verschwand die Unified Trading Company, um Nachfolgern Platz zu machen, die wußten, daß man nach der Devise, erst handeln, dann absprechen, nicht arbeiten kann.

Die Trader gingen ein, die Select Group gedieh.

Evelyn schrieb Robin einen Abschiedsbrief und verließ ihn.

Jett blieb zu Hause, als Robin Darcy und ich von seinem Haus in Miami nach Floridas Hauptstadt Tallahassee fuhren, zur Anhörung von Amys Besitzansprüchen auf die Insel Trox.

Ich wies anhand von Fotos nach, daß ich dort gewesen war. Ravi Chand war mit breitem neudelhischen Lächeln mein Zeuge, und Amy scheiterte mit ihrer Forderung, behielt aber ihre Kühe.

Auch Michael saß in der Anhörung, ganz in meiner Nähe.

Michael war wie ein Löwe unverändert hungrig, auf der Lauer.

Er hatte Ravi Chands Äußerungen zum Thema Antikörper nicht richtig verstanden und begann wütend über Herkunft und Hautfarbe des international bekannten Experten herzuziehen. Wie er dazu komme, schrie Michael, sich hier einzumischen und zu behaupten, die Rinder seiner Frau seien Krankheitsträger?

Während Ravi ihm vergebens die Feinheiten der Pasteurisierung zu erklären versuchte, ging ich in den Raum zurück, in dem die Anhörung stattgefunden hatte. Ich nahm das Kännchen roher, unpasteurisierter Inselmilch, die laut Amys falscher eidlicher Aussage unbedenklich war, ging damit hinaus, stellte es auf den nächsten Tisch, füllte mit dem Schöpflöffel ein Glas ab und setzte es vor Michael hin.

Einen Versuch war es wert.

Michael sah angewidert auf das Glas und höhnisch auf mich, seinen weichgeprügelten Widersacher, dem jetzt vor neuen Prügeln bangte.

»Das trinken Sie besser nicht«, warnte ich Michael. »Die Milch ist nicht pasteurisiert. Davon werden Sie krank.«

Recht hatte ich, aber wie ich gehofft hatte, glaubte er mir nicht.

Michael hätte mir nicht einmal geglaubt, wenn ich gesagt hätte, die Sonne sei heiß, und arrogant und großspurig trank er die Milch.

Michael, der angehende weltweit zweite Fall einer Myco-bacterium-paratuberculosis-Chand-Stuart-X-Infektion, zeigte an diesem Abend Nerven und erschoß einen Eindringling, ohne sich zu überlegen, daß er damit eine für sich selbst sehr heikle Frage aufwarf: Wieso hatte die Kugel in dem Eindringling das gleiche Profil wie diejenige in der Leiche eines Mannes, der mit dem Gesicht nach unten in den Everglades gefunden worden war, die Beine halb abgefressen von Alligatoren?

Es war nicht Michaels Tag.

*Bitte beachten Sie auch
die folgenden Seiten*

Dick Francis
im Diogenes Verlag

»Die Bücher von Dick Francis haben die Grenzen des Krimis längst überschritten.«
Jürgen Busche / Süddeutsche Zeitung, München

»Dick Francis schreibt Thriller, die sich aus der breiten Masse hervorheben. Immer wieder überrascht dieser Autor, dessen glänzende Karriere als Jockey durch einen Unfall beendet wurde, durch seine klugen und humorvollen Geschichten, seinen Sinn für Atmosphäre und für zum Teil köstliche Charaktere.«
*Margarete von Schwarzkopf /
Norddeutscher Rundfunk, Hamburg*

»Dick Francis ist der Meister des Thrillers.«
Der Spiegel, Hamburg

Todsicher
Roman. Aus dem Englischen von Tony Westermayr

Rufmord
Roman. Deutsch von Peter Naujack

Doping
Roman. Deutsch von Malte Krutzsch

Nervensache
Ein Sid-Halley-Roman. Deutsch von Tony Westermayr

Blindflug
Roman. Deutsch von Tony Westermayr

Schnappschuß
Roman. Deutsch von Norbert Wölfl

Hilflos
Roman. Deutsch von Nikolaus Stingl

Peitsche
Roman. Deutsch von Nikolaus Stingl

Rat Race
Roman. Deutsch von Michaela Link

Knochenbruch
Roman. Deutsch von Michaela Link

Gefilmt
Roman. Deutsch von Malte Krutzsch

Schlittenfahrt
Roman. Deutsch von Jobst-Christian Rojahn

Zuschlag
Roman. Deutsch von Ruth Keen

Versteck
Roman. Deutsch von Malte Krutzsch

Galopp
Roman. Deutsch von Ursula Goldschmidt und Nikolaus Stingl

Handicap
Ein Sid-Halley-Roman. Deutsch von Jobst-Christian Rojahn

Reflex
Roman. Deutsch von Monika Kamper

Fehlstart
Roman. Deutsch von Malte Krutzsch

Banker
Roman. Deutsch von Malte Krutzsch

Gefahr
Roman. Deutsch von Malte Krutzsch

Weinprobe
Roman. Deutsch von Malte Krutzsch

Ausgestochen
Roman. Deutsch von Malte Krutzsch

Festgenagelt
Roman. Deutsch von Malte Krutzsch

Mammon
Roman. Deutsch von Malte Krutzsch

Gegenzug
Roman. Deutsch von Malte Krutzsch

Unbestechlich
Roman. Deutsch von Jobst-Christian
Rojahn

Außenseiter
Roman. Deutsch von Gerald Jung

Comeback
Roman. Deutsch von Malte Krutzsch

Sporen
Roman. Deutsch von Malte Krutzsch

Lunte
Roman. Deutsch von Malte Krutzsch

Zügellos
Roman. Deutsch von Malte Krutzsch

Favorit
Ein Sid-Halley-Roman. Deutsch von
Malte Krutzsch

Verrechnet
Roman. Deutsch von Malte Krutzsch

Rivalen
Roman. Deutsch von Malte Krutzsch

Risiko
Roman. Deutsch von Michaela Link

Winkelzüge
Dreizehn Geschichten. Deutsch von
Michaela Link

Hurrikan
Roman. Deutsch von Malte Krutzsch

Nicholas Blake
im Diogenes Verlag

Nicholas Blake ist das Pseudonym, unter dem der berühmte, in Irland geborene Lyriker Cecil Day Lewis (1904–1972) seine psychologischen Kriminalromane schrieb, in denen der Detektiv Nigel Strangeways ermittelt.

»Detektiv Nigel Strangeways löst jeden Fall mit Esprit, Humor und unter Wahrung der Formen, die sich für einen britischen Gentleman geziemen.«
Facts, Zürich

»Blake verfügt über all die Tugenden, die der anspruchsvolle Kenner von Kriminalliteratur erwartet: Kultiviertheit, Intelligenz und Sensibilität.«
The Times Literary Supplement, London

»Nicholas Blake, ein Klassiker, beweist, mit welcher Lakonik und Lockerheit sich wirkliche Spannung aufbauen läßt.«
Wolfram Knorr/Die Weltwoche, Zürich

Mein Verbrechen
Roman. Aus dem Englischen von Eberhard Gauhe

Eine vertrackte Geschichte
Roman. Deutsch von Jobst-Christian Rojahn

Ende des Kapitels
Roman. Deutsch von Nikolaus Stingl

Was zu beweisen ist
Roman. Deutsch von Barbara Rojahn-Deyk

Eric Ambler
im Diogenes Verlag

Seit 1996 erscheint eine Neuedition der Werke Eric Amblers in neuen oder revidierten Übersetzungen.

Im Rahmen der Neuedition bisher erschienen:
(Stand Frühjahr/Sommer 2001)

Der Levantiner
Roman. Aus dem Englischen von Tom Knoth

Die Maske des Dimitrios
Roman. Deutsch von Matthias Fienbork

Eine Art von Zorn
Roman. Deutsch von Malte Krutzsch

Topkapi
Roman. Deutsch von Elsbeth Herlin und Nikolaus Stingl

Der Fall Deltschev
Roman. Deutsch von Mary Brand und Walter Hertenstein

Die Angst reist mit
Roman. Deutsch von Matthias Fienbork

Schmutzige Geschichte
Roman. Deutsch von Günter Eichel

Der dunkle Grenzbezirk
Roman. Deutsch von Walter Hertenstein und Ute Haffmans

Bitte keine Rosen mehr
Roman. Deutsch von Tom Knoth

Anlaß zur Unruhe
Roman. Deutsch von Dirk van Gunsteren

Besuch bei Nacht
Roman. Deutsch von Wulf Teichmann

Waffenschmuggel
Roman. Deutsch von Tom Knoth

Ungewöhnliche Gefahr
Roman. Deutsch von Matthias Fienbork

Mit der Zeit
Roman. Deutsch von Matthias Fienbork

Das Intercom-Komplott
Roman. Deutsch von Dirk van Gunsteren

Doktor Frigo
Roman. Deutsch von Matthias Fienbork

Schirmers Erbschaft
Roman. Deutsch von Nikolaus Stingl

Außerdem lieferbar:

Nachruf auf einen Spion
Roman. Deutsch von Peter Fischer

Ambler by Ambler
Eric Amblers Autobiographie
Deutsch von Matthias Fienbork

Die Begabung zu töten
Deutsch von Matthias Fienbork

Wer hat Blagden Cole umgebracht?
Lebens- und Kriminalgeschichten
Deutsch von Matthias Fienbork

Über Eric Ambler
Zeugnisse von Alfred Hitchcock bis Helmut Heißenbüttel. Herausgegeben von Gerd Haffmans unter Mitarbeit von Franz Cavigelli. Mit Chronik und Bibliographie. Erweiterte Neuausgabe

Ray Bradbury
im Diogenes Verlag

»Bradbury ist ein Schriftsteller, für den ich Dankbarkeit empfinde, weil er uns eine Freude zurückgibt, die immer seltener wird: die Freude, die wir als Kinder empfanden, wenn wir eine Geschichte hörten, die unglaublich war, aber die wir gerne glaubten.«
Federico Fellini

»Einer der größten Visionäre unter den zeitgenössischen Autoren.« *Aldous Huxley*

Der illustrierte Mann
Erzählungen. Aus dem Amerikanischen
von Peter Naujack

Fahrenheit 451
Roman. Deutsch von Fritz Güttinger

Die Mars-Chroniken
Roman in Erzählungen. Deutsch von
Thomas Schlück

*Die goldenen Äpfel
der Sonne*
Erzählungen. Deutsch von Margarete
Bormann

Medizin für Melancholie
Erzählungen. Deutsch von Margarete
Bormann

*Das Böse kommt auf
leisen Sohlen*
Roman. Deutsch von Norbert Wölfl

Löwenzahnwein
Roman. Deutsch von Alexander
Schmitz

Das Kind von morgen
Erzählungen. Deutsch von Christa
Hotz und Hans-Joachim Hartstein

*Die Mechanismen der
Freude*
Erzählungen. Deutsch von Peter
Naujack

Familientreffen
Erzählungen. Deutsch von Jürgen
Bauer

*Der Tod ist ein einsames
Geschäft*
Roman. Deutsch von Jürgen Bauer

*Der Tod kommt schnell
in Mexico*
Erzählungen. Deutsch von Walle Bengs

*Die Laurel & Hardy-
Liebesgeschichte*
und andere Erzählungen
Deutsch von Otto Bayer und Jürgen
Bauer

Friedhof für Verrückte
Roman. Deutsch von Gerald Jung

Halloween
Roman. Deutsch von Dirk van Gunsteren

Lange nach Mitternacht
Erzählungen. Deutsch von Christa
Schuenke

Geisterfahrt
Erzählungen. Deutsch von Monika
Elwenspoek

Gwendoline Butler
im Diogenes Verlag

Gwendoline Butler wurde in einer Gegend im Süden von London geboren, für die sie nach wie vor eine besondere Vorliebe hegt. Nach ihrer Ausbildung unterrichtete sie Geschichte an einem College in Oxford, bevor sie zu schreiben begann und mit ihren Kriminalfällen um den Londoner Inspektor Coffin großen Erfolg hatte. Neben vielen anderen Auszeichnungen wurde ihr auch der *Silver Dagger* der *Criminal Writer's Association* verliehen.

»Gwendoline Butler schreibt Detektivromane, die sich durch ihre Form und Atmosphäre deutlich absetzen, nicht nur von anderen Krimis, sondern von der Masse belletristischer Titel. Butler erzeugt die wirkliche Whodunit-Spannung, die einen hineinzieht.«
The Times, London

»Inspektor Coffin ist eine hervorragende und ungewöhnliche Figur.«
Twentieth Century Crime and Mystery Writers

Heißes Geld
Roman
Aus dem Englischen von Inge Leipold

Dunkle Stunde
Roman
Deutsch von Jobst-Christian Rojahn

Falsches Spiel
Roman
Deutsch von Inge Leipold

Unter Druck
Roman
Deutsch von Jobst-Christian Rojahn

Doppelter Boden
Roman
Deutsch von Michaela Link

Kalte Nacht
Roman
Deutsch von Michaela Link